推理小说概论

黄哲真 著

厦门大学出版社　国家一级出版社
XIAMEN UNIVERSITY PRESS　全国百佳图书出版单位

前 言

兴许是语言、思维习惯等文化因素使然,自1841年美国的爱伦坡以其不朽名作《莫格街血案》创建了一个全新的文学种类(样式)——推理小说之后,英国和美国这两个英语母语国家,一直在这个领域居领先地位,即便到了上世纪五六十年代之后,日本推理小说异军突起且逐渐引领潮流,英美两国的推理小说仍与之保持着并驾齐驱的势头。更重要的是,作为后起之秀的日本,其推理小说的成功,依然是建立在遵循英美名家所创立的准则和规范之上的,而这些准则和规范迄今未变。由此可见,推理小说具有文学中的"格律诗"的特点。既然有格律,那就应该有研究和总结这些格律的谱系。推理小说在英美学界一直是个热门命题,从学术论文和名家名作的评传以及选本、合集等相关出版物的评介、文学史的论述,到大学里文学专业课程设置和专题研究以及文学杂志的评论,名目繁多、形式多样。比如,英国卡迪夫大学开设有文学课"二十世纪犯罪小说:从夏洛克·福尔摩斯到系列杀手",加拿大西安大略大学则开设"谋杀的艺术:推理小说,从爱伦坡到帕尔斯基"课程;另有如"侦探小说:大众文化中的犯罪与侦探"、"信号与线索:推理小说"[1],诸多院校开设类似课程,突出分析这类小说的创作技巧。英国作家詹姆斯提出"推理小说八大技法",契斯特顿总结出"推理座右铭"。在推理小说独有的密室谋杀和"不可能的犯罪"方面的研究,成果丰富。美国"密室之王"卡尔在其作品《影子男人》中总结出密室类型,颇有参考价值。最有代表性的理论是美国推理名家范·戴恩提出的包括"不能以爱情为主导""只能以一个侦探为主"等规范在内的"侦探小说二十法则",著名的"推理三原则"即脱胎于此。被推理文坛奉为圭臬的,还有英国诺克斯神父的"推理十诫"。尽管西方学术界的相关活动十分热闹,系统而全面的推理小说研究仍然少见,尤其缺少构筑完整的理论体系。本书则全面介绍与梳理了推理小说的起源、发展脉络与流派;揭示其基本原

---

[1] 上述课程名称分别为 Crime Fiction in Twentieth Century:from Sherlock Holmes to Serial Killers;The Art of Murder:Detective Fiction from Poe to Paretsky;Detective Fiction:Crime & Detection in Popular Culture;Signs and Clues;Detective Fiction.

理与规律;系统总结归纳了其特征与风格;重点评介与剖析了这一领域的代表性著作。本书以英美作家作品为主要考察和评析对象,在参考与借鉴西方相关研究成果的基础上,采用一系列新方法、新视角和新思路,形成新的理论体系,着重分析推理小说的关键元素"谜"和最具特色的密室艺术、副线设置、推理演说,进行"典例解析"。

本书引用的小说原文,除特别注明外,均由著者自译。限于已有研究,本书论述和参考的文献资料主要为英文著作,同样创造辉煌的日本推理小说则拟在再版时再予以介绍。

目 录

第一章　绪　论 ………………………………… 1
　　第一节　推理小说的定义 …………………… 2
　　第二节　起源与发展 ………………………… 4
　　第三节　推理皇后阿加莎 …………………… 16
第二章　推理小说的基本特征 ………………… 25
　　第一节　推理三原则 ………………………… 25
　　第二节　谋杀案三要素 ……………………… 32
　　第三节　完美谋杀 …………………………… 41
第三章　不变的定律：谜与解谜 ……………… 54
　　第一节　谜的作用和意义 …………………… 54
　　第二节　遗言之谜 …………………………… 59
　　第三节　谜的类型 …………………………… 72
　　第四节　谜的破解 …………………………… 85
　　第五节　典例解析 …………………………… 103
第四章　推理小说的密室艺术 ………………… 113
　　第一节　经典谜题：密室之谜 ……………… 113
　　第二节　密室的特征 ………………………… 115
　　第三节　密室的分类 ………………………… 125

第四节　典例解析 …………………… 155
第五章　推理小说的若干写作技巧 ……… 176
　　第一节　副线 ………………………… 176
　　第二节　转折点 ……………………… 190
　　第三节　推理眼 ……………………… 192
　　第四节　推理演说 …………………… 197
　　第五节　典例解析 …………………… 211

附　录　晚餐后的演说 ………………… 322
作家索引 …………………………………… 340
作品索引 …………………………………… 344
后　记 ……………………………………… 358

第一章 绪论

1841 年,推理小说在美国诞生,算来已经走过 170 多年的历程。作为独特的文学体裁,推理小说风靡英、美、法、日等国,至今仍然广受欢迎与关注。即便是在其发展仅仅处于启蒙阶段的中国,推理小说仍然拥有大量读者。互联网上,"推迷"们十分活跃;许多大专院校和中学的校园内都有"推理小说协会";"福尔摩斯探案""波洛探案""神探柯南"等作品和故事家喻户晓、深入人心。

推理,是这个小说门类的必备要件。推理小说,首先是小说,具备小说所需要的基本要素,又不可缺少推理,必须具备足够的推理元素。推理元素既是小说的艺术标签,也是其人物活动的舞台和思想内容的载体,且为故事的展开提供起点和终点。诸多推理元素直接植入小说的人物塑造、矛盾冲突、主题揭示与深化、线索、结构等,使其具有区别于其他小说的鲜明特征。推理小说通过描绘侦探与罪犯的斗智斗勇来刻画人物形象,展示社会生活的各种场景和不同时代的各个层面;表现各色人等的爱恨情仇、悲欢离合,通过惩恶扬善来宣示作者美好的理想和追求。在承载这些内容的构架之中,推理元素与作品中的人物事件有机融合,赋予小说惊险性、魔术性、逻辑性、新奇性、微妙性等属性,使得小说本身成为艺术作品,形成独特的风格,具有丰富的内涵和与众不同的魅力。

正由于有着如此特殊的内容和形式,对推理小说的阅读欣赏,也有别于对其他小说作品,且迫切需要理论指导和学术支撑。从推理小说的基本原理入手,提纲挈领,通过对概念的界定、源流的探索;对发展脉络的梳理;对特征的归纳与总结;对代表作家作品的评介与分析,构建起可供进行深入研究的理论体系,是本书的宗旨,也是推理文坛的亟待。以下的五章论述,将为推理小说绘制一套可资评价和鉴别的图谱,也为同道同好提供品读与入门的路径和参考参照系统。

第一节 推理小说的定义

推理小说这个名词,来自日文。日本早期译介西方侦探小说时,也使用"侦探小说"这一说法,即 Detective story。第二次世界大战之后,日本进行文字改革,取消"侦"字,侦探小说遂改称推理小说。而在中国,在译介日本这一类作品时,将其称为"推理小说",除此之外,无论是哪一种文字翻译过来的此类作品,基本上都称为"侦探小说",也有两种名称皆用的,或将日本作品也称为"侦探小说"。由于这两个名称均翻译自外文,长期广泛使用且"混用",因此,有必要对它们,事实上,是对侦探小说和推理小说的概念,进行厘正与界定。首先,还是从英文的相关文学概念——小说分类概念入手。在英文中,侦探小说

(Detective Story/Fiction)另一个名称是 Mystery(也译成"推理小说"),而在实践中,一般两者并称、并用或者更多使用"Mystery",皆可。与之并列的分类有间谍小说(Spy Story)、探险小说(Adventure Story)、犯罪小说(Crime Story)。英文分类之中,并无"推理小说"这一类别,连这个名称也没有,只有"侦探小说"。其次,日本人则是用"推理小说"来取代"侦探小说",名称只有前者一种。这么一来,我们面临一种困境:在英文之中,"侦探小说"即"推理小说",两者并无严格区别;日本人将侦探小说统称为推理小说,两者完全没有区别。

问题在于,侦探小说与推理小说,是有一定区别的,并非完全等同。虽然,世界公认的侦探小说鼻祖、美国的埃德加·爱伦坡的侦探小说开山之作《莫格街血案》,既是侦探小说,也是推理小说。英美推理大师们的成名作,如柯南道尔的《血字的研究》、阿加莎的《斯泰尔斯庄园奇案》,也是两者合一。并且,自爱伦坡开创之后,侦探小说之所以风靡世界经久不衰,主要因为人们爱读其中的推理内容或者推理成分,换言之,侦探小说以推理取胜和吸引读者。但是,侦探小说并不全部是推理小说。许多侦探小说,尽管包含一定的推理成分,但称不上推理小说,如特伯曼的《尸体的尾白》。有些侦探小说,如"硬汉派"代表人物达谢尔·哈梅特的《枪的恐惧》,尽管是名著,所含推理成分甚少。相当一部分"硬汉派"作品并不以推理取胜。侦探小说推理小说问世之后,主要由于爱伦坡的开山之作和《玛利亚·罗吉特之谜》《被盗的信》等几部作品奠定的基调,以推理为主的侦探小说即逐渐成为主流,侦探小说遂分成以推理为主和不以推理为主的两种,前者即推理小说,后者可以称之为其他侦探小说。

综上,我们给推理小说归纳的定义为:推理小说是以推理破案为塑造形象和推动情节的主要手段并且构成故事的主要框架的侦探小说。

第二节 起源与发展

如上所述,推理小说起源于美国,开山之作为爱伦坡的《莫格街血案》,发表于1841年第4期的《格拉汗杂志》。自此,爱伦坡以他塑造的思维缜密、兴趣浓厚、知识渊博、富于正义感且带有骑士与侠客风度的业余侦探形象为支柱,以现实生活中的各种疑案为素材,开创侦探—推理小说这一新文学样式。

一、从美国到英国

尽管爱伦坡仅留下五部此类作品——《莫格街血案》《被盗的信》《金甲虫》《玛丽亚·罗吉特之谜》《你是凶手》,但他创立的密室模式、壁炉前一对一的推理分析形式和侦探与助手等模式与风格,为推理小说的兴起与发展奠定了坚实的基础。事实上,爱伦坡仅有的三部侦探(杜平)系列探案推理小说,为后来的推理文坛树立了不朽的榜样。无论是欧美名家还是日本名家,在他们脍炙人口的作品中都能见到杜平的影子。在推理小说"黄金时代"出现之前,英国是推理文坛的主角,主要作家是艾尔弗雷德·梅森,其代表作为《玫瑰山庄》《箭屋》《他们不是棋手》;巴洛尼斯·艾玛·奥克齐,代表作是《地铁里的神秘死亡》《约克之谜》《爱丁堡之谜》《布列塔尼城堡》《圣诞悲剧》;奥斯丁·弗里曼,代表作是《红指印》《31新旅馆之谜》《会唱歌的骨头》《一位沉默的证人》《猫眼》。美国也大量涌现推理作家、作品,主要作家有雅克斯·费特勒,代表作是《13号牢房之谜》《金匕首之谜》《金盘追踪记》;安娜·凯瑟琳·格林,代表作有《邻居案件》《磨坊之谜》《雾中别墅》;还有被誉为"美国夏洛克·福尔摩斯"的亚瑟·雷弗,代表作有《白奴》《梦里的医生》《钢门之谜》;被誉为"美国阿加莎·克里斯蒂"的玛丽·罗伯特·林哈特,代表作有《危险的日子》《精明的穷人》《黄色房间之谜》。这一阶段,英国作家奥克齐将爱伦坡创立的传统发扬光大,她的小说《角落里的老人》中坐在伦敦诺福克街咖啡厅角落里的老人,仅凭报载新闻和同为咖啡客的《夜观察报》的女记者波莉小姐提供的资料,便能条分缕析,将错综复杂、扑朔迷离的疑案的真相一一推断出来。他既不用去现场,也不用如同警察般四处奔忙,光是坐在那儿喝着牛奶仔细琢磨,就能推断出结论。断案的过程中,老人还喜欢用颤抖的手指头将一截绳子不断打结又解开,嘴里念叨着:"哪里有什么谜,只要调动足够的智慧用于侦破,没有什么犯罪能称得上是谜。"奥克齐塑造的"壁炉前的侦探",别具一格。库林斯的《月亮宝石》,直接启发柯南道尔创作出福尔摩斯探案系列,该作也成为经典作品。大文豪狄更斯和惊险小说大家史蒂文森也都曾涉足这一领域。其中最具代表性的,就是福尔摩斯探案。

二、福尔摩斯探案

当边行医边尝试小说创作的柯南道尔,于1887年在《比东圣诞年刊》上发表推理处女作《血字的研究》时,他并未料到"华生医生"眼中的奇人福尔摩斯竟然会风靡世界。《福尔摩斯历险记》《福尔摩斯探案记录》《福尔摩斯归来》等一系列精彩纷呈的侦探推理故事,以丰满生动的人物和情节,以富有传奇色彩的推理和侦探内容,深刻地影响着后来的推理作家作品。与爱伦坡的杜平相比,除壁炉前的运筹帷幄式的推理与细节分析,除侦探与助手一对一的唱和式配合外,福尔摩斯还擅长舞刀弄枪,深入虎穴与罪犯搏斗,使得本来就带有武士与侠客色彩的侦探更加生动和富于人情味。从推理的手段与方法看,福尔摩斯的形象也不是一开始就如此饱满的,也是由简单到复杂,由直观向微妙。《血字的研究》中的福尔摩斯比较年轻,勘察现场后,即将杀人案的基本轮廓描画出来,包括实施手段,凶犯的身高、年龄、体型等特征,其着装、鞋,凶手与被害人一同坐马车、马车由一匹套着三个旧马掌、一个新马掌套在前掌上的马拉着……连现场的遗留物和痕迹也都一一得到分析。这本应当是侦破的基本功，但他在这一分析中显示出非凡的洞察力。在《巴斯克维尔猎犬》中，福尔摩斯在亨利爵士的宴会厅里，站上一把椅子，一手持蜡烛，一手往墙上那位巴斯克维尔家的祖先、恶名远扬的修果爵士的画像的头上一搭，随着华生的一声惊呼，斯泰普顿的脸孔在画布上显现出来时，拨云见日，画龙点睛，恰到好处，整个推理链条骤然成形。

在柯南道尔笔下，福尔摩斯精通推理，已经类神，评论者归纳出"表面现象（细节或蛛丝马迹）演绎法"。只要福尔摩斯注意力稍加集中，仅仅瞥一眼，闻一声，都能够对人对事揣度出几分，这种判断或揣测的准确度往往相当高。在《血字的研究》中，福尔摩斯头一回见到华生，问候时就冒出一句"你在阿富汗呆过"，华生当时并不以为然，认为福尔摩斯事先了解了这件事——可能是听人说的。其实不然，福尔摩斯后来这样解释："长期的思维训练养成的习惯，使得我自然而然飞快思索直接得出结论而未感知中间步骤。"福尔摩斯这样推理：这是一个从事医学工作的绅士，但具有军人气质；脸色黝黑——是晒黑的；面容憔悴——生活艰苦且久病初愈；左臂动作显得有些僵硬——受过伤。综合起来，就只有——英军军医，从战场上回来，才会如此，当时的战场只有阿富汗。

破解案件是福尔摩斯的智力游戏，既有天分，也是癖好。爱伦坡在《莫格街血案》开头说："被人称为分析的这种智力活动,其本身就很难加以分析。我们领略这种活动仅仅是据其效果。我们于其他诸事物中得知:若是一个人异乎寻常地具有这种智力,他便永远拥有了一种乐趣之源。正如体魄强健者为自己的体力而陶然,喜欢那些能运用其体力的活动,善分析者也为其智力而自豪,乐于解难释疑的脑力活动。只要能发挥他的才能,他甚至能从对最微不足道的小事的分析中感到乐趣。他偏爱猜谜解惑、探密索隐;在他对一项项疑难的释解中展示他那常人看来不可思议的聪明程度。他凭条理之精髓和灵魂得出的结果,实在是有一种全然凭直觉的意味。"[①]这可以作为福尔摩斯行为的注解。

在《"光荣的司各特"历险记》中,福尔摩斯应邀到大学时代的密友特里福家的庄园度假,老特里福好奇地让福尔摩斯施展他的推理本领,福尔摩斯先是指出老特里福将一支手杖改造成武器,曾经是拳击高手,早年从事过繁重的挖掘劳作,到过新西兰、日本。老特里福对这些推断并不觉得惊讶,但紧接着福尔摩斯说:"你曾经与一位姓名缩写为 J.A 的人过从甚密,但后来你却巴不得将他完全忘掉。"福尔摩斯无意中触及一个秘密,老特里福后来的行为与这个 J.A 密切相关。

福尔摩斯故事中有很多这样的事情,如《斑点带》中——

---

① Edgar Allan Poe: *Tales of Mystery and magination*. Wordsworth Edition Limited,1993.P62.

登门求助的海伦小姐刚一进门,揭开面纱,露出惊恐和焦虑的眼神,福尔摩斯就安慰道:"别害怕,我相信问题很快就会得到解决。你是坐早上的火车来的。"

海伦:"你认识我。"

福尔摩斯:"不。可我注意到你左手手套里的回程票。你今天一定早起,坐单马马车跑烂路到火车站的。"

海伦小姐正惊讶间,福尔摩斯微笑着解释道:"这不奇怪,亲爱的女士,你的夹克衫左边袖子新溅上了至少七点泥巴,只有乘坐单马马车,而且你是坐在驾车者的左手边,才会造成这种情况。"①

似乎是由于柯南道尔猛推了一把,大约在与福尔摩斯相携前行了30余年的《海滨》杂志终与这位几乎是家喻户晓的大侦探道别之际,推理小说进入了"黄金时代"。

三、黄金时代

推理小说的黄金时代基本上与两次世界大战的时间相一致,起始于一战期间或一战刚结束,终止于二战结束至20世纪50年代前期。起始的标志是阿加莎·克里斯蒂发表处女作

---

① Sir Arthur Conan Doyle: *The Adventures of Sherlock Holmes*. Wordsworth Edition Limited,1992.P215.

《斯泰尔斯庄园奇案》和克劳夫兹发表《桶》，这两部作品都发表于1920年。

　　黄金时代是英美两国主宰推理文学的时代。首先，英国文坛上横空出现"推理三女杰"：塞耶斯有代表作《谁的尸体》《证人疑云》《巴士司机的蜜月》《剧毒》《刽子手的假期》《谋杀必须宣告》；奥林凡有代表作《黑达利之罪》《英里之谜》《葬礼上的警察》《献给法官的鲜花》《清晨的舞者》《验尸官的事务》；阿加莎有代表作《ABC谋杀案》《东方快车谋杀案》《斯泰尔斯庄园奇案》《埃奇威尔爵士之死》《罗杰·艾克罗伊德谋杀案》《与死神约会》《阳光下的罪恶》《鸽群中的猫》《无人生还》。这些小说奠定了推理小说的经典模式，阿加莎更是借创作攀上推理文学的高峰。塞耶斯笔下的皮特勋爵，身份、地位明显提高。皮特勋爵住在伦敦皮卡迪利广场110号豪宅中，年轻有为，不仅出身名门望族，是颇有名气的收藏家和多家高级会所的常客，还擅长品酒，喝咖啡，抽雪茄，其座上客不是出身显赫，就是各界名流，由于他爱好侦探，不时有高阶警官登门求教。这个同样擅长壁炉前分析、解疑的贵族侦探，一登上推理舞台，就凭借《谁的尸体》中对一具无名尸的追踪展现自己"出包袱、抖包袱"的本事。这位"爵爷"初次出场就遇见胆大心细的对手，其策划实施的谋杀案骇人听闻却滴水不漏。但是这位爵爷冷静、睿智，推理不急不缓，一个接着一个突破障碍。凶手精心设谜，主人公细心、耐心解谜，这个过程和对抗在塞耶斯的《巴士司机的蜜月》一书中揭示得更精妙，在"设"与"解"的博弈交叉点上，在对破解案情至关重要的时刻，这些作品常常使正反双方正面冲突，场面、气氛扣人心弦。

阿加莎笔下有三大名探——赫克·波洛、马普尔小姐和奎恩先生，他们的身份、性格特征各不相同，但同样精于推理。这三个主人公，一个是退休警官、私人侦探，一个是乡居老处女，另一个则是富有而过着隐士般生活的老绅士；波洛是职业侦探，后两位则是业余的。

三女杰之外，黄金时代中英国的代表推理小说作家还有契斯特顿和本特利。契斯特顿的"布朗神父探案"别具一格。作为神职人员，布朗神父经手或介入的案件时常带有神秘色彩，十分诡秘。《达纳韦斯的厄运》中，布朗神父遭遇一起发生在阴森冷寂的古堡里的密室谋杀案；《金十字架的诅咒》中，他陷入对一群远洋轮乘客的神秘之旅的迷思。远古诅咒的阴影笼罩在大西洋的滚滚波涛之上，折磨着人们的神经；传说中的木乃伊惊现于英国海滨的基督徒古墓之中，不同身份、不同来历的人，怀着不同的目的，竟然齐聚古墓——突然，灾难降临了。布朗神父还有个特点，他并不干预事件，谜被解开了，诡计被揭穿了，凶手或作案者昭然若揭，但他却不去"收网"。这种作风与他悲天悯人的情怀矛盾，但体现了他作为出世之人的超脱。无论如何，布朗神父以残酷的现实为背景进行推理游戏，这一类探案故事以其杰出的创造性在推理文坛独树一帜。

在黄金时代灿烂的群星中,约翰·迪克森·卡尔和艾勒里·奎恩与阿加莎同被誉为世界推理小说三大巨头。作为公认的"密室之王",卡尔的菲尔博士系列探案以精心构筑的密室之谜而著称,如《耳语之人》中的废弃古塔顶上的飞来横祸、《绿胶囊之谜》中神奇而且近乎完美的障眼法。菲尔博士面对的最大挑战,莫过于《三口棺材》中的罪犯那令人眼花缭乱、瞠目结舌的魔术,那是一起连环谋杀案,菲尔博士遇见一个比一个玄乎、一个比一个不可思议的密室之谜。例如,一个大雪后的夜晚,了解到格里玛博士最近受到恐吓的情况之后,菲尔博士不放心,偕警探等人一道驱车前往格里玛教授的宅邸,一瞅究竟。

它看上去是一幢位于平庸街区上的平庸的建筑,但这一印象马上被打破了。一扇百叶窗被撞开了,那是亮着灯的窗户中的一个,似乎不愿继续显得平庸,开窗时发出一声巨响。一个人影爬上窗台,将影子投射在破裂的百叶窗背景上。稍作犹豫,那人纵身一跳,跃过了屋外带尖刺的铁栏栅,单腿落在人行道上,滑倒在雪地里,滑过路肩,直到快到车轮下才停了下来。①

---

① John Dickson Carr: *Series Gideon Fell: The Hollow Man*. Publisher Hamish Hamilton (UK) & Harper (USA), Publication date.1935. P10.

果然有事！这仅仅是教授宅邸中的惊恐事件的前奏。这个跳窗的男子，并不是贼，而是格里玛家的朋友，他说自己被人反锁在屋里，听见楼上的枪声。一行人二话不说，便往楼上赶。哈利侦探和菲尔博士赶到门外时，秘书正拼命用拳头打门，说有人与格里玛博士待在里面，而刚才里面传出枪声！哈利先用小钳子扭动从门内插着的钥匙，开了锁，然后——

  他戴上一副手套，鼓起勇气，把门向内推开。门"啪"的一声碰在墙上，门扇冲开的气流使得屋里的吊灯都摇晃起来。没有东西从门内冒出，但可以感觉到有东西想出来。除了那东西外，明亮的屋子里是空的。兰波看见那东西泡在血泊里，痛苦地挣扎着，手脚并用，试图爬过黑色的地毯。它窒息了，翻过身去，躺着不动了。①

主人格里玛博士在血泊中蠕动，他胸部中弹，血从伤口往外流着，屋里还弥漫着硝烟。哈利警官问他："谁干的？你要是说不了话不要勉强，点头就行。是那个皮尔·弗雷吗？"濒死的博士吃力地摇了摇头。"那是谁呢？"博士回答了一句话，然后就昏过去了。

---

① John Dickson Carr: *Series Gideon Fell*: *The Hollow Man*. Publisher Hamish Hamilton (UK) & Harper (USA), Publication date. 1935. P10.

唯一的窗户半开着,但它离后院地面有 50 英尺高,后院雪地上没有任何痕迹,雪原来一直下着,但在神秘客人到访的 15 分钟之前停止了。神秘访客身上还有一个谜——他先按门铃,而后在没有人开门的情况下,穿门而入。

从当晚约 9:45 格里玛教授宅邸门铃响,至魔术师疑凶当街被枪杀,这一过程共有两个密室,一个是被害人自己将凶手迎进门后将门上锁,另一个是第二个被害人在几个街区的大街上,在三名目击者的眼皮底下被近距离枪杀,周围却见不到人,后者是"开放密室"。第二个密室的受害人正好是第一个密室的嫌犯,两起杀人案有着密切的联系,但迷雾重重。烟雾一般消失在半空中的残忍罪犯、肉眼看不见的当街杀人的"幽灵杀手"和"不可能的犯罪"都让人瞠目结舌;更让人不可思议的是,凶手似乎会分身术,几乎于同一个时刻,在不同地点杀人和被杀。卡尔擅长架构诡秘而有魔幻色彩的密室难题,其笔下的菲尔博士解谜时也甚为缜密细心。作为推理小说中少见的公家侦探,艾勒里在侦破中别出心裁,如《荷兰鞋之谜》中,他盯住鞋带和文件柜的死角做文章;《中国橙子之谜》中,他迷恋于分析谋杀现场一切都被翻转的怪相及死者遗体的摆放角度。面对罪犯精心设计的复杂谜题,他表现出惊人的冷静与睿智。在《吊死的特技演员》中,艾勒里琢磨留在死者脖颈上的绳结,先是识破凶手嫁祸于人的诡计,然后揪住"反向掐痕"这个微不足道的细节,顺藤摸瓜,当众揭穿凶手处心积虑设置的遮掩把戏,几乎毫不费力地将其擒获。又如《上帝的灯》中,一夜之间,"黑屋"这样一栋百年老宅消失得无影无踪,似乎从未出现过。艾勒里和其他亲眼目睹这个奇迹的人们一样,对着事实目瞪口呆、一筹莫展。按常理根本无法这样移动房屋,为什么有人要费尽力气做这个事情?古宅所在之处,空荡荡雪地反射着刺眼的阳光,人们面面相觑,一片茫然。但艾勒里笔下的侦探却如阿加莎笔下的波洛常说的那样启动"灰色的脑细胞",敏锐地意识到阳光——太阳——上帝的灯这一线光芒有内在联系,洞悉罪犯的心理,拆穿罪犯的把戏。与卡尔一样,艾勒里善于为自己笔下的侦探设置五花八门直至离奇古怪的种种障碍,从而愈显现其本领与内在的品格。

似乎在与大西洋彼岸的英国较劲,黄金时代的美国推理文坛人才辈出。除了艾勒里和卡尔,还有厄尔·德·比格斯、范·戴恩、厄尔·斯坦利·加德纳。比格斯的代表作是《帷幕之后》《黑骆驼》《五十支蜡烛》《没有钥匙的住宅》《管钥匙的人》《中国鹦鹉》;范·戴恩的代表作是《本森谋杀案》《金丝雀谋杀案》《主教谋杀案》《赌场谋杀案》《龙谋杀案》《花园谋杀案》《圣甲虫谋杀案》《冬天谋杀案》;加德纳的代表作是《丝绒爪案件》《忧郁的姑娘案件》《幸运腿案件》《吠犬案件》《假眼案件》《做假证的鹦鹉案件》《昏睡的蚊子案件》《日光浴者日记案件》。

第三节 推理皇后阿加莎

无论是在英国还是在美国,也无论是黄金时代之前还是之后,推理小说创作最高成就者是阿加莎·克里斯蒂,她是众所周知的"推理皇后"。阿加莎一生发表76部长篇、短篇集推理小说,风靡世界,其中不少作品被奉为圭臬,如《尼罗河上的惨案》《悬崖山庄的灾难》《ABC谋杀案》《东方快车谋杀案》《三幕悲剧》《云中奇案》《无人生还》《葬礼之后》。

一、手术刀式的人性剖析

阿加莎的推理小说里有形形色色的案件和惊险曲折、变化多端、扣人心弦的故事情节,除了着力于侦探形象、犯罪手段、人物心理刻画外,阿加莎最重要的贡献是她对人性的解剖和透析。对她来说,谜的设置、密室计谋的安排与破解都仅仅是深入和探究人性的手段,挖掘和破解了人心灵深处的秘密,案件的侦破才有实际意义。《无辜的折磨》中,阿加莎围绕着杰克无辜这个一开始就揭晓的谜底设置推理链。本来,时隔两年以后,不速之客卡尔加里博士登门,提供了迟来的能够证明杰克无辜的证据,为蒙冤的杰克洗清罪名,阿吉尔家的一家老少应该感到欣慰才是。尽管不幸的杰克已经病死狱中,但开脱了不该承担的弑母罪名,得来清白,也洗刷了家族的耻辱,是件大好事。孰料，不仅杰克的父亲并未表现出多大的激动，阿吉尔家反而弥漫着一种不快的情绪和不祥的气氛。杰克生前就是这个家庭里的迷途羔羊，吃喝嫖赌样样都通，母亲被杀，他被指控为凶手，本在意料之中。如今，有人为他洗脱罪名，这就意味着凶手另有其人，而这个"其人"又同在一个屋檐下！这么一来，相安无事、归于安宁的家庭不单波澜重起，家族成员之间还陷入互相猜疑与提防之中——凶手还在他们中间，逍遥法外！这种局面，无论是身为一家之长的阿吉尔，还是他那几个养子养女，甚至管家和仆人，都不愿意看到。世事难料，命运弄人，名为"阳光小屋"的阿吉尔别墅的平静被打破了，人人惴惴不安，时时风声鹤唳。果然，卡尔加里博士的善举，事与愿违，犹如揭开潘多拉魔盒，人们担心的事儿不可避免地发生了——先是阿吉尔的女婿菲利普被杀，接着，就在全家上下一团慌乱的时候，有人将一把小刀刺入老三蒂娜的胸口……好心做坏事的卡尔加里博士义不容辞地配合警方重新调查阿吉尔夫人被害案。解铃还须系铃人，卡尔加里博士这位局外人查明真相，揪出了凶手，再一次改变了这个家庭的命运。雾散云开，光明降临，阿吉尔别墅自此才成了名副其实的阳光小屋。在这部作品中，与其说人们关注积案（冤案）重查的推理环节，不如说人们更牵系阿吉尔家人的命运。

二、模式艺术创新

阿加莎在遵循推理三原则和依据谋杀案三要素的前提下创立了疑凶模式,这确立了后来推理小说写作的规则,这是她的重大贡献。一发生杀人案,首先要问的自然是"谁是凶手",谜的设置、密室疑团的破解,罪犯种种诡计的呈现,正邪决斗的描写,都围绕着解决这个问题进行,结构布局也围绕着这个中心问题(谜题)来展开。一般来说,一发生谋杀案件,人们即会根据动机、时间和机会这三要素排查可能的嫌疑人,锁定怀疑对象,展开调查和搜证取证工作。排查时,侦探会将注意力集中在最可能作案的人身上。根据这一心理,阿加莎创立了最不可能作案的人是凶手(《尼罗河上的惨案》)、最可能作案的人是凶手(《牧师宅谋杀案》)、最想不到的人是凶手(《闪光的氰化物》《无人生还》)等多种模式。《东方快车谋杀案》中的侦探波洛替阿加莎总结说,不管是最可能的、最不可能的;最应该被怀疑的、最不应该被怀疑的,干脆除了侦探和同伴外,所有的人,连原本根本不相干的列车员,都是凶手。在解决"谁是凶手"的这一关键上,阿加莎给出了独一无二的答案,她还在推理小说中率先描写了私刑处置的场景。在《无人生还》中,阿加莎还创造了一种"没有凶手"的极端模式:尽管幕后黑手"欧文先生"的伎俩很快就被识破,但事实证明欧文只是一个虚构的人物,谁设计和导演了这场意在以私刑求公正的悲剧仍然是个谜。于是，被骗到孤岛上并因交通通讯断绝而被困在岛上的嘉宾们一个接着一个被神秘的杀手杀死，没人从那个岛上生还。结论只能有一个，凶手就在牺牲者中间。就像契斯特顿的《断剑》将牺牲者掩藏在一大堆阵亡将士之中，创造"藏叶入林"的谋杀模式一样，阿加莎将凶手藏进被害人中间，以独特的手段来解决"谁是凶手"这一首要命题，创立了崭新的解谜模式。

在谜的设置、密室架构和突破不在现场证明屏障等方面，阿加莎同样成果辉煌。这位推理小说史上最杰出的魔术师设计与展示了许多不可思议的计谋，令人目不暇接，阿加莎用毕生精力使推理成为一门艺术。阿加莎笔下的推理过程大致上可以用"精巧"、"微妙"和"简单"三个词来概括，她不用叠床架屋的庞大结构（像艾勒里的《罗马帽子之谜》那样）来展示推理元素，而是萃取关键细节，以小见大，做足文章。如《裂镜》，一个眼神、一个定格数秒的表情，竟成了破案的关键所在（推理眼）；《闪光的氰化物》中的重重迷雾，竟然被一个不经意的挪包动作瞬间驱散；《无辜的折磨》中，当真相大白时，人们发现答案事实上一开始就给出了，十分简单，解谜过程已经不重要，因为谜底蕴藏在人物固有的性格特征里面。为了使推理眼起到寓意深刻的点化作用，她往往会预埋启示元素，有时这种元素直接成为推理眼。如《五只小猪》中，被害人临死前那幅倾尽生命最后的力量而成就的画作，事实上已经将推理关键点记录并展示出来。人们费尽心机绕了一大圈，最终还得回到画本身，回到原点，也就回到画中人身上。

毋庸置疑，推理小说家设置谜题、编织戏剧冲突线索和布局的时候必须着眼于谜与解谜这个重点。在将故事的展开与人物的命运化成猜谜游戏这一方面，阿加莎也毫不逊色。她能设计出复杂的、令人眼花缭乱的谜题，在堵住几乎所有可能破解的通道之后，她让笔下那些既神通广大又平凡平易的侦探调动"灰色脑细胞"，挥起无形的魔杖，往往只需略一点拨、稍加比划，就轻而易举地拨开迷雾、理清乱麻。于是，刹那间，真相与原形，明白、清楚，直至纤毫毕现，呈露在人们面前。人们在恍然大悟、心生敬佩之余，不由得慨叹：我怎么就没有想到！这就是阿加莎追求的效果。阿加莎笔下的侦探，如波洛、马普尔小姐，往往不需要花费"踏破铁鞋"式的工夫，有时只靠听当事人或旁人叙述，略加提问，便轻松解谜、破案。这一点，与"角落里的老人"和福尔摩斯等其他侦探颇为相似，但阿加莎的谜题难度更大，障碍更多。如《马普尔小姐讲故事》，一对夫妇住在旅馆套房中，各住一个房间，半夜丈夫发现妻子离奇被杀。套房的两个门各对着一条走廊，两条走廊各有多人在场，他们成了谋杀案的可靠证人。根据证人们的证词，案发时，除了丈夫和旅馆女服务员外，无人进出套房。经查，女服务员系该旅馆老员工，为人诚实可靠，而且与这对夫妇素不相识、毫无瓜葛。如此看来，凶手非丈夫莫属。蒙冤的丈夫经友人引荐，求助于马普尔小姐。问明情况，特别是了解了案发现场即旅馆套房的结构之后，马普尔小姐就淡淡说了一句话"问题已经解决了"，令人目瞪口呆。如此轻松解谜，奥妙何在？原来，走廊里的人们看到女服务员进去再出来，正常，凶手巧妙利用了这一进一出，采取走反方向的办法并利用时间差，自然构成障眼法，此门进、彼门出，行凶后从容逃离，毫不令人起疑。密室障碍、隐身杀手迷雾，经马普尔小姐轻轻一戳，顿时化解与崩溃。

将推理元素与人物性格与性格冲突有机结合，从而导出一条与推理链相平行、相对应的清晰脉络，使人们得以追溯事件发生的根源和相关事物的本质，从而得到启示和教益，这是阿加莎的创举，对后来的推理作品产生重大影响。如《悬崖山庄的灾难》，在悬崖山庄这个俯瞰大海的庄园里，狂欢之夜，被燃放焰火的声音掩盖了的枪声，五彩缤纷焰火映照下的一次错杀，揭开了悲剧的序幕。事实上错杀未"错"，只要对现场的人们的身份和人际关系进行必要的梳理，就可以理出一条连接凶手与被害人的线索，案子的本质也就昭然若揭。表妹被害之后，山庄的主人尼克小姐痛心疾首地说："为什么死的不是我？让我吃这一枪多好，我现在还留恋什么？死对我只是解脱！"意味深长。《波洛的圣诞节》《三只瞎老鼠》中伦理悲情的线索若隐若现地浮出；《尼罗河上的惨案》中，疑凶就摆在那儿，侦探却碰不得——因为情况证据构成铜墙铁壁般的障碍，仅能靠案情本身的发展和逐渐形成的推理链来最终解谜。相对于后者，前两部作品更加凸显人伦悲剧色彩。即便后者，人性的爱和贪婪、残忍之间的矛盾与斗争也表现得刻骨铭心。在阿加莎构筑的情节中，人性的复杂与推理关键点（或者推理结论）的简单、单纯并不对立，反倒是互不掩盖、相互映衬。对阿加莎来说，推理结论的简单明了与人性本质的清晰、明白，实际上同理可证。《谋杀通告》《无辜的折磨》和《悲伤的柏树》中的中年甚至年长的妇女，她们的身份、性格、形象以及在相关人群中的定位，可以理出起牵引作用的线索，这种线索契合着推理的轮廓与环节，在推理链之外构筑起一条情感的链条，使推理元素显得合情合理。

在推理技术上，阿加莎富于创见，别具一格。《美索不达米亚奇案》中的被害人遇害现场是一个完全没有破绽的绝对密室，这个密室是在罪犯的促使下形成的，犯罪的重心是对密室的巧妙突破。《梦境》中，案件主角在自己的办公室内，关上门，独自处理公务，让门外等候采访他的两名记者干等了近一个小时。在隔壁房间办公的秘书过来敲门不应，推门而入，发现主人已死多时，是被枪打死的，用的是他自己的手枪。由于现场除了那扇紧闭着并一直有人盯着的门之外，只有一扇窗户，离地甚高，无法攀援，因此形成密室。在这部作品中，我们能够看到《美索不达米亚奇案》中密室的影子，比方，案发现场都是密闭的房间；被害人都是独处房内；而且案发时门外一直有人监控，等等。不同的是，被害人雷德纳夫人（前者）被钝器砸头而死，显然是他杀；后者（法雷先生）是中枪而亡，现场勘查情形和所有的证据和线索都表明他是自杀。

三、立体化舞台展示

推理演说是展现推理艺术最重要的手段,相比于推理演说,回顾、归纳、分析式的推理总结更近于平面化,阿加莎之前的推理作家们主要采取推理总结这一方式。对阿加莎笔下首屈一指的侦探主角波洛而言,当胸有成竹且时机也已经成熟时,该要登台亮相、指点迷津所进行的推理演说既是他的职责,更是他展现才华和赢取听众(观众)喝彩的方式,因而,推理演说成了波洛的标签。波洛善于把假想的嫌疑对象一个又一个地推向前台,在审核他们可能具备的犯罪动机和机会、不在现场证明等与案件有关的情况的时候,事实上是在拷问他们的灵魂,让人性的秘密暴露出来,接受审查和评判。就这一点而言,波洛的推理演说是一种仪式,就像宗教仪式一样,尽管过程中不乏诙谐和幽默,时常对人和事来一番调侃,但既然是仪式,态度是庄重和严肃的,毕竟,大多数情况下,他的带着证据的推理将决定罪犯的命运,也会还无辜者以清白。对波洛来说,在登上不同场合不同地点的推理讲坛之前,他和他的同伴及警方合作者所进行的调查、取证、分析等,以至于冒险,几乎都是准备工作,是登台前的筹备活动和某些时候必要的预演行为。只有在他的演说开始的那一刻,他才真正成为主角,才让人意识到他的价值和作用,他的无可比拟、不可取代。此刻,他一般不会表现出谦虚,儿童般的虚荣心和快乐使他内心雀跃,外表容光焕发，语气充满自信。波洛的推理演说又像是法庭辩论，他既是主审法官，又是公诉人或辩护律师，有时还充当陪审团。"庭审"过程中，经常有激烈的辩论，出现各种质疑和反驳，会反复论证和据理力争。更重要的是，在推理演说中，他是公正的代表、正义的化身，当场揭穿罪犯的阴谋，拨云见日，驱散各种罪孽制造的阴霾，让善良的人们重见光明。在破解谜题、破获疑案、将罪犯绳之以法的同时，借波洛之口，阿加莎表达了自己的价值观和人生态度，鞭挞丑陋、揭露黑暗、赞颂光明，倾注了她对作品中人物的感情，对美好生活的追求和期盼。

第二章　推理小说的基本特征

推理小说是独特的小说门类,不仅在题材、形象塑造、表现手法、结构等方面与其他类型的小说有所不同,而且具有独一无二的特征,拥有一些不可替代的组合元素,必须遵循不可违背的原则。

第一节　推理三原则

推理三原则为:无论作案手段还是推理破案,所运用的方法都不能超自然;侦探本人不能是罪犯;推理所采用的证据或材料都必须是事先已"公示"过的而非不为人所知的。

自爱伦坡以来,除个别例外,几乎所有的推理小说家都遵循或者说不违背这三原则。为了塑造人物、编织情节和制造戏剧冲突与效果,推理小说经常需要完成"不可能完成的任务(Impossible Mission)",与此相对应的,即"不可能的犯罪(Impossible Crime)",实际上,就是下文将要论述的各种不可思议的谜题的设置和破解。为了加强效果、制造气氛,这些谜往往带有神秘色彩或者与神话、民间传说、鬼神故事等超自然事物相关。推理小说主要以谋杀案为题材,生死大事、人命关天的内容中总有悲剧,这就使得人物以及人物之间的矛盾与结局带上宿命色彩。倘若对这些谜的解释是超越科学的,那么,神话和鬼怪就可以大行其道,推理小说的基本性质就改变了。诚如范·戴恩"侦探小说二十法则"所严格限定的那样——"犯罪问题的解决必须完全依靠合乎科学的自然因素,那些个石板书写(一种降神游戏)、占卜、心灵感应、降神会、水晶球占卜术等等,是不允许的。读者与侦探有着同等运用智力的机会,而如果他们的对手是鬼神怪力,而且要去追逐四维空间,那么读者在开头就输定了的。"[1]

契斯特顿的《潘龙家族的厄运》中写了一个传说,这传说笼罩在潘龙家族的上空,几百年前,在英国与西班牙的战争中,家族的祖先彼得·潘龙爵士胜利归来,押着三个西班牙俘虏,准备向伊丽莎白女王献俘。船行至近岸处,潘龙爵士与西班牙人吵了起来,随即动了手,脾气火爆的潘龙杀死了两名西班牙人,"第三个西班牙人跳过船舷,往河滩游去,并且很快游到了岸边水深齐腰处,站住了。他转过脸对着那艘船,把双臂举在空中——就像某个预言家呼唤灾难降临到某个罪恶的城市一样,他对着潘龙,以一种尖利的、恐怖的声音喊叫道,他起码还活着,说他会继续活着,说他会永远活着,一代又一代,潘龙家族不会在其家中看见他,但是会明显地感觉到他和他的报复的存

---

[1] S.S. Van Dine: *Twenty rules for writing detective stories*, The American Magazine. 1928.

在。说着他便潜入水中,或许被淹死了,也或许是潜了很长时间后跑掉了,总之是后来再也没在水面上看见他的头发。"①

这个西班牙俘虏的诅咒被画成图案,刻在潘龙家大厅的柱子上,也长期流传在人们口中且应验在潘龙老将军的父兄身上——他们要嘛驾船触礁,要嘛在海上失踪,消失在茫茫海天。他们出事的时候都会有奇怪的征兆,如突然燃烧的森林大火与塔楼起火。其中一位所乘之船沉没处恰好是传说中那三位西班牙人遇难的地方。潘龙对这个可怕的传说深信不疑,船长的家族的唯一继承人、他的侄儿沃尔特,今晚就要驾船归来,他不无担忧。果然,夜幕降临,到了那个与传说契合的时刻,形状古怪的塔楼燃起熊熊大火。古老的诅咒又一次应验,灾难再次降临了吗?远航归来的年轻船长能够逃脱得了厄运吗?火光中,布朗神父给出了答案:这是一起人为制造的灾难,是手段极其高明的谋杀案,传说与诅咒,只是被利用的工具。布朗神父探案中,像这样营造神秘氛围、披上虚幻外衣的谋杀案件,为数不少,如《隐身人》《上帝的铁锤》《狗的灵性》,典型如《吉东·怀斯的鬼魂》。被推下悬崖、葬身大海的百万富翁吉东先生的鬼魂星夜现身,把人们给吓坏了。鬼神、冥界和宗教的神秘色彩,只是人间罪恶的借口、托词与伪装,凡此种种,都被布朗神父一一

---

① G.K. Chesterton: *Father Brown*. Wordsworth Edition Limited, 1992.P142

戳穿。即便是故事结局和人物命运与某种宿命相吻合,也仅是使之达到效果而已。

侦探不能是凶手或作案者,原因在于,既然推理小说以推理取胜,以推理为主导,笼统地说,可以说是罪犯出谜或制造谜题,侦探解谜。倘若侦探自己就是罪犯,那么就成了自导自演,情节的曲折蜿蜒、人性的隐秘与暴露、性格的复杂多变及其多种层面的冲突与碰撞,失去串联或贯通的脉络,失去展示和嬗变的平台;侦探作为主角的性格特征与力量,也无法得到真实的表现;推理的本义与效果、也就不复存在。从方法上看,正如范·戴恩在其《侦探小说二十法则》中说的那样,假如侦探本人(或者"侦探组成员之一")是罪犯的话,整个推理就变成一场假戏、一个骗局,是"明摆着投入一便士赢五个金币的诈赌"。而这一原则,在推理小说实践中,极个别地,有所突破,典型如阿加莎的《罗杰·艾克罗伊德谋杀案》。在这部作品中,阿加莎一反常态,虽然还是用她常用的第一人称"我"作为叙述的主体,看似"我"临时充当侦探的助手,但"我",即舍帕德医生,就是凶手。"我",作为罪犯,不仅是叙述者,还是目击者和侦探这一"正方"的参与者,参与了解谜、侦破的过程,这种做法,看似犯忌,却颇见新意。即便如此,"我"仍然不是侦探,并未完全掌握侦探手中的牌。这样一来,似此对这个三原则之一的突破也还有保留,并未完全违背。因为,事实上,"我"即凶手舍帕德医生的角色,在此仅仅是华生(即助手)而并不是福尔摩斯(侦探)本人,因此,与其说相似于范·戴恩所诟病的"诈赌",不如说更是罪犯既一身兼数角(集凶手、证人、侦探组成员及编、导、演于一身),又作为反方的卧底,直接与侦探"贴身肉搏",但他仅仅是华生,从这个意义上说,此例并未违背"侦探不能是凶手"这一原则。看看波洛是如何对着在侦破过程中一直是自己的同盟的舍帕德医生抽丝剥茧解谜团的,很能说明问题。首先是报案电话,谁打的?为什么?其次是命案现场中被挪动的靠背椅,估计是为了遮掩书桌,这又是为什么?而由此产生的关于被害人购买并使用的口述录音机的问题,开始触及罪犯精心策划的阴谋的敏感部位了。接着,将能够弄到嫌疑对象拉尔夫的靴子并且有机会从陈列柜里偷出那把剑的人排查出来,同时将其他人的嫌疑一一加以排除,很快,矛头便指向这个极其胆大妄为的舍帕德医生。设谜者参与解谜,而后当面被层层剥去伪装,现出原形,这就是作者所要达到的震撼性效果。

　　第三个原则可以表述成"要点必须事先公示"。范·戴恩的"侦探小说二十法则"认为:"读者与侦探必须享有同等的解谜机会。所有的线索必须明白地披露和描绘。"诺克斯神父的"推理十诫"中则说:"侦探不得隐瞒任何他所发现的线索。"①

　　典型如塞耶斯的《巴士司机的蜜月》,当皮特勋爵夫妇带着

---

① Ronald Arbuthnott Knox: *Ten Commandments*, Golden Age of Detective Fiction, Wikipedia, the free encyclopedia.

男仆邦特费尽周折进入刚买下来的蜜月别墅时,作者这样描述客厅的陈设——墙上挂钟,从窗外便可以看见;植物盆栽——窗台上摆放的一排、用花篮吊在窗户上方的几棵;一个大型收音机柜;收音机柜上方悬吊着一盆养在铜盆里、长得不规则的仙人掌,等等。这组要素后来组成推理链和证据链。同样的物品有众人清理烟囱时用枪从烟道里轰出的、混在一堆杂碎里的约8英尺长的铁链、十字形铁架和滑轮等物,也是证据链的构成物。花匠弗兰克跟着进屋,架梯浇花、擦拭花盆和为完成这些工作挪开家具又挪回等行为,他向新主人介绍自己的职责等,事实上都是推理链的组成部分。这些看上去十分正常、平淡无奇的内容,都是伏笔,都像这样,事先公之于众。等到侦探意识到这些物件和人物活动的意义,并将它们一一摆放进自己的推理拼图时,精心策划的谋杀案的轮廓、密室之谜的谜底,便渐渐显形。这要求作家不仅不"隐瞒"发生的事件,还要将它们清楚地展示和表现。推理链上的事物要事先交代和透露,但交代和透露时不能指明含义、点明用意,读者自然很难留意,侦探揭开谜底的时候,才会恍然大悟:原来某事或某物,其真相或目的如此。侦探推理中应一一说明和解释这些事先公开过的材料。阿加莎的《黄色的鸢尾花》中,私家侦探波洛闲居在家,接到一个奇怪的电话——

听筒里传来一个轻柔而沙哑的女人的声音,口气急切而绝望:"波洛先生——您能不能马上来——马上——我有危险——相当危险——我知道……"

波洛急忙问:"你是谁?从哪里打来的电话?"

话筒里的声音更加微弱,却又更加急迫。

"马上……生死攸关……'天鹅花园'……马上……摆有黄色鸢尾花的桌子……"

对方停了一下,接着又是一声奇怪的叹息,电话断了。

赫克·波洛挂上电话。他满脸狐疑的神色,喃喃自语道:"这件事情真稀奇。"①

嗅到危险气息的波洛赶到熟悉的"天鹅花园"餐厅时,一眼看见角落里的餐桌上摆着黄色鸢尾花,随即见到一位年轻的朋友,寒暄、调侃、倒酒、举杯之后,这个年轻人向波洛一一介绍前来参加富豪聚会的朋友们。波洛在谈笑间进行调查,酒会主人鲁西尔先生宣布他举办此次聚会的目的——为四年前去世的爱妻举办追思会。灯突然熄了,灯光重起时,四年前离奇身亡的鲁西尔夫人的妹妹趴在桌上,已经气绝。一个电话,引来著名侦探,使他目睹了一起当众进行的谋杀案件。电话、黄色的花儿、女宾回答问题的情况、熄灯时波洛对被害人的耳语……这些都有其特定的含义,当众破案的波洛也在推理演说中一一

---

① Agathar Christie.*The Regatta Mystery and Other Stories*.Berkley Books,New York,1984.P106.

予以说明。尤其典型的是,被害人很快神奇复活这个情节中,若事先不披露一些细节,读者会产生受愚弄的感觉,作品的魅力,甚至可信度和可读性,便会大打折扣。

第二节　谋杀案三要素

推理小说虽然并非一定要涉及刑事案件,也有人间喜剧或非犯罪题材,但以谋杀、自杀、盗窃、诱拐等刑案题材为主,尤以谋杀案居多。谋杀案三要素,即动机(Motive)、时间(Time)、机会(Opportunity),是推理小说推理破案的主要问题,许多谜题都围绕着这三要素来设置,尤其是时间和机会这两个要素。

一、不在现场证明

推理小说中有一个重要的命题——不在现场证明(Alibi),谜、解谜与密室等围绕着这个命题来展开。加德纳的《这是谋杀》中,凶手因暴怒而杀人,杀人之后,头脑清醒了,便企图逃脱罪责。于是,他一方面巧妙地伪造现场,包括对熄灭了的蜡烛进行处理,以误导对蜡烛燃烧的时间判断;另一方面装模作样地跑到侦探所在的办公地点持刀行凶(未遂),以此获得不在现场证明。

不在现场证明有多种模式,常见的有四种。

1.预谋式

除特别疯狂的和特殊情况下,实施谋杀的罪犯都既想杀人又逃脱法律的制裁，否则，无论杀人动机为何——情杀、仇杀还是谋财，都失去意义。那么，如何做到杀人图谋既能够得逞，又能"全身而退"？这就要证明自己不在现场，于是演绎出许多奇思巧技来。

阿加莎的《斯塔福之谜》，表面上看，黑暗中围坐在"转桌"游戏的桌子边上的游戏参与者，肯定没有作案时间与机会，但事实证明并非如此。游戏，就是罪犯苦心积虑策划出来的不在现场证明的主要环节。

布朗神父探案《吉东·怀斯的鬼魂》中，劳资双方两大敌对阵营之间的斗争正趋于白热化之际，资方三位领头人物即三个百万富翁突然遭到谋杀，死于非命。三个人在一夜之间在自己的寓所内或寓所附近被害，而他们的寓所彼此离得很远。其中两具尸首于次日被发现，经过剧烈搏斗后被推下悬崖、葬身大海的怀斯则无从寻觅。禁酒主义者霍尼一行人经过事发地点海滨断崖时，冷不丁看见扑岸的浪花化为怀斯的形象，吓个半死。警方要求霍尼前往现场核实情况，霍尼拒绝，是因为害怕吗？追问之下，他坦白是自己杀了怀斯。原来，他与怀斯分处敌对阵营，在激烈争吵并发生厮打时，怀斯失足堕崖身亡。警方拘押了霍尼，让他带路前往他"见鬼"之处。果然，月光下，身上带伤、衣冠不整的怀斯出现在人们面前。上前仔细一看、一摸，不是鬼魂，是怀斯本人，大难不死。霍尼立马跪下请求宽恕，死里逃生的怀斯同意原谅对方。于是，凶手与被害人达成谅解，干戈化为玉帛。就在人们松了一口气之际，冷眼旁观的布朗神父却不以为然。经过他的推理分析，人们才恍然大悟，原来这一出因闹鬼而牵出的失手杀人、死里逃生、忏悔与宽容的闹剧，其实是两人联手制造的不在现场证明。

克劳夫兹的《桶》则让罪犯呈现精心设计的不在现场证明，同时栽赃陷害以转移警方视线，逃脱惩罚。

2.临时起意式

遭遇式的谋杀或过失杀人时就要提供临时起意式的不在场证明，无论何种情况，罪犯杀了人之后，急忙采取伪造现场或其他措施，以期金蝉脱壳，《这是谋杀》中的凶手制造的不在现场证明即属此类。艾勒里的《中国橙子之谜》中的罪犯也是临时起意杀的人，利用现场房屋结构和摆设，根据屋外目击者所处的位置和相关人士进出时间等因素临时制造了一个绝对密室，为自己提供了一个十分有利的不在现场证明，为自己构筑了一道坚固的保护墙。布朗神父探案的《错形》更绝，凶手利用自己与被害人的密切关系，利用现场地形与环境特点，也利用了不速之客的插曲，胆大包天地当面下手谋杀而不为人察觉。

3.顺手牵羊式

罪犯作案时会抓住有利的机会，利用相关的要素，稍做手脚或有意表现，巧妙地制造不在现场证明。

布朗神父探案《狗的灵性》中，凶手偶然发现时机和条件对自己十分有利，顿时"恶向胆边生"，神不知鬼不觉地将魔爪伸向被害人。凶案现场本来就是个密室,凶手自然具备不在现场证明,为了更加保险,凶手利用"狗的灵性"顺手牵羊,消灭证据,使得不在现场证明牢不可破。

卡尔的《皇帝的鼻烟壶》中,离异少妇伊娃与贵族青年托比邂逅,二人很快坠入情网。就在伊娃与托比订婚,即将梅开二度之际,未来的公公劳斯爵士星夜在书房内遇害。就是在凶案发生那一时段,住在马路对面的伊娃家中闯入一位不速之客——伊娃的前夫内德。从伊娃的卧室窗户望过去,可以清楚地看见马路对面的劳斯书房,灯亮着、窗户敞开着,因此,大半个书房尽收眼底。就这样,伊娃与前夫站在窗前,目睹了可怕的一幕。开始,他们恰好看见有人离开。由于晚来一步,伊娃只看到一个背影,未看到此人的脸,但内德惊鸿一瞥地看见了那张脸:

有人蹑手蹑脚地走了出去,并在身后轻轻关上书房门,在门尚未完全关上的时候,那人从门后伸进一只戴着手套的手,伸向门边墙上的开关,一按,将书房内主要的照明灯关掉了。而后,门才被完全关上。这样一来,书房就只剩下书桌上的台灯在照明,在透过绿色灯罩照射出来的灯光下,可以看见书桌上布满了某种物品的碎片,也可以侧面看见坐在书桌旁的主人劳斯爵士,坐在他那张转椅上,两只胳膊耷拉在椅子扶手两边,脑袋垂在胸前,从头上流下来的血如同给他戴上了一顶红帽子。①

伊娃和前夫阴差阳错地亲眼目睹了谋杀案的尾声,内德还看见了疑凶的脸。伊娃和内德看见的当然都是事实,但为侦探推理所纠正。他们仅仅目击了谋杀结束后的情景,谋杀案的前奏和最关键的一幕另有名堂。事实上呢,他们看到的是表演,是意外的插曲,却是足以让凶手稳坐钓鱼台而不被揭露的场景。

二、作案手段和凶手

"Who"(谁)和"How"(如何)是与三要素直接关联的两大命题,也与下文所要论述的关于谜和密室的内容有紧密的关系。一般说来,"How"在前,正如皮特勋爵的名言"You Know How,You Know Who"(知道怎么干的,你就知道是谁干的)。因此,推理小说中的侦探大都会集中精力解决"如何干的"这一主要问题,努力弄清楚罪犯的作案手段,林林总总的谜的破解和五花八门的密室屏障的突破,目的也是为了呈现这些作案手段。阿加莎的《牧师宅谋杀案》中,两个人先后抵达凶案现场,向警方自首,他们都有作案动机,但前者有机会无时间,后者有

---

① John Dickson Carr: *The Emperor's Snuff-Box*, Publisher Hamish Hamilton (UK) & Harper (USA) Publication date 1942 (US), 1943 (UK) P17.

时间无机会。如果认定凶手是他们其中之一,就必须突破一个基本障碍——How——怎么干的?有的时候,"怎么干的"也不是主要问题。

艾勒里的《柚木烟盒》中,就在侦探发现第一起谋杀案的嫌犯,警方正着手捕人之际,第二起谋杀案发生,几乎就在一大群警察的眼皮底下发生。一个是被用重物从头部砸死,一个是被勒死,怎么干的,没有疑问,谁干的?直接摆上桌面。其中一个环节,只要悟到其含义,凶手是谁就昭然若揭。当然,How 并不仅仅指谋杀手段或者导致被害人死亡的原因,而且是指为了达到杀人的目的又逃脱罪责或栽赃陷害他人而采用的种种手段,通常并不那么简单与明了。塞耶斯的《谁的尸体》中,一具无名尸被送到与被害人和凶手都无关的年轻建筑师家中,一开始,侦探并无头绪,不知道是凶手杀了人之后胡乱移尸所致还是栽赃陷害,无从下手解决问题。银行家鲁本失踪事件浮出水面之后,虽然有一些若隐若现的蛛丝马迹,但侦探实在找不到足够的理由,难以下决心将两个事件连在一起。鲁本的下落不明,在无法确定他已经被杀的情况下,How,似乎迷茫漂浮于虚无。

艾勒里的《吊死的特技演员》中,被害人被发现时被吊在水管上,两脚离地,脖子上有明显的勒痕,不用验尸,一眼就可以看出她是被吊死的,"How"应该没疑问,而且,死者脖颈上的那个绳结十分特别,不是一般人可以打的,于是,侦查朝着绳结发展。妙的是,这个绳结意味深长,它既牵引着、撩动着一条极其逼真的副线,又暗藏着凶手的一个阴谋,凶手试图"螳螂捕蝉黄雀在后"。这样的场景中,How 并不是谜,Who 才是谜。表面上看,绳结问题纠结不休,但骨子里,既是掩人耳目的招数,也是侦探用来麻痹凶手的举措,双方的暗斗激起重重波澜。似此,How 包含着几层要素,成了谜的起点,也是终点。艾勒里的《中国橙子之谜》中,How 这个要素十分特别、耐人寻味。严格上说,侦探首先要解决的,并不是"如何杀的",不是"How",而是"Why",因为被害人凭空冒出,莫名被杀,与主人及其亲友以及左邻右舍毫无瓜葛。事实上,一般意义上的 How 一开始就不是问题,当主要谜题开始有解的时候,How 一方面显露出意义,另一方面又以别的形式表现——现场是如何被设置成密室的?当然,真相大白时,How 的答案与 Who 直接关联,都会得到清晰的揭示。

三、时间与机会

照理说,三要素中这两个要素密不可分,只要嫌犯被排除嫌疑,就不可能同时具备,凶手则一定具备。但凶手诡计多端,侦探往往无法同时将两个要素"套"在凶嫌身上,与谜、密室和作案手段相关的难题时常由此产生。阿加莎的《波洛的圣诞节》中,谋杀现场成了绝对密室:圣诞之夜,晚宴后,老赛蒙·李自个儿锁在房间里,"就在这时,传来了一声尖叫,清晰而尖厉——那是一种令人毛骨悚然的尖锐的哭号,渐渐消失在一阵像噎住了似的咯咯的笑声中"①。

被夜半怪声弄得惊恐不安的管家和家人们不约而同地聚集到了二楼的老头房间门外,想看看富豪之家的老掌门到底出了什么事,遇到什么危险。叫门、敲门,里面毫无反应,进不去。门锁得严严实实。大家伙急了,儿子、女婿等人抬来一条坚实无比的长木凳,硬是把门给撞开——有那么一会儿,他们挤作一团,一起向里张望着,他们看见的景象是他们每一个人都终生难忘的……

> 看得出来,这里显然有过一场可怕的搏斗,重家具都翻倒在地,瓷花瓶的碎片散落了一地,在壁炉前的地毯中央,赛蒙·李躺在血泊之中……血溅得到处都是,这地方简直就像一个屠宰场。②

这意味着什么呢?意味着老主人在门户紧锁的密室里遇害了,临死前与凶手进行过一番生死搏斗,人们破门而入时,凶手凭空消失,像烟一样无影无踪!凶嫌即便有作案时间,也不可能有作案机会。要将这两个要素在一个人身上统一起来,简

---

① Agathar Christie. *Hercule Poirot's Christmas*. Fontana/Collins, 1986. P63.

② Agathar Christie. *Hercule Poirot's Christmas*. Fontana/Collins, 1986. P63.

直不可能。

艾勒里的《玻璃圆顶钟》中,六个人一起玩牌,牌局散了以后,五个人各自回家,剩下店老板住在店里,但他被谋杀了。那五个人都有作案时间,也都有机会,两个要素安在谁的身上,似乎都能安得上,这么一来,侦探可就犯愁了,只能从动机这个要素来寻求突破,从何入手破案呢?庆幸的是,案情为侦探提供了用武之地,即玻璃圆顶钟"遗言"之谜,这个谜取代了主谜,它的谜底成了破案的关键。

似此三要素退居次要地位或者干脆退到幕后,其他要素占据前台的情形,在推理小说之中为数不少,但殊途同归,必须回到这个基本面上。由于从案情中无法直接提炼出三要素,作者才进行迂回,况且时间和机会一开始就昭然若揭,因此,侦破的过程成为论证的过程。在罪犯精心设计的谜或者因势利导而成谜的案子之中,时间和机会这两个要素一般皆为首要因素,罪犯则总是费尽心机使它们不统一,给破案设置难以突破的障碍,情节上的奇妙也就产生于此。

在使这两个要素相互间离上,阿加莎长袖善舞。《天空中的巨手》中,实际作案时间与所有的证人证明的时间并不相符,凶手事先布置了现场,导致证人们的集体失误,罪犯成功地使时间和机会这两者剥离。《斯塔福之谜》中,罪犯用神秘的降神预言来分割时间与机会,有机会在黑暗中做"转桌游戏"的手脚的人绝无足够的时间赶到数英里外的现场作案,侦探即便怀疑也无法将两个要素统一起来。《阳光山谷之谜》中，时间与机会完全统一，变换的是凶手的身份（性别）和帮凶的证词，以至案情陷入迷宫。

第三节　完美谋杀

完美谋杀这个概念，推理小说实践中经常使用。它具有集束作用，往往将密室、谜、策划、计谋、智斗等要素集于一身，以至于能称得上完美谋杀的案件自然不多，也就使得这不多的故事成了塑造侦探形象的绝佳背景。"完美"，首先表现在作案——指的自然是罪犯精心谋划的案件——不留痕迹，"神不知鬼不觉"，这就要求谜的设置十分巧妙或十分隐蔽，无法破解，但仅仅如此仍然不"完美"。完美谋杀最核心的要素（必要条件）是即便解了谜、破了案（揭开了真相）但仍然无法将罪犯绳之以法，其原因在于罪犯的谋杀不留痕迹或无法获取证据。常用的手段有借刀杀人、设置骗局杀人、利用他人习惯或弱点或缺陷杀人，等等。总之，虽然经过精心策划，但罪犯本人不动手、不沾手，因此，明知是他干的，却又拿他没办法。非如此，则不称其为完美谋杀。

契斯特顿的《萨拉丁王子的罪孽》中，家财万贯的萨拉丁王子遭仇人之子满世界追杀，家产不断被吃喝嫖赌的弟弟所蚕食与侵吞。无奈，萨拉丁王子只得选择躲到与世隔绝的小岛上过起隐居生活。他的宅邸中有一位忠实的老管家保罗,打理一切事务。

有一天,不速之客和随从来到草坪上,像仪仗队一样站着。六名划桨手将船推上岸停好,威风凛凛地列在船边,像竖长矛一样地竖着船桨,他们肤色黝黑,有几个还戴着耳环。其中一名随从提着一只奇形怪状的黑箱子,走到前面,在那个橄榄型脸、穿红色短大衣的年轻人身边站定。

"你就是萨拉丁?"年轻人问道。

萨拉丁冒失地点头承认。

来客有一双阴沉的、猎犬一般的暗褐色眼睛,与王子那闪烁不定的灰色眼睛截然不同。这张脸似曾相识?神父又被这种感觉焦灼着,他又想起在那间布满窗户和镜子的大厅里的情景,将这种巧合联系起来……"见鬼,又是那个水晶宫殿!"神父咕哝了几句:"怎么总是看到相同的东西,简直像做梦。"

"您是萨拉丁",年轻人说:"那么我告诉您,我叫安托尼里。"

"安托尼里",王子懒懒地重复了一遍:"我似乎听过这个名字。"

"请允许我致意。"年轻的意大利人说着,左手礼貌地摘下他那顶过时的帽子,右手却猛地击在王子脸上。这一下如此突然,使王子的白帽子给带落,滚下石阶,旁边的蓝色花瓶也被碰掉在基座上。

但是,王子无论如何也不是懦夫。他冲过去一把扼住对手的喉部,几乎将他扳倒在草地上。他的对手一面挣脱,一面又匆忙地表现出一种不合时宜的绅士风度。

"好吧。"他气喘吁吁地用英语断断续续地说:"我刚才辱没了您,现在我要求决斗。麦考,打开箱子。"

站在年轻人身边戴着耳环的人打开了箱子,取出两把钢柄钢刃、寒光四射的意大利剑,并将剑插在地上。年轻人面朝着入口站着,微黄的脸上充满敌意,两把利剑就像坟墓上的十字架一样立在草坪上;一排士兵列在后面。这情景古怪得让人想起蛮荒时代的审判庭。这一幕插入得这么快,以至于周围其他的一切还都未来得及改变——金色的夕阳余晖仍在小径上闪耀,麻雀的叫声却好像在宣布着不为人注意的但却可怕的命运。

"萨拉丁王子",那个叫安托尼里的人说:"当我正在襁褓之中时,您就杀死了我的父亲,偷走了我的母亲;相比之下,我的父亲还要幸运一些。你杀他的手段并不磊落,不像我,是要堂堂正正地杀你。你和我那个罪恶的母亲驾车把父亲带到西西里的一个偏僻关口,把他从悬崖上推了下去,然后就远走高飞了。假如我愿意,我本可以学你,但那太卑鄙了。我走遍天下追踪你,但一次次都让你溜掉了。

但是,这里是世界的尽头——也是你的末路。你现在已经在我的手里了,我给你一个决斗的机会,虽然你没有将同样的机会给我父亲。选一支剑吧!"①

躲来躲去,萨拉丁还是没能躲过第二代的复仇。也不知是出于贵族的荣誉感还是由于认命,反正,萨拉丁二话不说,捡起一把剑,勇敢地面对年轻力壮的挑战者,与之进行一场几乎一开始就知道毫无胜算的、绝望的战斗,踏上一条不归路。年长的管家保罗疯狂地跑到码头上,解开缆绳,拼命划船逃离。决斗的结果可想而知,年长的贵族倒在剑下,年轻的勇士成功复仇,坦然接受法律的制裁。小岛上一切都恢复平静,萨拉丁的真身,出现在人们面前,坦陈一切。原来,这是一个精心构筑而且长期营造的阴谋,一个令人叫绝的完美谋杀案件。除了隐忍和等待,凶手任何与谋杀有关的事都不用做,复仇者自然会主动落入圈套,牺牲品也难逃厄运,凶手虽然达到一箭双雕的目的,但他根本无需"放箭"。他只要在长期的准备过程中,巧妙地布下陷阱,耐心地等待,总有那么一天,猎手和被蒙在鼓里的猎物会不知不觉地落入其内,自相残杀,他作为真正的凶手,则坐收渔利。由于整个阴谋的兑现是一个长期的过程,真凶本

---

① G.K.Chesterton, *The Innocence of Father Brown*, Penguin Books Ltd, England, 1987. P162~164.

人,既是旁观者,又并不离得太远,能够巧妙地、不动声色地左右局面,使之不至于"偏移"自己设定的局太多而导致目的无法达到,因此,这样的案子,其结果是明知其实情却无可奈何,眼睁睁地看着元凶逍遥法外、洋洋自得——

"在我漫长而又愉快的一生中,我偷过不少东西",这个古怪的老人平静地回答道:"但这顿晚餐却是少数的不是偷来的东西。这晚餐、这房子、还有这花园,碰巧都是属于我的。"

弗兰比脸上显露出恍然大悟的神色:"你的意思是,萨拉丁王子留下遗嘱……"

"我就是萨拉丁王子",老管家慢慢地咀嚼着一块咸杏仁,说道。

布朗神父正看着外面的鸟,一听这话,就像被击中一样突然跳了起来,把头伸进窗户,脸色苍白得像萝卜。

"你是谁?"他几乎尖叫着问。

"保罗·萨拉丁王子,先生"。这个高龄老人彬彬有礼地回答,边端起一杯雪利酒:"我是个安居乐业的人,在这儿过安静的生活。谦虚地说,我叫保罗,以区别我那个不幸的弟弟史蒂芬。我刚听说他死了——死在花园里。当然,他的仇人追到这里并不是我的过错。这只能怪他生活不合常理,毕竟他不是个本份人。"①

完美谋杀的第二个条件,是构筑成功的谋杀所需要的绝对密室。契斯特顿的《阿波罗的眼睛》中,百万富翁波琳小姐意外身亡,从电梯井摔下而死于非命。现场并无旁人,没人推她,是自己摔下去的,于是人们认为她是自杀的。布朗神父却不这么看,他仔细分析情况,对现场周围进行勘察,揭穿了凶手图财害命的真相。现场的确只有被害者一人,但波琳不知道电梯并不停靠想要的楼层,而是停靠在未完工的楼层,一步跨入酿成惨剧。现场成了绝对密室,也是机关密室。凶手的手脚做得十分巧妙,不需要任何设置,过后自然也不会留下任何痕迹。仅仅利用被害人几近于失明的事实,和对自己的盲目而近乎于痴狂的崇拜与信任,神不知鬼不觉地布下一个不用制造就形成的陷阱。阿加莎的《无人生还》也是完美谋杀的典型。被神秘主人邀到黑人岛上度假的十个彼此之间互不相识、原本毫无瓜葛的人,在由于风暴和通讯中断等缘故而事实上与世隔绝的几天时间内,相继被害。大陆上有人看到岛上发出的SOS求救信号,等狂风骤浪平息后驾船上岛,才发现谋杀现场令人触目惊心:两人被枪射杀,两人被毒死,一人服下过量麻醉剂而死,一人脑

---

① G.K.Chesterton.*The Innocence of Father Brown*.Penguin Books Ltd,England,1987.P169.

袋被劈开，两人头被砸破，一人淹死、一人吊死。孤岛上的这场屠杀进行得很缓慢，但无人生还。孤岛形成了绝对密室，没人可以逃出，也没有其他人进入，惊天悬案，完美谋杀。若没有过后"简艾玛号"渔船的船老大从海里捞起一个漂流瓶——漂流瓶里是凶手手书的长长的自供状，将它送到伦敦警察厅，此案将永远无法真相大白。凶手实施的谋杀，不是不留痕迹，而是所留痕迹自然消失，掩盖在受害遗迹里，真相也就无从知晓。

完美谋杀的核心在于凶手够巧妙地实施计谋，既除掉被害人，又让侦探哪怕明知其所为又无计可施。从这个角度来说，完美谋杀有两个特点，一是侦探依靠超人的智慧和耐心缜密的调查进行严密的推理，拆穿罪犯的伎俩，破解了谜题，但无法将之诉诸法律，使之得到应有的惩罚；二是罪犯在与侦探的明争暗斗中获得胜利，其取胜的标志就是逍遥法外。于是，推理小说中的侦探就不惮动用私刑执法。明知对手应当受到惩罚而又无能为力，作为法理上和斗智的赢家却又事实上"虽胜犹败"，在愤怒之余，侦探自个儿出手伸张正义。这一方面，最杰出且最撼人心魄的是阿加莎的《幕——波洛的最后一案》。

波洛邀请哈斯丁斯回到他们第一次联手探案的庄园，庄园已被改为高级旅馆。令哈斯丁斯吃惊的是波洛变得苍老而衰弱，只能坐在轮椅上，他辞退了多年的男仆乔治。

旅馆中住着旅馆主人夫妇,哈斯丁斯的女儿及女儿的雇主——富兰克林夫妇,护士克莱雯小姐,卡林顿爵士,科尔小姐,斯蒂芬·诺顿,生性不羁的阿勒顿少校,波洛的新男仆科蒂斯。

波洛拿出一叠剪报,上面报道了五个谋杀案,并告诉他旅馆里住的这些人之间,以及他们与前几次谋杀案件的当事人之间,都存在着某种联系;而凶手的犯罪手法有一个共同点:在每次事件中似乎都有一个明显的嫌疑人等待着走上被告席,然而,真正的罪犯却隐藏在他们背后,逃过了法律的制裁。

正当一切看似平静的时候,凶手已经开始行动,先是懦弱的旅馆主人猎枪走火伤了妻子,接着是一直体弱多病的富兰克林夫人喝下咖啡后死去,波洛力主她是自杀。

更离奇的是,哈斯丁斯发现女儿被花花公子阿勒顿所勾引,竟起意要杀掉阿勒顿,然而准备动手的那一晚他过早睡去而没能下手。接着是诺顿在密室中额头中枪死去,警方判定为自杀。波洛却告诉哈斯丁斯这是谋杀!

一个个疑团还未解开,波洛突然心脏病发作去世,哈斯丁斯发现波洛的药瓶失踪了,伤心万分的哈斯丁斯离开庄园,带着波洛留给他的书里的纸条找到波洛以前的男仆乔治,意外得知波洛虽然身体衰弱但并未到需要坐轮椅的程度!

疑惑的哈斯丁斯在收到一家律师事务所寄来的波洛的遗书后终于明白真相:原来波洛发现了凶手的手法,不亲自杀人,而是利用别人的心理弱点巧妙地鼓动别人杀人,这些罪行是由他策划,由他进行的。而他却始终站在圈外,没有受到怀疑——或者说他可以使自己站在圈外,不受怀疑。

旅馆主人因为这个人讲了一个开枪走火的故事而故意装作猎枪走火伤了一直压制他的妻子,只因为事到临头心软而没有击中要害。

又是这个人鼓动了富兰克林夫人谋杀丈夫好嫁给卡林顿爵士,然而由于桌子被转动,富兰克林夫人自己喝下了那杯毒咖啡,波洛为了避免无辜的富兰克林先生和与他相恋的哈斯丁斯的女儿朱蒂丝被怀疑才力主她是自杀。

接着这个人让哈斯丁斯误会女儿被恶棍所勾引以至要杀掉恶棍,幸好波洛及时发现,下药让哈斯丁斯早早睡去而不能动手。正直善良的好友被凶手所利用竟差点沦为杀人犯!波洛觉得忍无可忍,在无法利用法律手段制裁凶手的情况下,亲自动手杀掉了一切罪恶的幕后凶手——诺顿。

杀掉凶手之后波洛藏起自己的心脏病药,任由自己病发死去,接受上帝的裁决……

此例中的诺顿,不单在一系列谋杀案从不动手,有时还会进行实际上是火上浇油的劝阻和告诫,按波洛的说法:

> 是的,这就是谋杀的滴水不漏的技术。甚至连一丝一毫直接的暗示都没有。他总是阻止别人采取暴力行动,带着厌

恶驳斥无中生有的怀疑，直到他自己说出这些怀疑为止！①

当发现或挑起他人的谋杀愿望后，诺顿并不指出这种愿望，而是去消除正常的、适时的抵抗力，这要长期实践而熟能生巧。他懂得使用恰到好处的词句、言语，甚至语调，抓住他人最脆弱的时候施加压力！这不是催眠术——催眠术不可能成功，这是更为阴险狡诈、更为致命的手段，这是调动一个人的各种力量去扩大缺口而不是去修复。这是唤起一个人身上的最美好的东西并使其与最丑恶的东西结合在一起。正如波洛在给哈斯丁斯上尉的遗书中写的那样：

  在他相当年轻的时候，就开始发现自己有能力影响别人。他是个好听众，他沉静而富于同情心。人们喜欢他，同时又不怎么注意他。他对此忿忿不平——进而利用起了这一点。具有讽刺意义的是，他发现，使用恰如其分的词句进行刺激，就可以非常轻易地左右他人。唯一必要的条件就是理解他们——看透他们的思想，以及他们隐秘的反应和希求。
  哈斯丁斯，你是否意识到，这种发现能够滋生一种力

---

① Agatha Christie：*Curtain-Hercule Poirots last and greatest case*. Published 1976 by Pocket Books in New York，P99.

量感？这就是斯蒂芬·诺顿,一个被人喜欢又鄙视的人。他能够使人们去干他们不想干的事——或者(请注意这一点)去干他们自以为他们不该干的事。

我能想象得出他的这种癖好是怎样发展起来的……怎样一点一点地养成借他人之手去作恶的阴险嗜好的。诉诸暴力,他体力不足,正因为这样,他曾经遭到了别人的讥笑。

是的,这种癖好愈来愈滋长,终于发酵成为一种强烈的欲望和需要!这是一种毒品,哈斯丁斯——一种像鸦片或可卡因那样的极易上瘾的毒品。

诺顿,这个性情温和的,慈善的人,是个隐秘的虐待狂,他对痛苦和精神折磨上了瘾。近年来,这些东西在世界上已经成了一种流行病——变本加厉了!

它满足了两种欲望——虐待狂的欲望和拥有力量的欲望。

他,诺顿,掌握了生死予夺之权。

就像其他吸毒成瘾的人一样,他不得不去找他的毒品的来源。他接二连三地找牺牲者。我毫不怀疑,他做的案超过我实际已经探明的五个案件。在每个案件中,他都扮演同样的角色。[1]

---

[1] Agatha Christie: *Curtain-Hercule Poirot's last and greatest case*. Published 1976 by Pocket Books in New York, P100~101.

对这样一个心机深沉、用意狠毒、手段隐晦、危害剧烈的"隐形杀手",连神通广大的波洛也无能为力,他只能动用私刑惩治凶手,维护正义,但却付出生命的代价!波洛当然无法"以其人之道还治其人之身",不可能复制诺顿的谋杀技巧与模式。他精心布置了一个局,惩治了凶手,按理说,他的套路还够不上是完美谋杀,但由于他自我了断,加上所设的局接近于滴水不漏,因此,若没有遗书自供,案子只能以一个自杀、一个猝死作结。波洛的悲壮结局,为完美谋杀做了一个令人心悸的绝妙注脚,也成就了神探的经典绝唱。

波洛在遗书里头写道:

> 我就是法律!作为一名年轻的比利时警察,我曾经击毙过一个坐在房顶上向下面的人开枪的亡命之徒。在紧急状态下,是要宣布军事管制的。通过剥夺诺顿的生命,我拯救了其他的生命——无辜的生命。可是,我依然不知道……也许我不知道倒好一些.我总是那样确定——过于确定了……
>
> 可是眼下,我非常懦弱,我像个小孩子一样地说:"我不知道……"
>
> 再见了,亲爱的朋友。我已经将亚硝酸戊醋安瓿瓶从我的床边拿开了。我宁愿将自己交到上帝的手中.他或许会惩罚,或许会宽恕,愿它快一点来吧!

我们不会再在一起追逐罪犯了,我的朋友。我们第一次侦察是在这里——最后一次也是在这里……①

波洛用生命换取正义战胜邪恶,维护了法律的神圣与尊严,演绎了登峰造极的推理故事。

---

① Agatha Christie: *Curtain-Hercule Poirot's last and greatest case.* Published 1976 by Pocket Books in New York, P108~109.

第三章　不变的定律：谜与解谜

推理作品，离不开谜，有谜则有故事、有人物、有性格；有矛盾、有冲突，从而有主旨有意义，无谜则不仅大为失色，也不成推理小说。推理作品中，罪犯往往是有意或无意的设谜高手，侦探则是解谜能手。谜的设置水平越高，解谜的难度越大，越能够体现侦探惩恶扬善的决心和意志，表现其锲而不舍的精神和高超的智慧，故事也就越显得一波三折、精彩纷呈。

第一节　谜的作用和意义

许多推理小说直接用"谜"来命名，如《磨坊之谜》《英里之谜》《雷神桥之谜》《绿胶囊之谜》《斯塔福之谜》《金匕首之谜》《荷兰鞋之谜》，等等，不胜枚举。但是，虽然作品的题目叫谜，并不等同于本节所要论述的谜，当然两者有时是一致的、重合的。推理小说的谜，首先是出题，出谜题，而且谜面、解谜过程与方式、谜底俱全。因此，谜的首要作用在于结构上，满足推理小说情节架构的需要。其次，谜的扑朔迷离，解谜的难度，往往决定了作品的成熟程度和故事的吸引力。谜的意义，则主要在于它为编织故事、塑造人物形象和深化主题所提供的标准，解谜的难度和复杂程度，在很大程度上决定了作品的高度。

一、计谋与设谜

总的看，谜的设置可以分为计谋和自然形成两种。契斯特顿的《错形》中，主体谜是密室之谜，分项如书房便笺纸剪角之谜、诗人绝命书引语之谜等，这些都是凶手设置的，凶手设置了密室，布置了为设置密室而安排的细节，形成总的谜项和分项的谜。塞耶斯的《谁的尸体》一开始就布置了一个大的谜题——年轻建筑师家中浴室里惊现无名尸，尽管这不是总的谜项，但却带来一系列谜题——死者身份为何、死于意外还是被谋杀、尸体如何从天而降、"此人并无近视，为何戴着眼镜"，有些谜是罪犯计谋的一部分，有些则因事件本身而自然形成。阿加莎的《东方快车谋杀案》中，主谜当然是亿万富豪雷切特在行进的豪华列车中被杀，这可以带来一系列谜题——动机、作案手段、时间以及现场包厢门反锁凶手如何进出。死者身体上的刀伤也是一个谜，正如验尸的医生说的，"凶手在死者身上多达十几刀的落刀，除了一两刀是力度很大，穿透了肌肉、肌腱甚至骨头之外，其他大多是随意和胡乱刺的，有些甚至仅仅是在表皮上划过，几乎没有造成任何伤害。"这是为什么？有些刀显然是左撇子干的，难道凶手有两名？这也是谜；波洛在与医生等人讨论案情时列出十个问题，包含现场遗留物等谜题。这些副谜或子谜，既与主谜相辅相成，又独立存在，主谜或总谜的答案一般都隐藏在其中。从这个角度说,主谜或总谜仅仅是一个命题,有了命题,副谜或子谜才有实质意义,才是需要努力破解的。阿加莎的《ABC谋杀案》中,连环杀人命案动机的谜底就在由案情所形成的副谜中。《东方快车谋杀案》中刀伤之谜的谜底也包含在动机之谜和凶手身份之谜中。谜对推理小说的情节和结构起着重要的作用。

二、谜的结构:主谜与副谜

如上所述,推理作品中的谜可以分为总谜(主谜)和子谜(副谜)。主谜一般比较笼统,无法或难以直接破解,必须依靠子谜的突破来连带解决。子谜有时很多,有些与主谜有关,有些则无关。众多的子谜里边,一般有一两个要害处,称为核心子谜,它们的破解会对案件侦破起关键作用。

爱德华·霍克的《运务员专用车谜案》中,主谜是专车内珠宝被劫、押运员被杀等案情形成的密室之谜,子谜之中有被害人临终前在车厢的金属地板上写下的现场血书之谜,这三个字母的德文含义成了破案的关键。一旦悟到,结合其他子谜的破解,则密室作案手段与运务员被害等真相就会大白。

阿加莎的《斯塔福之谜》中,谋杀现场不是作者要构筑的密室,凶手如何进出作案也并不构成谜题,对主谜的破解起关键作用的核心子谜是降神会的预言,这个预言使案发现场成了密室——事实上谋杀现场并未直接构成密室,根据勘察可知的,仅仅是熟人作案伪装成入室抢劫。由于被害人遇害时间与案发前在另一个地方举行的降神会的转桌预言惊人地一致，除非相信超自然的魔力，否则只能判定，凶手就在黑暗中围坐在桌子跟前参加"转桌"游戏的那几个男女之中。这么一来，现场就成了密室——凶手在五点二十五分时，借降神把戏准确预言"上校死了"，几个小时后，六英里外的上校宅邸发现遭入室劫杀的上校，经鉴定，果然死于"五点二十五分"左右！于是，转桌死亡预言就成了核心子谜，无论嫌疑人有几个，也无论谋杀动机、现场伪装等谜团如何提供可能的侦破方向，警方锁定和实施拘捕的被害人外甥皮尔逊如何具备作案动机和机会，转桌预言仍然是无法逾越的障碍和不得不面对的谜题。

　　这个关键谜题无法破解，那么只有两种解释，第一，相信神秘的死亡预告或谋杀预言的真实性，也就意味着必须违背"推理三原则"；第二，凶案主谋就在"转桌降神"游戏的几位参与者之中，但由于这位罪犯不可能有分身术，因而此人必定有同谋。事实上，在案件侦破过程中，可能的凶嫌一个个被否定，如果相信皮尔逊无罪，那么所有的努力都只能回到原点，即转桌预言。此例中核心子谜的破解，显现出子谜之间的有机联系和破解所产生的连锁效应，显现出子谜的破解对主谜破解的关键性作用。由于侦探，即被锁定的嫌犯的女友的坚持与不放弃，就在所有的线索与可能性都被证明与谋杀案无关联或无法将之与案件相关联，导致她陷入困境、一筹莫展之际，一封来自于热心人，"三皇冠"旅馆老板娘贝林夫人的信使她在混沌之中见到一丝光亮,尽管她并不明白那双丢失的靴子对解谜会有什么帮助——

亲爱的策列福西斯小姐:

你说过对任何一件反常的小事你都想知道。这是一件尽管不重要但有些奇怪的事,小姐,我认为我有责任立即告诉你,但愿这封信能赶得上今晚最后一次或明早第一次邮递,能及时地到你手上。我侄女告诉我这件事时,说并不重要,但有些奇怪,我也同意。虽然警察宣称策列维里安上校屋里什么都没少,可事实不然,仅仅是由于认为少掉的东西毫不重要,才这么说的。屋子里明明少了一件东西,只是因为不重要而并不在意。小姐,策列维里安上校的一双靴子不见了。那是依万斯和布尔纳比少校在清检东西时发觉的。小姐,这事虽无关紧要,但我想我必须让你知道。那是一双上了油的厚靴子,上校下雪天出门穿的,而他那天并未出门踩雪地,这就叫人费解了。总之,靴子没掉了,没人知道谁拿了它。我清楚这事不重要。但我觉得有责任写信告诉你,希望这封信能马上到你那里,希望你不要为那个年轻人过于着急,小姐。

您的忠实的朋友——J·贝林太太[①]

---

① Agathar Christie. *The Sittarford Mystery*. Foreign Languages Press,Beijing,1998.P198~199.

巧的是,接到这封信时,永不言弃的艾米莉正索取上校宅邸(案发现场)的钥匙,打算重新勘探,看能否找到有用的线索。她脑子里头一直琢磨靴子为什么莫名其妙地失踪。在上校的房子看似有序,实则茫然地将早已被再三翻遍之处、楼上楼下再次翻个遍,连书架上的书都没放过,可就是什么也没发现。被害人的靴子丢了,这能说明什么呢?是谁把它拿走了吗?为什么要拿走靴子?靴子,意味着什么?脚印?她越想越多,却越没有头绪,突然,在收拾得整整齐齐、干干净净的起居室里,她瞥见一个不协调的景象——壁炉里的灰烬!艾米莉下意识地将手伸进炉格,摸索着……

她从烟囱里掏出一个纸包,一抖开,那双靴子掉在地上。神秘失踪的靴子现身了。这意味着什么呢?事实证明,就是这双靴子,为解开重重谜题立了大功。靴子失踪之谜,是子谜,虽然并不是核心子谜,然而,此谜的破解导致多米诺效应,核心子谜和其他子谜一下子都有解了,自然主谜的谜底也就解开了。

第二节　遗言之谜

林林总总的各式谜题里,遗言之谜很有特色。一般说来,特别是在直接指向的情况下,遗言之谜直接揭开"谁是凶手"这一谜题的答案,成为主谜。究其原因,被害人在未失去意识的时候,拼尽全力留下的话或文字必定是要指出凶手,好让警方、侦探将其绳之以法,为自己报仇。

霍克的《运务员专用车谜案》中,前前后后锁得密密实实的押运珠宝的运务员专用车厢内,运务员被刺身亡,保险箱被打开,价值连城的珠宝不翼而飞。运务员弥留之际,在车厢地面血书下"elf"这三个字母,方才气绝。显然,这是被害人给警方留下的遗言,应该对破解疑案有重要的意义。

遗言(遗书)所指,一般是凶手或者与凶手有着重大关联的事物。由于留言(书)者已被害,或者奄奄一息,或者仅凭顽强的意志,为了给警察和自己的亲人、好友留下指认凶手或可供破案的信息,用精神力量勉强支撑完成留言。因此,遗言(书)常是不完整的,比如,一句话没有来得及说完,或遗书写一半就咽气了。尽管这些半截子的话或书写内容是解疑的重大线索甚至是直接答案,但因为不完整,给侦探带来极大的挑战。比如,受害人在指认凶手时仅说出或写出半句话或姓名的一部分,使得听话的人或见到遗书的人无法直接得到答案,解开"谁干的"这个主谜。这也就是遗言(书)之所以成谜的第一个原因。

另外,在此例中,被害人运务员在猝不及防的情况下挨刀,踉跄着后退几步,便不支倒地。虽然尚未气绝,但已经没有时间也没有气力再反抗或做任何事情了。更为不利的是,此时凶手尚未离去,他的任何举动都还在凶手监控之中。有些凶手杀人后还会清理现场,消灭对自己不利的证据或痕迹,所以,如果被害人利用咽气前的最后一点时间留下直指凶手的遗书的话,完全可能被尚未离去的凶手抹去,因此,被害人必须在生命的最后时刻与凶手斗智,处于极端劣势的被害人最好的办法就是不显山不露水地设置哑谜。此例就是被害人设谜的典型。这是遗言(书)成谜的第二个原因。

　　此例中,突遭刺杀的运务员咽气之前在地板上写下血书,其实并不用怕凶手抹掉——依现场的实际情况,显然凶手即便发现血书,也无法将其抹掉。但是,作为具备双重身份(既是受害人,又是罪犯)的运务员心里清楚,他的遗书若直接指认,隐蔽在列车上的凶手肯定会发现,便很有可能在警察将其逮捕前逃之夭夭。因此,他的血书事实上拐了两道弯,用自己的母语(德文)来表示铺位号(指认凶手),此哑谜遂为侦探破解,据此采取相应措施,逮住凶手,追回失窃的珠宝。

　　遗言(书)成谜,其要素根据现场的环境、条件和被害人自身的实际状况来确定,不一定是语言文字,有时是实物、动作、姿态,这样一来,谜语就更难解了。艾勒里的《有胡子的女人》中,死者亚伦医生被刺杀时正在画架前作画,画架上那幅尚未完成的临摹画上的女人,下巴被画上胡子,是死者在仓促之间(在被刀刺中要害以后)才画上去的吗?如果是,这胡子算是被害人的遗笔。这是他当着凶手的面干的事,在挨了刀以后,在倒下之前,假装凭着惯性随手涂抹两下,凶手也就不会在意,不至于引起警惕而将这蕴藏着至关重要的信息的痕迹抹掉。但侦探仔细考察发现并非如此,尽管女人下巴上的胡子画得有点仓促,但笔画清楚,不像挨刀后的草草涂抹,也看得出是亚伦医生的行家笔法,而非他人所为;二来根据法医鉴定,亚伦医生被刺后——

> 我们都同意亚伦医生不可能在遭到攻击后才绘上胡子,他是立即死亡,因此他一定是在遭到攻击之前画的。问题是多久之前?还有,亚伦到底为什么要画那胡子?
>
> "穆奇说是提供凶手的线索",梅逊低语:"可是——给警方这么一个神奇的赠礼!这看起来太古怪了。"①

由此判断,亚伦医生一定知道凶手要下手杀害自己,为了给警方提供破案线索并不引起凶手的警觉而画上那胡子。长上胡子的女人,指的是谁呢,是指凶手是个女人吗,应该不那么简单,这个信息当然是意有所指,意有何指,绝非摆在面上的。果然,侦探解开此谜,读者才发现,亚伦医生临终前冷静地、不动声色而顺势设下的谜,巧妙而又明了地直指凶手。此类哑谜,因为被害人的机智与沉着,为死后报仇埋下伏笔。艾勒里探案的另一篇《玻璃圆顶钟》中,死者马丁·欧尔拖着残破的身躯沿着柜台爬行了六英尺——血红的痕迹清楚地说明一切——靠着超人类的能力撑起身体到一个装满宝石及半宝石

---

① (美)艾勒里著,陈胜制作:《艾勒里·奎恩中短篇小说集:有胡子的女人》,第 7~8 页。

的柜子边,用虚弱的拳头打破薄玻璃,在宝石托盘之间摸索,抓起一块未镶嵌的大型紫水晶,左手紧紧握着石头跌回地板上,再依切线方向爬行了五英尺,经过放古董钟的桌子,来到一个石柱旁,再次撑起身体,刻意把石柱上的物品拉下来。那是一个老式的钟,上面有一个玻璃顶,所以这个钟就掉在他的身边,玻璃全都摔成碎片。马丁·欧尔就死在那里,左手里是紫水晶,流血的右手放在钟上好像在祈福。奇迹是时钟的机件并未因坠落而损坏。死者的遗言是什么呢?一个紫水晶、一个玻璃圆顶钟,什么意思,哪个更重要?似乎他抓到紫水晶还不够,非要拼尽最后的力气拉下那个圆顶钟不可。要不,就是两个东西都有寓意?不得而知。凶手极有可能是在谋杀当夜早些时候与死者一道玩牌的五个朋友(一个珠宝商、一个股票经纪人、一个股票操盘手、一个新闻记者,最后是一个没落贵族——保罗公爵)之中。侦探艾勒里这样分析关于钟的遗言:

一,牌局结束以后,这五人是一起离开的,因此,用摔下的钟(意在使其摔碎停摆)来锁定作案时间,意义不大。再说,即便拉下那个钟是为了指明时间,他大可不必拖着垂死之躯爬那么远干这事——因为就在离他更近之处,也就是他爬过的那张桌子上还有许多古董钟,随便扯下一个都能达到目的,由此可见,"钟"的遗言,与时间无关。

二,这个钟,虽然是死者店里具有独一无二造型的钟,但未能查到与死者生活背景方面的关联,换言之,此钟并不具有特殊意义。

三,剩下的可能——

"所以,欧尔试图要表达的",艾勒里平静地继续说着:"并不是一个钟的功能解释,而是因为这个特别的钟与店里面其他的钟不一样的地方。"艾勒里把食指向前指着。"这个钟有一个玻璃圆顶!"他慢慢地直起身来,"你们有没有人可以想到玻璃圆顶钟所影射的一件相当普遍的物品?"

没有人回答,不过文森和派克开始舔嘴唇了。

"我看到智慧的征兆了",艾勒里说着:"让我说得更具体一点。有一个基座,一个玻璃圆顶,圆顶里面有个滴答作响的东西。"

还是没有回答。

"好吧",艾勒里说道:"我想我应该预期到会如此沉默的。当然啰,是股票行情报价机!"

众人都盯着他看,接着所有的眼光都转向脸色发白的杰第·文森和亚诺·派克。

"是的",艾勒里说着:"你们是可以好好看看文森和派克先生脸上的表情。因为只有他们两个与股票行情报价机有关联:文森先生是华尔街的操作员,派克先生是个经纪商。"

　　两个刑警静悄悄地离开墙边向两人靠近。①

　　这可以推导出两个嫌疑人。

　　再看关于紫水晶的：这是2月生人的生日石，五人中只有一个生日在二月，即股票经纪人派克。乍一看，派克的条件符合圆顶钟和紫水晶两个物件的象征意义，似乎遗言（遗物）之谜的谜底就此揭开了。可问题在于，派克刚刚在3月1日度过他的生日，2月生日3月过，为什么呢？原来，派克出生那年是闰年，他是2月29日出生的，如此一来，只有遇到闰年，他才能在2月过生日，否则生日都只能在3月1日过。若不了解这一点，人们都会以为他的生日就是在3月份，因而设置紫水晶哑谜就失去意义了。"但这也表示，马丁·欧尔留下紫水晶，那他必然知道派克的生日在2月，因为他刻意留下2月的生日石以为线索。但上星期欧尔送地毯拖鞋给派克当礼物时，所附的卡片上说什么？'希望我们都能快乐地在3月1日庆祝你的100岁生日'。如果派克在1926年是50岁，他是1876年出生的——那一年是闰年——而他的100岁将在1976年，那年也是个闰年。他们不可能在3月1日庆祝派克的100岁生日！所以欧尔不知道派克

---

① （美）艾勒里著，陈胜制作：《艾勒里·奎恩中短篇小说集：玻璃圆顶钟》，第8页。

真正的生日是 2 月 29 日,要不然他就会在卡片上说了。他认为是 3 月。"这说明什么呢?说明临死之前特意从宝石柜中抓出紫水晶和费尽最后的力气拉下玻璃圆顶钟的被害人,并不知道自己所指向的凶手派克的生日是在 2 月份,那他抓出并紧抓在手的紫水晶又有何意呢?而且,事实证明在圆顶钟所暗示的两人之中,文森也不了解派克的真正生日。那么,这又说明什么呢?

艾勒里由此而思路一转,进入逆向思维,即这个谜显然并不是死者临终时设的,而是凶手所为,目的是栽赃派克!凶手是除了派克本人以外唯一准确知道其生日的人。

此例给我们提供了遗言之谜的另外一种表现形式,即伪造死者遗言,企图将侦探引向错误的侦破方向。此类遗言之谜属于伪造遗言,是一种诈术,但对侦探解谜而言,假的要当成真的,路子与破解真遗言一样,花的工夫可能还更多,因此就更加曲折多变。

上例是伪造类遗言,此类遗言不是遗言之谜的典型,遗言本身更多是被害人留下的,是被害人留给侦探的谜,意在协助破案,不让罪犯逃脱。卡尔的《逆转死局》即属此类典例,凶案发现过程是这样的:电话总机弗萝伦丝小姐接到来自法官海滨别墅"沙丘小屋"的求救电话,来电的是一个男子,急促求救后,尚未挂断时,电话中传来一声枪响,伴着"呻吟声、扭打声和巨大的重击声"。显然,这是一通来自凶案现场的电话,而且情况十分紧急,弗萝伦丝连忙接通警察局的电话,将这一情况通知值班警官文斯。文斯一方面立即报告上司,另一方面火速赶往现场(在抵达现场之前,看到的那辆轿车和驾车的名律师巴洛,事实上构成一条极为重要的线索,在此略过)。站在海滨别墅"沙丘小屋"大门前的,是法官的女儿康丝坦思,她已经泣不成声。文斯打开门——

一具僵硬的男尸面朝下趴在房间另一头的书桌前。不是艾顿法官,而是一个穿着灰色西装的黑发男子。他后脑勺中了一枪,子弹从右耳后方穿了进去。

台灯的灯光清澄暖黄,清楚显出发际旁那个弹孔,渗出了点血。死者的手指像爪子般僵挺,手背上的皮肤起了皱褶。桌子旁的椅子翻倒在地上,电话也掉在受害人身旁,话筒没有挂上,还在死者的耳朵旁嘟嘟作响。

可是,让文斯愕然呆立、不敢相信自己眼睛的不是这个景象,而是坐在距离死者六七呎的摇椅上的艾顿法官,他手里握着一把左轮手枪。

艾顿法官的呼吸沉重而缓慢。尽管他的小眼睛看来镇静,似乎在想心事,但他的脸色却如面团一般苍白。那支左轮手枪很小,枪管光滑,枪柄上裹着黑色的防滑橡皮,在台灯和吊灯的映照下闪闪发光。仿佛直到此时才惊觉自己还握着枪,艾顿法官伸长了手,咚的一声把枪丢在身旁的棋桌上。

文斯听到这个声响,也听到窗外涛声隆隆作响。但是,两个声音互不交叉,并没有什么意义。文斯的第一句话——凭直觉脱口而出——人们很久以后都还记得。[1]

死者是康丝坦思的男友莫瑞尔,他是应邀按时前来与法官谈判的。凶案发生时,法官在自己别墅内等待,他在厨房内开罐头的时候听见枪声和似乎是电话掉地上的声音,于是跑进客厅,看到的就是警官进门看见的情形。那时来到小屋门外的康丝坦思看见什么呢?按照她的叙述,凶案发生前,在大约8:25,蹲在屋外墙角的她目睹莫瑞尔进入沙丘小屋,便离开小屋,来到不远处的沙滩上坐着,而后便听见了枪声——

"你当时有什么反应?"

"我吓呆了,大概又坐了一两分钟。后来,我爬过海堤,鞋子里灌满了沙子,往小屋走去。"

巴洛忖度。"慢",他说:"你在海堤的那头看得见小屋吗?"

"不行,当然看不到。"

"所以说,可能有人跟踪莫瑞尔进屋子,杀了他,离开

---

[1] John Dickson Carr: *Death Turns the Tables*. Hamish Hamilton. UK, 1942. P29～30.

现场,而你却没看见?"

"嗯,我想是吧。"

"好极了,白痛苦一场……没事,继续说!"

"斐德列克,我蹑手蹑脚走上草坪,从窗口向内瞥了一眼。安东尼躺在地上,就像你看到的那样。父亲就坐在那张椅子上,手里拿着手枪,就像几分钟前你看到的那样。只是他看上去比你和警察到场时还要吃惊。这就是事情经过。"

两人沉默了好一阵子。

巴洛伸手在宽松的运动夹克口袋里掏出香烟和火柴,点了支烟。火柴的光映在窗子上,照亮了巴洛警觉而困惑的绿眼眸,也显出了眼睛周围和嘴边的细纹。这一会儿康丝坦思的脸也清晰起来,她下巴抬得高高的。然后火柴灭了。

"听着,康丝坦思",他柔声说:"我不明白——"

"不明白什么?"

"让我想想。你听到枪声后多久才走上来透过窗子往里瞧?"

"哎,我怎么可能知道到底有多久?大概两分钟吧,也许更短。"

"好,你从窗子看见他们以后,做了什么?"

"我不晓得该怎么办。我回到大门边站着,像小孩子一样放声大哭。警察到来时我还在门边。"①

康丝坦思对巴洛的叙述,事实上与法官的证词完全配套,这就只有两种可能,要嘛法官直接就是凶手,要嘛另有其人,在莫瑞尔进入小屋和康丝坦思离开小屋之后短短的一两分钟内潜入小屋,乘法官在厨房时开枪杀了待在客厅里的莫瑞尔,且在康丝坦思回到小屋之前就迅速溜走了。

问题在于莫瑞尔遇害之前的那个报警电话——这是莫瑞尔的遗言。于是,渐渐地,"谁是凶手"这个主谜转化成遗言之谜。首先,警方证实被害人在 8:25 之前已经被杀,由此可见康丝坦思撒了谎,同样的,总机小姐在 8:30 接到的报警电话显然不可能是被害人打的;其次,案发时身在离此不远处的巴洛,被列入怀疑对象的行列,随着调查的深入,他的嫌疑愈来愈大;最后,康丝坦思干脆承认亲眼目睹凶手杀人的情形——

"说嘛,小姐!"他竭力劝说着:"我刚说的没错,对不对?你是不是看到了什么?是不是巴洛先生对莫瑞尔先生开了枪?"

康丝坦思缓缓举起手来,捂在脸上,像是是想把脸藏

---

① John Dickson Carr: *Death Turns the Tables*. Hamish HamiLton. UK,1942.P59.

起来,或是要控制情绪。她的纤纤十指,涂着红色的指甲油,没有戴戒指。时间一分一秒过去,时钟滴滴答答仿佛过了永恒,她只是僵着身子杵在那儿。最后,她垂下肩膀,放下双手,张开了眼睛。那双眼睛似乎提了个问题,仿佛指望有人能在最后一刻及时给她个答案。

"没错",她低声说道:"是他下的手。"①

即便如此,即便推理链与证据链都扣上了,证人证词也吻合了,遗言之谜仍然未真正破解。比方,既然报警电话并不是被害人打的,那么肯定就是凶手打的,他为什么这么干?警方的结论是凶手巴洛在离现场不远处临时起意,枪杀了莫瑞尔,然后移尸至沙丘小屋,趁主人不在客厅的当口,布置了现场,打了报警电话,再开了一枪(放空包弹),然后溜走。于是,案件就成了一起杀人后转移现场、虚假报案、栽赃陷害的谋杀案。遗言之谜的谜底就成了凶手伪造遗言。当然,这个结论最后被推翻了。一方面,凶手不是巴洛,而且,艾顿法官的女儿康丝坦思做了伪证;另一方面,这个带有很强的表演色彩的电话遗言其实并不是凶手伪造的,而是被害人自己干的!被害人猝然遭到枪击,但重伤未死,为了不让凶手逃脱法律制裁,便挣扎着到了

---

① John Dickson Carr: *Death Turns the Tables*. Hamish Hamilton. UK,1942.P139.

沙丘小屋,自编自导自演了一出报案剧,而后死去。在此例中,遗言之谜被演绎到极致。

第三节　谜的类型

根据谜的产生和与情节发展的关系,谜大致可以分为谜中谜、连环谜、谜后谜、倒置谜、自生谜这五类。

一、谜中谜

迷中迷,指针对谜面进行破解时产生的另一个谜,或谜面本身就蕴含另一个谜题。

塞耶斯的《谁的尸体》中,由浴缸里的裸体无名尸引发系列谜题,基本谜题即"谁的尸体",是身份之谜。这个谜隐藏着另外一个谜——"为什么移尸",找到移尸之谜的答案(移尸是为了换尸),离破解总谜也就不远了。迷中迷可以迫使情节推进,但往往前一个谜停留在事物的表面,后一个谜才是实质或更加接近实质,这类似于"真假地雷"游戏。

契斯特顿的《秘密花园》中的"身首不符"之谜怪异而匪夷所思,事实上蕴含着一个可怕的谜——有一位客人被杀了,因为有尸无头(现场发现的被砍下的头颅不是这具尸身的),所以不知是谁。这就是谜中有谜。

艾勒里的《中国橙子之谜》中,谋杀现场是"翻转之谜",侦探艾勒里这么说:"如果一切都被翻转,是为了指向某一个具有反向特征的人,那么此人肯定涉案。反向的寓意何在?反向意指何人?更重要的是,谁把一切都翻转过来,谁在指向谁……如果是罪犯干的,那么一定是为了陷害某人。但这种做法实在是太含混、太令人不解、太不完整了。如果这是某个目击罪行的人干的,为什么这位目击者不直接指认罪犯而要采用如此复杂而隐晦的方式呢?你们可以看出我所要面对的,无论哪个方向,我都碰了壁。突然,我发现了自己的误导,答案原来如此简单!我误读了事实。我的推论是不完整的,我未考虑到一个令人吃惊的事实,即对反向有两种,而不是一种解释……我发现这个谜题有两种答案,第一种我已经说过了,即一切被翻转意在指向某个有反向特征的涉案人。而这种答案的另一面,方才被我忽略了,就是一切被翻转是为了掩盖某个涉案人所具有的反向特征!"[1]听众之中有人回应说,这个"某人",应该就是被害者,艾勒里赞同。于是,这个"翻转之谜"的谜底逐渐揭穿,被害人因为是天主教传教士,所以身上穿的衣服是反向的。翻转反向,是为了掩盖被害人的身份,这么费劲掩盖被害人的身份为了什么?显然,身份一被暴露,凶手就处于不利的境地,为什么如此?侦探必须再往深处追究,这就有了迷中迷。

---

[1] Ellery Queen. *The Chinese Orange Mystery*, Pocket Books, Inc. New York, 1950.P218~219.

二、连环谜

连环谜,指情节发展过程中,一谜未破、一谜又生,所生的谜相互关联甚而互为因果,环环相扣,同时还是主谜作用和影响下的副谜。比格斯的《陈查理接力探案》是连环谜的典型:来自美国的环球旅游团成员富豪德雷克,携女儿和孙女一道出游,夜半在伦敦布鲁米饭店的房间内被勒死。构谜的要素有行凶用的旅行包带,丢失的酒店备用钥匙,美国银行保险箱钥匙,凶手与被害人的关系、作案时间,构成了动机与凶手之谜。对于苏格兰场资深探长达夫来说,这起案件仅仅是一个系列谋杀案的开始。他因解不了谜、无法及时破案而无可奈何地放这个团继续旅行。心情郁闷的他无意中得知一个之前完全不了解的情况,德雷克在被杀之前曾与团友哈尼伍德换了房间。达夫于是带着对哈尼伍德的逮捕令,追到法国尼斯,追上了环球旅行团。可是,就在他赶到旅行团下榻的酒店时,却得知哈尼伍德已经于前一夜自杀身亡(实际上不是自杀,是被害)。随着旅行团的行程的推进,第三、第四起谋杀案件接踵而来。系列谋杀的最后一起案件发生在夏威夷,倒在影子般的凶手枪下的,竟然是达夫探长本人。似此,连环谜的产生,其实就是凶手一而再、再而三作案的结果,主谜则并不仅出现在一起案件本身,而是存在于几乎所有的副谜中。

三、谜后谜

谜后谜,指前一个谜的谜底就是后一个谜的谜面。阿加莎的《巴格达柜子之谜》中,在"谁干的"、"怎么干的"的主谜之下,第一个谜是当天傍晚被害人顺路造访少校家是在什么时间,怎样离去,即行踪之谜。由于过后在少校客厅的巴格达柜子内发现他的尸体,因此此谜对破案具有重要的意义。这一个谜的答案——他并未离开,就成了第二个谜的谜面——他没走,可躲哪儿啦?即藏身之谜。契斯特顿的《演员与不在现场证明》中那位时常秘密造访被害人的小房间的神秘女郎,曾被听见在里头与他吵架并自称"我是你的妻子",所以不是他的外室,而是他的妻子。这个"舞台下的幽灵之谜"的谜底,构成了第二个谜的谜面,剧院老板被杀时,其妻子与其他演员一道正在舞台上彩排新剧,如果她是凶手,她如何作案?这引出凶手分身之谜,不只是其妻,所有同在舞台上彩排的演员,将自己锁在走廊另一头的房间里闹情绪的那位罢演的女演员,都包括在内。

四、倒置谜

倒置谜,指先给谜底后解谜。格林的《医生、妻子和钟》中:一个街坊邻居都交口称赞的好好先生,深更夜半在自己家中被枪杀。在侦探为了澄清一些事实登门调查时,邻居,一位医术精湛的盲医生,声称自己是凶手。由于杀人现场室内结构较为复杂,而且根据被害人之妻提供的凶手作案的情形——进入其卧室,一枪爆头,而后迅速跑出大门——看,这显然不是一个盲人能够做到的,因此,盲人医生的自首显然不可信。似此,谜底虽给,却无意义,谜还是谜。岂料,经过调查、推理、模拟、取证等一系列复杂的过程,谜案最终水落石出——凶手还是盲人医生。

阿加莎的《无辜的折磨》则用"欲擒故纵"的手法来解决这一谜式:两年前,富有的阿吉尔夫人被害,其子杰克被控杀母,被判终身监禁,后死在狱中。两年前的11月9日傍晚6点左右,杰克找妈妈借钱,被拒绝,他问她是不是想看着儿子去坐牢,她回答说,这样对你最好。杰克离开家走了,不久后,阿吉尔夫人就被杀了,时间是7:00—7:30,凶手用的是拨火棍,上面查出杰克的指纹。阿吉尔夫人放在抽屉里的一大笔现金——全是五英镑面额的钞票——不见了,那是她那天上午从银行提出的,其中一张钞票上还写有提款人的姓名和地址。警方在德利茅斯逮捕杰克时,在他身上搜到这笔现金,但杰克被捕时毫无惧色,声称他自己有不在现场证明,案发那个时间段,约7:00左右,他在离家一英里的公路上搭上了一辆便车前往德利茅斯。他记得那是一部黑色或深蓝色轿车,驾驶者是一位中年男士。警察花费了所有力气,始终找不到那部轿车和驾车人,于是,连杰克的辩护律师都认为这是他情急之下编织的并不高明的故事。不仅如此,审判时,陪审团还被他所提供的这个看似能够证明自己无辜的证据给激怒了。杰克被判终身监禁,服刑半年后因患肺炎,死于狱中。两年后,一个雾蒙蒙的傍晚,一位来自伦敦的不速之客,按响了阿吉尔宅邸的门铃。来客是地理学家卡尔加里博士,他带来了迟到的、唯一能够证明杰克清白的证据,因为他就是那位杰克所搭便车的驾车人。那一夜,他在赶火车回伦敦时,在火车站外被车撞倒,昏迷不醒。醒来后,他部分失忆,身体略为恢复后,立即飞往澳大利亚,加入了一支南极科考队,一个月前才回到英国。一个偶然的机会,无意中览报,在旧报纸上见到杰克杀母案的报导和杰克的照片,这令他恢复了记忆。就这样,这位能够为杰克洗刷罪名的科学家,阴差阳错地错过了挽救无辜者的机会。

杰克杀母之谜的谜底揭穿了,阿吉尔夫人并不是杰克杀的,凶手另有其人。从表面上看,是破解了一个谜,留下的还是谜,即凶手之谜。但从结果或者说总的方面看,是先给谜底再解谜的谜式,因为,最终结果证明,杰克并不是无辜的,谜底实际上一开始就给了。

霍克的《乡村小旅舍谜案》中也设置了颇为典型的倒置谜。小旅舍伙计班尼——

正在把周末的账清一清,准备去银行的时候,从前门进来一个强盗,班尼说那个家伙穿了一件带穗子的皮夹克,拿了一把老式的西部左轮手枪,还像打家劫舍的强盗一样戴了个黑色的面具。

听了这话,我哼了一声。"班尼想必是喝多了。"

反正,原先呆在楼上的史托克却在这个节骨眼下来了,那个强盗一看,一枪就打穿了他的胸膛。接着强盗听到前面路上有人,就赶紧由走廊跑出后门逃走了。①

走廊与后门构成密室,门紧紧拴着且用螺丝钉固定着,得费很大的劲才打得开,案发后检查现场,发现那门栓得好好的,走廊上也没有什么暗门或暗道,是除了大门外唯一的出入口。

如此一来,警察便认定班尼撒谎,根本没有蒙面强盗,班尼监守自盗,被旅舍老板史托克发现,便开枪杀害他。于是,警察拘捕了班尼。强盗劫财未遂、杀人后逃之夭夭这么一个密室之谜的谜底,一下子被揭穿,即这些情节都是凶手自己编出来的。密室的确存在,但既然压根儿没有强盗闯入,也就不存在强盗从密室中逃脱,打开后门逃走并使原本从里面栓得好好的后门恢复原状的问题,这么一来,密室也就没有实际意义了。简述之,即密室之谜的谜底,为家贼虚构强盗劫财杀人情节。

谜是破了,但业余侦探山姆大夫并不满意,也许他感觉太简单了、太容易了,简单、容易得让人难以置信。于是,山姆大夫要求蓝思警长延期一天拘捕嫌犯,使自己得以核查案情。侦

---

① Edward Dentingger Hoch:*Diagnosis:impossible:The Problems of Dr.Sam Hawthorne*.Crippen & Landru,Publishers,1996.P90.

探的怀疑还未得到核实之际,入室劫案再次发生,而且那个尚未撬开保险箱的蒙面强盗就在侦探面前,开枪伤人后逃跑,仍然是向后门逃去,瞬间消失无踪!密室消失当众重演,似乎是用事实证明班尼的证词。但山姆大夫的推理和现场论证破解了密室之谜,重新回到起点,证实了警方的结论——班尼有罪。

正像阿加莎的《无辜的折磨》一样,在倒置谜模式中,在经过曲折的解谜过程之后,最后的结论与先行给出的谜底,虽然原则上是一致的,但往往有所校正或修正,或有所变形。此例中,先给出的谜底是:杰克是凶手,且已经受到惩罚。几乎给出谜底的同时,为他洗雪罪名的关键人物登场,提供迟来的证明,推翻谜底。由于必须重新找出真凶,便展开了解谜过程,到头来,重新证实了谜底的正确性,只是经过论证后的谜底有所变形,凶手并未亲自动手杀人,而是凶杀案的主谋。

卡尔在《逆转死局》中设置了一个独特的倒置谜。警察接到报警电话,立马赶到法官海滨小屋,被害人已经气绝多时,作为嫌犯的法官,手握开过一枪的手枪,坐在尸体旁边。被害人是应约而来,法官有动机、有机会,时间也相吻合(大致是在头一天两人约定的相会时间),现场又是如此,乍一看来,他亲手杀了人,是毋庸置疑的。

阿加莎另一部设置倒置谜的作品《夜莺山庄》,虽先给出谜底,但谜底并不完整,不能让当事人信服,于是,当事人经历了不信、不愿信和不得不信的过程,在逐渐陷入险境的过程中解谜,在逐渐明白过来的过程中自救、脱险,谜面也就逐步清晰、明朗起来。

倒置谜的范例还有如艾勒里的《凶手是一个福克斯》。

五、自生谜

自生谜,指原本无谜,由人物的活动或情节的发展,或经侦探的质疑、探索等引发,所显现与显露而出的谜。阿加莎的《沉睡的谋杀案》中,自新西兰远嫁英伦的新婚少妇格温达,因为婚姻,也因为人种、生活习惯和文化上的高度认同感,初访英国就深深地爱上这片美丽富饶、风情无限的土地,她心血来潮,打算定居于此。在租车漫游途中,偶然一眼瞥见路旁林木缝隙间的一幢维多利亚时代风格的别墅和待售牌,格温达不禁怦然心动,骤生一种熟悉之感。顿时,她几乎认定这就是自己的家了!接下来,一切按部就班,找中介、看房、谈价、签约、装修……格温达对这幢原主人为退役少校的美宅一见钟情式的激动,渐渐为一些莫名产生的感觉所替代。首先是似曾相识感;接着,屋子内的楼梯、走廊、窗户甚至墙纸等一些极其平常的东西,都突然让她惊诧与恐惧,开始,她竭力排解这种无端的感觉,认为自己只是过于敏感或神经质。这是完全陌生的国度、陌生的地方,更是一幢陌生的宅子。但是,怎么会有一些奇怪的遥远的记忆在里面闪现呢?她努力排遣并寻求各种理由为这些毫无来由的事儿开脱。然而,新居的怪异与日俱增,直至她实在无法忍受,终于登门向侦探马普尔小姐求助。于是,人生际遇的巧合牵引而来的记忆的残片所勾连出的某些事实,渐渐显出谜面和陈年积案的端倪。

契斯特顿的《断剑》里有另一种自生谜。圣·克莱尔将军曾经战功赫赫、威名远扬,在国家需要的时候,他远渡重洋,率军征战南美,在众寡悬殊、形势极其不利的战斗中身先士卒,冲锋陷阵,以至于全军覆没,本人英勇殉国。这样一个万人敬仰的民族英雄,自然而然地,其出生地、故居和墓地均成了圣地,供后人瞻仰。这里并没有谜。尽管有一些历史学家和爱好者对将军的某些史实史迹产生过疑问,进行过探索和研究,但作为盖棺论定的名人,人们并不真正怀疑他对国家对民族的贡献、他在历史上的定位及其人品。然而,对侦探来说,无谜处会生出谜来。喏——

"亚瑟·圣·克莱尔爵士是个笃信宗教的旧式军人——正是这种类型的军人帮助我们度过了士兵叛乱的危机",布朗说:"他忠于职守,不会蛮干;他固然非常勇敢,但确实是位谨慎的指挥官,他决不会无谓地牺牲士兵们的生命。但是,在最后那次战役中,他竟做出了连娃娃都知道是荒谬的事。不必是战略家也会明白,这简直如同飓风一样疯狂。正如不必是战略家也会躲开汽车一样。好吧,这是第一个谜,这位英国将军的脑袋里究竟在打什么主意？第二个谜是，巴西将军的心里到底想些什么？奥里维亚总统可以称作是位理想主义者、让我们头痛的人，但即使他的敌人也都承认他宽宏大量，具有骑士风度。他历来都释放全部战俘，甚至还发给路费。原先仇视他的人也为他的直率与亲和所感动。是什么，导致他在这一生中唯一一次却像恶魔一样进行报复呢？而且是为了对方一场丝毫不可能损害到自己的进攻？怎样，你听明白了吧。一个世界上最聪明的人却毫无理由地表现得像个傻瓜；一个世界上最高尚的人竟无缘无故地表现得像个魔鬼。事情的始末就是这样！想想吧，我的孩子。"①

"以他们的兵力，面对这样的地形，他们所发动的攻势令人难以置信。但奥里维亚还注意到更不寻常的景象。这个疯狂的军团，尽管已经占领了河岸，但却不去占领坚固的阵地，而是停在泥沼中无所作为，就像在蜜糖里被粘住的一堆苍蝇一样。不消说，巴西军队用大炮撕开了他们的防线，他们只能勇敢地用越来越稀落的步枪火力还击。然而他们并没有溃散。对这群傻瓜英勇的蠢举，奥里维亚只能用敬佩来结束他简短的叙述。奥里维亚写道：'我们的战线终于推进了，把他们赶进河里。我们俘获了圣·克

---

① G. K. Chesterton. *Father Brown*. Wordsworth Edition Limited, 1992.P96.

莱尔将军本人和其他几位军官。上校和少校都已阵亡。我不得不承认,在历史上很难见到比这个出色的军团的最后一战更良好的表现了。受伤的军官捡起阵亡士兵的步枪,将军光着头骑在马上对我们挥舞着一把断剑。'但关于将军后来的遭遇,奥里维亚竟像凯斯上尉那样讳莫如深。"①

对英军来说,无论从哪个角度上看,这都是一场注定失败的甚至是愚蠢的战争,尽管将士们英勇顽强,慷慨赴义,引起怀疑的是指挥官的集体自杀式的举动,为什么?原来,在数个较为明显的由疑问而表征的小谜之后,隐藏着更大的、更为重要和要害的谜,表征为"断剑之谜"。于是,一个无耻的背叛事件、一桩残忍的谋杀案件、一个极具讽刺意味的历史误会、一个英雄形象的轰然倒塌,随着侦探对假相的透析、对谜团的解构、对真相的探究,渐次在读者面前展开……

另一种类似的以颠覆的方法所揭示的谜,也应归为自生谜,如阿加莎的《死去的小丑》中,豪宅主人、年轻贵族查恩利勋爵正步入人生的辉煌时期,新婚燕尔,度完蜜月回到家乡,于庄园内举办宴会,贵客盈门、高朋满座,就在宾主尽欢的高潮处,

---

① G. K. Chesterton. *Father Brown*. Wordsworth Edition Limited, 1992.P99.

主人在众人的目光注视之中,疾步躲入一间暗室,锁上门,随着一声枪响,自杀身亡。这一令人瞠目结舌、无法理解的事件,过后有了看上去颇为合理的解释——感情纠葛,似乎没有谜、不成其为谜,或者说蹊跷自杀之谜已经有了谜底。多年后,某美术馆展出的一幅以查恩利豪宅为背景的题为"死去的小丑"的画作,引起了方方面面的关注:有人赏识、有人偏爱;有人惊讶、有人解囊。沉渣泛起,画面中,由于画家无意间的着笔透露出某种信息——可能对某些人不利,因此,一场争购战,展开了,一个谜,因而产生。当年有众多目击者并无疑问的自杀事件,重新被发掘出来,自杀的结论被怀疑和重新审视,直至被推翻。此例遂为自生谜。

阿加莎另一部类似的作品《奎恩先生来了》,也是勾陈式的自生谜,但并无颠覆之意:同样是多年前莫名的自杀事件,但原本未有合理的解释,可以说,原来就存在着一个谜,只是由于种种原因没有人去破解或去探究以得出准确结论而已。甚至,将当事人无端结束自己生命之事归结于魔鬼附身之类。时隔十年之后,在事发之处——罗伊斯顿宅邸,在一个同样的暴风雪之夜,人们在年夜饭后聚在客厅里烤火喝酒聊天,自然聊起了此宅过去的主人自杀之事,在场的有目击者、知情者以及自杀者的故旧。一个沉淀多年尘封了的,似乎本不是谜的谜题,逐渐揭开……

第四节　谜的破解

一旦脱离了"谜"与"解谜",侦探和罪犯等形象的塑造往往就缺乏着落点,也就很难成为好的推理作品。因此,巧妙地设置了谜或者给出谜题之后,必须根据人物性格的展示和情节发展的需要"攻破"它。当然,设计了谜面,自然同时就设置了谜底,不可能无解,但不会让人轻而易举地就解开。破谜解谜艺术,丰富多彩,情节一波三折,但仍然可类型化,大体可以将其分为侦查式、分析式、行动式、偶然式、自供式、意外式。

一、侦查式解谜法

侦查式,是最基本的,同时也是最有效的破解模式。侦查,并不意味着只付出体力而不动脑筋。恰恰相反,这种侦查,属于脑力劳动的居多。福尔摩斯固然有着各种传奇的经历和许多冒险行动,如《巴斯克维尔猎犬》中的荒原潜伏、《波希米亚丑闻》中的乔装流浪汉和纵火、《最后一案》中与犯罪大王莫里亚蒂教授在危崖上的生死搏斗、《四签名》中的彻夜奔波和组织指挥"贝克街侦探小队"等,但更以"壁炉前叼着烟斗的分析"取胜。哪怕在现场四肢着地寻找蛛丝马迹,也更出于对案情的分析和求证,而不是凭借体力破解谜题。谜的破解,在福尔摩斯探案中,侦查式居多,另较典型的有克劳夫兹的《桶》。先是苏格兰场警探巴利费尽九牛二虎之力奔波于伦敦、巴黎等城市之间,一处处调查、一个个落实,核查嫌疑人的行动轨迹,探寻可能存在的破绽与犯罪线索。再是,四处碰壁的菲利克斯辩护律师克林顿和哈本斯万般无奈之下,只得凭空另辟蹊径,采取了假设波瓦拉是凶手,然后对其犯罪手段进行模拟式的推演的方式,看看能否将这种独特的"推理演习"变成真实。为此,他们决定雇佣伦敦最负盛名的私家侦探拉登,顺着警察已经查证过的线索,私下再梳理与核查一遍,以寻得突破口。这是一项繁琐而艰苦的工作,接下任务的拉登必须施展各种手段、调动各方面的资源。但工夫不负有心人,克林顿和哈本斯的"硬碰硬"的措施终于奏效。这样按部就班来解谜,往往要费许多无用功,在茫无头绪和难以确定目标的情况下进行大海捞针式的艰苦努力,末了才是"踏破铁鞋无觅处,得来全不费工夫"。阿加莎的《闪光的氰化物》亦有异曲同工之妙。

二、分析式解谜法

分析式与侦查式(或其他破解谜题模式)最大的区别在于,采取这种模式突破密室障碍的侦探,既不用亲临现场,也无须四处奔波,仅仅靠间接的叙述与介绍就能够"运筹帷幄之中,决胜千里之外"。这一解谜模式的开创者是爱伦坡,《玛丽亚·罗吉特之谜》中的侦探杜平,受警察局长委托,调查困扰警方的玛丽亚小姐神秘死亡案件。他大门不出,仅仅让助手搜集所有报载资料,一一读过,之后便开始分析。他先是驳斥了尸体不是玛丽亚本人的观点,而后一一否定了《晨报》《商报》《太阳报》等报纸对其被杀的可能性的判断和推测。接下来,他跟踪报上的报道——

> 根据杜平的建议,我仔细地检查了陈述书的内容。结果肯定了它们,也就证实了圣·尤斯达西的清白。与此同时,我的朋友广泛搜罗报载资料加以细细研读,一个星期后,他将一份报摘放在我面前:三个半月前,也是这位玛丽亚·罗吉特,闹出了一起沸沸扬扬的失踪事件——从皇宫街勒布朗先生的香水店出走,也和这一回一样引起媒体的广泛关注。一个星期以后,她重新出现在顾客面前,除了脸色稍微有点苍白外,并无异样。勒布朗先生和他母亲宣称她只是去乡下看朋友去了,于是事件迅速平息。我们估计,这一回失踪的情形与上次差不多,一个星期,顶多一个月,她就又回到我们中间了。《晚报》6月23日,星期一。①

就这样,搜集报载资料,读报、分析;再读报、再分析;提炼、归纳,去粗存精、去伪存真,更重要的是抓住要害,如凶手拖拽死

---

① Edgar Allan Poe: *Tales of Mystery and Imagination*. Wordsworth Classic, 1996.P115.

者所使用的布带上的"水手结"、投寄到《晨报》和《晚报》的读者来信的笔迹等,加以剖析,最后得出凶手是海员而且不是普通海员;凶手是单独作案的结论。警方据此采取行动,顺利破了案。

爱伦坡奠定的这一传统,在奥克齐《角落里的老人》中的那位咖啡馆角落里的毫不起眼的老头身上得到发扬光大。作为解谜高手,角落里的老人比福尔摩斯还要略胜一筹,福尔摩斯在贝克街寓所的起居室里,听街上的马车驶过或某个人走过以及来访客人按铃、进门、上楼的脚步声就能准确作出判断,但毕竟还要"闻其声"。角落里的老人则完全用间接的、"背靠背"的方法来解谜,只凭借波莉的叙述和报载消息。

在《都柏林之谜》中,都柏林首富、亿万富豪老布鲁克斯走到了生命的尽头,他的离世和他的庞大产业的继承人自然成了媒体关注的焦点。布鲁克斯有两个儿子,一个比一个英俊潇洒,都是社交场上的宠儿和名门淑媛争夺的对象。长子帕西瓦尔因喜好赌马和恋上舞女而备受父亲责难;小儿子默里则乖巧听话,为人们所看好。遗憾的是,根据老布鲁克斯临终前新立的遗嘱,长子帕西瓦尔继承了所有财产,包括公司全部股份;次子默里只能每年从哥哥那儿得到 300 英镑的施舍,等于被剥夺了继承权。老布鲁克斯曾经于 12 年前立过一份遗嘱,内容是公司股份之外的财产平分给两个儿子,公司股份由默里继承。蹊跷的是,布鲁克斯家族的律师在见证了老布鲁克斯立下新遗嘱之后,在回家路上遭人抢劫杀害。过了不久,默里发难了,他向法院起诉,指控其兄伪造遗嘱并杀害律师,劫夺财产。

新旧遗嘱之争引发遗嘱之谜,吸引着公众视线。焦点在于,长子继承遗产所凭借的新遗嘱是否真实可靠,更耐人寻味的是,证据表明,老布鲁克斯的确在去世当天立下一份新的遗嘱,但长子继承依据的新遗嘱却是伪造的!

角落里的老人根据法庭的庭审记录和控辩双方的辩论内容,条分缕析,洞若观火地揭示了遗嘱之谜的要害之处,事实表明长子没有时间也没有机会伪造这份在死者枕头底下找到的新遗嘱,因而伪造者肯定另有其人。可是,伪造者的举动让人迷惑,即这份假遗嘱对长子有利。伪造者既要费尽心机地作假,还要杀人(谋杀身揣新遗嘱的律师)并毁掉证据(新遗嘱),冒如此大的风险,竟是他人受益,为什么呢?原来——

接着,所有的人,包括警方、媒体和公众,都得出了同一个结论:既然帕西瓦尔·布鲁克斯是假遗嘱的受益人,那他一定是造假的那个人。"

"这可是你定的原则,去找受益人。"我争道。

"你说什么?"

"帕西瓦尔·布鲁克斯能从中获利二百万英镑!"

"你在说什么啊。他根本没有。他所得到的连他弟弟的一半都没有。"

"现在的确是这样,但那是先前的那份遗嘱,而且——"

"而且那份假遗嘱做得那么粗糙,签名模仿得那么笨拙,这份假遗嘱简直就是要让人一眼就识破它是伪造的。难道这丝毫没有引起你的注意?"

"的确,但是——"

"没有但是,"他打断了我,"对我来说,这从一开始就像大白天一样一目了然。那让老人心碎的争吵并不是像往常一样,与他的大儿子,而是与他视为心头肉,并一直信赖的小儿子。你记不记得约翰·奥尼尔说他听到了'骗子'、'撒谎'这几个词?帕西瓦尔·布鲁克斯可从来没有欺骗过他父亲。他的劣行都显露在面上。反过来,默里一直过着安静的生活,讨好他的父亲,对父亲十分恭顺,直到最后,像大多数伪君子一样,他露出了真面目。天知道老布鲁克斯是怎样发现了他背下了多少赌债和坏名声,才导致了一场致命的争吵?你应该还记得,帕西瓦尔一直陪在父亲的身边,把他送回他自己的房间。那漫长又痛苦的一天里,默里究竟在哪里?当他的父亲行将死亡的时候,他宠爱的儿子、眼中的至宝在哪里?在叙述那一天时,你甚至听不到他的名字被提起。不过他知道,他狠狠地伤了父亲的心,父亲连一个先令都不会给他留下。他也知道,韦瑟德先生被召来过,且是在四点后离开。

"于是,这个家伙最狡黠的把戏,登场了。他躲在那儿等着韦瑟德经过,然后用棍子敲了他的后脑勺。但他不能够让这份遗嘱就此消失。因为存在着还有别的人,比如韦瑟德先生的同事、雇员,或者哪个忠实的仆人知道布鲁克斯先生立了一份新遗嘱的可能性。所以,老头去世后,必须有一个遗嘱出现。

"默里·布鲁克斯不是一个造假专家,这得花费很多年的时间才能做到。他制造的赝品是一定会被识穿的——是的,肯定会露出马脚。假遗嘱会出现——让它出现,然后被发现是假的,自然被判无效,那么,1891年的那份完全偏向这个年轻混蛋的遗嘱就会生效。至于默里到底是恶作剧还是出于谨慎的目的,使假遗嘱完全让帕西瓦尔受益,就不得而知了。

"不管怎样,这是这件巨额遗产案里最精明之处。这个邪恶的计划虽然胆大包天,但实行起来却很容易。他有好几个小时的空挡去作案。然后,只要在那天晚上,偷偷把假文件塞进死者的枕头下面就行了。像默里·布鲁克斯这样的人才不会害怕天谴呢。这场闹剧后面的部分,你已经知道了——"

"但帕西瓦尔·布鲁克斯呢?"

"陪审团的决议是'无罪'。因为没有任何不利于他的证据。"

"那钱呢?那个坏蛋不会直到现在还在享用吧?"

"没有。他享受了一阵子,但三个月之前他死了。而且他忘记了留一手,立个遗嘱。所以他哥哥帕西瓦尔继承了他所有的产业。如果我是你的话,去都柏林的时候,会前去尝尝布鲁克斯家的腌肉。那很好吃。"①

人们实际上堕入凶手设置的悖论式圈套——伪造者肯定会伪造一份对自己有利的遗嘱,而不是相反。默里却反其道而行之,伪造了一份对自己极为不利的遗嘱,且等到假遗嘱真正生效以后才发难。他果然得逞了。

阿加莎的《雷加塔之谜》中,那颗价值连城的"晨星"巨钻变戏法般从宴会厅上消失了,酒席上每一个人的行为和动作都在众目睽睽之下;从打赌的一方波因兹依约亮出钻石开始,到另一方小姑娘伊娃从旁人手中接过来而不慎掉落,钻石一刻也未离开人们的视线。此间,为了确保无虞,正常进出宴会厅的服务员都不得入门,门也关上了。更有甚者,在巨钻从伊娃手上滑落——事实上是被她嵌进她自己手包上的缎带——之后,直到发现真的消失后,人人都被搜了身,包括拥有者波因兹本人。就在如此严密的监控之下,到处找不到"晨星"的踪影,它就像蒸发了一样,消失得无影无踪。整个过程中,唯一离开过宴会厅现场的是客人雷威宁,他为了买报而从窗口扔下一枚硬币,

---

① Baroness Orczy: *The Old Man in the Corner*, Hodder & Stoughton. Publication date.1908.P121～122.

于是他便成了人们怀疑的对象。受不了无声的冤枉的雷威宁，找到私家侦探帕克，向其详述了事件始末，帕克大致解开了谜底并在三天后让当众劫夺巨钻的罪犯落入法网。

三、行动式解谜法

行动式解谜法与前述侦查式不同，往往在犯罪行为发生的同一地点（现场）解谜，时间也接近于即时或稍稍推后。福尔摩斯就有过许多行动解谜，动作化的情节，贯穿着他的侦探生涯；无论是打斗、枪战，还是化妆、盯梢，似乎没有他干不了的，各种离奇古怪的案子、各类扑朔迷离的谜题，都能在现代动作片式的紧张惊险之中破获、解决。在《希腊译员》中，凭借分析而基本掌握案件的真实情况后，福尔摩斯迅速采取行动——

"我亲爱的迈克罗夫特，救那哥哥的性命比了解他妹妹的情况要重要得多。我想我们应当到苏格兰场会同警长葛莱森直接到贝兑纳姆去。我们知道，那人的性命正危在旦夕，我们必须分秒必争啊！"

"最好顺路把梅拉斯先生也带上，"我提议道："我们可能需要一个翻译。"

"对极了"，歇洛克·福尔摩斯说道："吩咐下人快去找辆四轮马车，我们立即出发。"他说话时，打开桌子的抽屉，我看到他把手枪塞进衣袋。

"不错",他见我正在看他,便说道:"我应当说,从我们听到的情况看,我们正在和一个非常危险的匪帮打交道。"

赶到蓓尔美尔街梅拉斯先生家中时,天已完全黑了。一位绅士刚来过他家并把他请走了。

"你能告诉我他们上哪儿去了吗?"

"我不知道,先生",为我们开门的女人回答:"我只知道他们是坐马车走的。"

"那位绅士报姓名了吗?"

"没有,先生。"

"是不是一个皮肤有点黑的英俊的高个青年?"

"不,先生,他是个小个子,戴眼镜,脸比较瘦,但性格开朗,说话时一直在笑。"①

了解了具体情况后,福尔摩斯认为事情十分危急。因为梅拉斯被利用完了以后,"那些恶棍"会杀人灭口。于是,福尔摩斯带着华生赶到苏格兰场,花了不少时间才找到葛莱森警长,办完允许进入私宅的相关法律手续后,又是乘火车,又是乘马车,几经辗转才抵达嫌犯的居所,一处"阴沉沉的大宅院"。因为门叫不开,他们只能打破窗户进入。看上去,似乎是一座空

---

① Sir Arthur Conan Doyle. *The Adventures of Sherlock Holmes*. Wordsworth Edition Limited,1992.P408.

宅，但很快便听见可疑声响，福尔摩斯带头冲上楼，打开一个紧锁着的房间门，将屋里正燃烧着炭火、散发着毒气的一个铜鼎抱起扔到花园中，再冲进室内，打开窗户，然后——

福尔摩斯又冲出来，气喘吁吁地说道："蜡烛在哪里？我看在这样的空气里未必能划得着火柴。迈克罗夫特，现在你站在门口拿着灯，我们去把他们救出来！"

我们冲到那两个中毒的人身旁，把他们拖到楼梯口。他们都已失去知觉，嘴唇发紫，面部肿胀、充血，两眼凸出。他们都脱了形，若不是那黑胡子和肥胖的身形，我们很难认出其中一个就是几个小时前才在第欧根尼俱乐部和我们分手的那位希腊译员。他连手带脚被人绑得结结实实，一只眼睛被打肿了。另一位呢，和他一样手脚被绑，身材高大，已经憔悴不堪，脸上横七竖八地贴着橡皮膏。我们把他放下时，他已经停止了呻吟，我一眼看出，对他来说，我们的救援来得太迟了。不过，梅拉斯先生还活着，花了近一个小时，借助氨水和白兰地，我很满意地见他睁开了眼睛，知道我已把他从死亡的深渊中拖了回来。①

---

① Sir Arthur Conan Doyle. *The Adventures of Sherlock Holmes*. Wordsworth Edition Limited, 1992. P409.

似此,解谜、破案与救人同时进行。

《斑点带》中的主人公则是在当事人之妹被害的现场解谜、破案并在有意无意间制造了让疑凶自取灭亡的最佳结局。阿加莎的《夜莺山庄》与《斑点带》异曲同工,但内容更丰富、情节更生动。

在爱情上一直迷茫的爱丽克丝,因一次友人家聚会的偶遇而闪电般堕入爱河,直接披上嫁衣,嫁给了认识才一个星期的富商杰拉尔德·马丁,住进"夜莺山庄"别墅,度起蜜月来。

爱丽克丝的幸福生活从一开始就笼上一层迷雾。首先,她的初恋情人狄克对她的婚姻持反对态度,怀疑她那个来历不明的丈夫,还将自己的怀疑告诉爱丽克丝。爱丽克丝却认为狄克在吃醋。接着,爱丽克丝的丈夫杰拉尔德的行为举止开始让她困惑与不解,比如,杰拉尔德跟花匠说他们准备出门,可她自己却不知道,爱丽克丝还无意间发现丈夫在购房款金额上撒了谎,等等;而后——

她走近房子的时候,看见有一个花床的叶子中间有一件深绿色的东西。她停下来去捡了起来,一看是她丈夫的日记本。

她打开日记本,饶有兴味地很快地翻阅着。几乎从她与杰拉尔德结婚那一天起,她发现他虽然活泼愉快,却兼有有条不紊的优点。他要求准时开饭,每天干什么总是安排得很仔细。她翻阅日记本,看到五月十四日那一天记着

"二时半,同爱丽克丝结婚,圣彼得教堂",觉得很有意思。爱丽克丝笑了,又往下翻。突然,她停住了。

"'星期四,六月十八日'那是今天。"

这一天下面,杰拉尔德用整洁、精确的字体写着"下午九时"。别的没有了。杰拉尔德计划下午九时做什么?爱丽克丝不明白。她想到,要是在她经常读的那些小说里碰到这类事,那么她就会在日记本里发现某件令人不快的意外事,她想到这里暗自发笑。里面准有另一个女人的名字。她漫不经心地倒翻过去。上面记的是日期、约会、简短的生意记事,但只有一个女人的名字——她自己的名字。

她把本子塞进衣兜里,拿着花回到房子里去,不过心里稍有点不安。她记得狄克·温迪福德的话,简直好像他就在她身旁重复着:"对你来说,这个男子完全是一个陌生人。你对他什么都不了解。"

这是真话。她了解他什么呢?杰拉尔德毕竟是四十岁的人了。四十年中间,他生活里一定有女人……爱丽克丝不耐烦地摇摇头。她不该想这些,她还有更要紧的事情要办哩,她应不应该把狄克·温迪福德来过电话这件事告诉她丈夫?①

---

① Lionfish's ebook:*the complese works of Agatha Christie*,Philomel Cottage.P4～5.

那天下午九时并未发生什么事,一切似乎只是多疑心在作怪。也许杰拉尔德以前生活中是有过女人,但都是过去的事了,只要现在他真心爱着自己,就什么都没关系了。爱丽克丝安慰自己,尽管心里面还是存在疑惑。接下来,事态的发展令人恐惧:爱丽克丝偷偷打开丈夫抽屉搜寻,竟然发现可怕的事实,丈夫就是之前在美国谋财害命的系列谋杀案的主角,由于证据不足等原因,他得以逃脱法律制裁,而后改名换姓远走他乡,跑到英国来……

那些并不关联的碎片,突然像魔方块一样,都拼凑在一起了。

买房子用的是她的钱——只用了她的钱。她的无记名债券也交给他保管,甚至她的梦也有了真实的含义。事实上,她一直下意识地对杰拉尔德·马丁心怀恐惧,在自己的内心深处,她渴望躲开他并求助于狄克·温迪福德。这也就是为什么她没有丝毫怀疑或犹豫,一下子接受了真相的原因。她将成为莱曼特里的又一个牺牲品,很快……

她想起一件事,差一点喊出声来。星期四下午九时。地下室,那石板是很容易掀起来的。过去他杀了一个妇女后就是把她埋在地下室的。他计划好在星期四晚上动手。可他把实施日期记在本子上,这岂不是疯了吗?不,他是理性的。杰拉尔德总是把生意预约记在本子上的;对于他来说,杀人只是生意的一种。

但是，是什么救了她的命呢？什么东西居然能够救自己一命？他在最后一分钟放弃了？不可能……刹那间，答案浮现在她心头——老乔治。

她现在明白了，为什么她丈夫怒不可遏。无疑他逢人便散布说他们第二天要去伦敦的消息，这是在做铺垫。他没有想到乔治会来干活，会跟她提起去伦敦的事，被她否认。那天晚上动手太冒险——万一老乔治把他们的对话说出来，就不妙了。真是侥幸啊！如果她当时没有提起这件小事……爱丽克丝不寒而栗。①

雾已散去，致命的危险毫不留情地逼了上来。喏，就在她还没有完全从震惊和恐惧中清醒过来时，杰拉尔德出外回来了，手上还多了一件可怕的东西——铁锹。进家门之后，这个杀人惯犯一步也没离开她，让她丝毫没有周旋的余地或闪躲的空间。对爱丽克丝而言，夜莺山庄这个原本充满着幸福与甜蜜的爱巢，骤然间成了陷阱与囚牢，随着夜幕的降临，杰拉尔德加快了杀妻的准备步骤。她明白自己已经是危在旦夕，难逃魔掌了。至此，谜底实际上已经重新被揭穿，这个倒置谜已经展开。

已然落入死亡圈套的被害人以弱者的机智和沉着死里求

---

① Lionfish's ebook: the *complese works of Agatha Christie*, Philomel Cottage. P9~10.

生，在解谜之后立即实行自救，收到意想不到的效果。当谜底昭然若揭的时候，就在凶嫌按计划准备动手杀人之际，所有的逃路都已经被封死的爱丽克丝心里明白，自己既没有机会报警，也没有能力反抗，唯一的机会是求救于前恋人狄克，于是，她骗说要打电话给肉店，交代明天一早送肉事宜，当着丈夫的面打了这个电话，实际上拨的是狄克的号码。这通电话打得很有水平，她巧妙利用了电话听筒上的通话按钮，使得通话实际上是时断时续的，她对着话筒说的那些关于让肉店早上送两块牛肉之类无关紧要的话，是说给身边的丈夫听的，而听筒那一端的狄克听到的是"请你来——事关生死——非常要紧——越快越好"。

求救电话打完，接下来就是拖延时间，等待救兵。杰拉尔德催她一起到楼下暗房去洗照片，看样子是准备在那里下手。见她磨磨蹭蹭不肯下楼，眼看他就要动手强行拽她了，情急之下，爱丽克丝说要向他坦白自己以往的"谋杀罪行"，岂料这一招竟然管用了，杰拉尔德颇感兴趣，于是她便滔滔不绝地讲述起临时瞎编的所谓"下毒谋杀年长的前夫"的故事。大概由于方才刚刚给杰拉尔德煮过咖啡，而他抱怨说咖啡太苦，不好喝，这给了她启发，让她得以借题发挥，便说她给自己的第一任丈夫每晚必喝的咖啡杯中下了"一点点毒药"，"这种毒药很平和。我坐着瞧着他。他咳嗽了一下，说他要呼吸新鲜空气。我打开窗子。接着他说他站不起来了，结果他死了……"她一边胡诌一边观察杰拉尔德的反应,见他表现得紧张和不安,便一边偷偷看表算时间,一边继续"加温",冒出了自己的"第二任丈夫",而且编造了这任丈夫也喜欢夜里喝咖啡,也是意外身亡并被误判为心脏病的离奇情节。眼看编着编着快要编不下去了,她到了黔驴技穷的地步了,但形势似乎就在这个当口,发生了逆转——

  杰拉尔德·马丁脸涨得通红、喉咙好像被呛着,用一只哆哆嗦嗦的手指指着她。
  "咖啡——我的上帝啊!就是这咖啡!"
  她惊慌地看着他。
  "我知道了,咖啡为什么这样苦。你这个魔鬼!你下了毒药。"
  他两只手抓住椅子的扶手,准备向她扑来。
  爱丽克丝已经离开他,退到火炉旁边。她惊恐地张开嘴,正想否认,又停住了。他马上会扑过来的。她使出全部力气稳住自己,镇定地看着他。
  "是的",她说,"我给你下了毒。毒药开始起作用了。现在你没办法从椅子上站起来了——你动不了了。"
  她要是能使他坐在那里不动,哪怕几分钟也好。①

---

  ① Lionfish's ebook: *the complese works of Agatha Christie*, Philomel Cottage. P14.

说时迟那时快,屋外传来脚步声和开花园栅门的声音,有人迅速走入夜莺山庄的大门。爱丽克丝向门外冲出的同时还不忘"板上钉钉",朝经受不了打击而瘫软下去的杰拉尔德再甩下一句"你起不来了",然后就扑进了爱人的怀抱。而同狄克一道赶上门来救援的警察跑进屋里一看——

"屋子里头什么都没有,先生,只有一个男人坐在椅子里。看来他好像受了某种极度的惊吓,而且——"
"怎么啦?"
"嗯,先生,他死了。"[①]

困兽犹斗,聪颖机智的爱丽克丝为了挽救自己的生命,不动声色地与冷血杀手展开了一场暗斗。这部作品以一种惊悚而又令人振奋的结果画上圆满的句号。

这纯粹是一场无意间为之的心理战,弱者急中生智,进行了一次令人称绝的即兴表演,击中罪犯的心理弱点,不仅成功地从谋杀陷阱中脱身,而且伸张了正义,惩罚了罪犯。此例也给行动式解谜法提供了一个典范。

[①] Lionfish's ebook:*the complese works of Agatha Christie*,Philomel Cottage.P15

除上述三种外,解谜法还有偶然式——如艾勒里的《面对面》;自供式——如柯南道尔的《波希米亚丑闻》、阿加莎的《幕——波洛的最后一案》;意外式——如阿加莎的《王公的绿宝石》。

第五节 典例解析

推理小说中,案件一发生,立刻就迷雾重重,要厘清谜的主、副与核心、关键,理出头绪,并非易事。《谁的尸体》这部作品即如此,多谜,有谜中谜、谜后谜等,而且谜与谜之间相互交错;谜的脉络有的清晰,有的若隐若现、难以捉摸,以此作典例予以解析,颇具代表性。《疯狂下午茶》则将设谜解谜过程演绎成正反双方一场道魔之间不露声色的斗智,尤为突出的是其所采取的行动式解谜法,其解谜行动的台前幕后,高潮迭起、险象环生,直至奇妙收官。

一、谜与解谜典例

塞耶斯《谁的尸体》中,谜的特点表现得相当突出,谜的设置和破解环节既丝丝入扣,又自然贴切,也十分符合人物性格特征,对应故事的发展和情节的推进。这部小说的题目本身就是谜。

建筑师西伯斯晨起进浴室漱洗,惊倒在地:浴缸里躺着一具男性裸尸! 一具尸体,暗夜里凭空飞来,躺在主人的浴缸里。他是谁,怎么死的,死了以后,又是怎么"飞"进一个经调查与此毫无干系的青年建筑师家中的,这一系列的谜连缀起来就让人费解。将来历不明的尸体与圣鲁克医院停尸房联系起来的是负责此案的萨格侦探,建筑师家正好紧挨着那家医院的后院,从浴室的窗户可以俯瞰这个后院。但医院的解剖室并未丢失尸体,为慎重起见,萨格还是请圣鲁克医院的首席解剖专家朱利安爵士来现场核实。查看后,朱利安说帮不上忙,医院解剖室并未丢失尸体,现场这具男尸与医院"库存"登记的尸体也对不上号。

此谜算是解开了一部分——无名尸非医院标本,但验尸听证会上朱利安关于无名尸死因的证词又使人产生新的疑问,死者受外力打击导致死亡,因此不排除谋杀的可能。假如是谋杀,那谁干的,怎么干的,在哪里干的,杀了人又为何将其转移至一个毫不相干的人家中?

另一个谜是知名银行家鲁本爵士的失踪,时间巧合,发生在同一个夜晚,以至于接到鲁本夫人报案的帕克探长急匆匆跑去认无名尸——当然不是。这就部分解谜了,发现的尸体不是失踪者。

帕克的莽撞将这两个案子偶然联系起来,随着调查的深入,越来越多的事实证实两案关系紧密。首先,朱利安是鲁本夫人的初恋情人;其次,朱利安声明,是夜8:00—10:00,鲁本造访朱利安,两人一起喝酒聊天来着。但这个事实很快就被认为与鲁本的失踪无关。因为,他离开朱利安家以后,还回过家,尽管是自己开门进去,但进家门时仆人见到了。于是,朱利安又"撇清"了。至此,失踪案与朱利安似乎有点牵连,但又脱节了。谜,部分解开,又回到原点。

从设谜的角度看,开始披露的谜都是子谜,这些子谜有些被破解,有些发生转化(比方,谜已不成其为谜),在过程中渐渐形成总谜,即失踪之谜。开头是子谜掩盖总谜,等总谜渐渐显出轮廓时,之前破解子谜的证据反倒变成一个又一个障碍。

从常理来说,一个问题解决了,就不必继续在这个地方浪费时间,应当另辟蹊径。但在本例中,总谜的破解反而因子谜的解决而遭遇瓶颈。因而,从侦探的角度看,绕来绕去还得绕回来,从原地突破。事实上,总谜成形的模式,即成了倒置谜。即一个人失踪了,与此同时,与失踪者有某种联系的某个地方出现一具无名尸。有人失踪,有一具尸体。生不见人,死不见尸——见了,生者与死者对不上,可还是得对,侦探根据蛛丝马迹,将这本来对不上号的一生一死对号入座,因此便意味着谜底已经揭开。于是侦探便煞费苦心去寻找生者与死者的联系,去突破一个又一个由凶手精心设置的障碍,破解一个又一个子谜。

鲁本离开朱利安家之后,回家中睡觉,由于鲁本夫人带小孩度假去了,他便一个人睡大床。次晨女仆打扫房间时,注意到一些异样,以往鲁本一个人睡时,总是睡自己的那一半边,这一回却一反常态,睡的是床铺中间,且将他与夫人的枕头叠在一起睡,女仆觉得奇怪,于是有了"睡法之谜"。显然,天未亮的时候，鲁本爵士就像半夜悄悄溜回家一样，又悄悄离家出走。他将自己身上的衣服，包括内衣裤，以及钱包、支票本等随身物品，一件不拉地全部留在家中，显然是从里到外换上全新的"行头"离开的。此谜可称为"乔装"或换装之谜。但假货毕竟是假货，他虽然洗了脸、刷了牙，但不敢用梳子梳头，怕掉下自己的红头发，然而他的头发还是留在枕头上、帽子里，指纹留在漱口杯上，甚至，地板上还留有光着脚的脚印。在凌晨最寂静的时分，他穿上来时准备好并随身带的衣服，悄悄从大门溜了出去，关门后用钥匙锁好，以免发出声音，惊动管家和仆人。为了避免响动，他还准备了胶底鞋。

　　对于皮特勋爵来说，他的助手邦特在鲁本爵士家的暗查非常重要，因为，无名尸之谜，表面上看，与鲁本的失踪无关，但昨夜有人冒充鲁本，有人费尽力气将一具尸体搬运到一个毫无关联的屋子里去。时间上的巧合，仅仅是巧合吗？人们自然会将两者联系起来。鲁本身陷险境，甚至可能已经遇害，这种推测，绝非空穴来风。如上所述，鲁本失踪案与名医朱利安之间关联的东西越来越多，皮特自然沿着这个方向展开暗查。尽管如此，他们的行动还是惊动了朱利安，双方进入暗斗，只不过，对侦探的行动，朱利安只能暗中窥探而无法阻止。到了后来，眼看危险向自己逼近，朱利安找了个机会，来狠的，竟打算对皮特下手，但是没有得逞。

　　寻找尸体去向的行动也取得进展，实际上，那条若隐若现的线索一直牵引着侦探的视线,逐步将他牵引到"尸体处置"这个问题上去,自然将他引导到解剖室。几个回合下来,可怕的事实浮出水面。

标题,即"谁的尸体"即是此例的主谜,只不过由于呈现在人们面前的尸体过于明显,因而也就掩盖了另一具尸体存在的事实。此例交叉使用谜后谜和倒置谜的设谜法,解谜的方法属于侦查式。

二、行动式解谜法典例

艾勒里的《疯狂下午茶》中,侦探解谜的方式相当独特,采取行动式解谜法并且将其贯串于推理演说的前奏和演说过程中,立体感十分强烈,取得震撼效果。

那一夜,主人欧文失踪,第二夜,全体被下药昏睡不醒;第三天早晨,就在人们莫名其妙、昏昏然的时候,艾勒里从阳台捡回一个显然是从外面扔进来的包裹,外包装上写着"欧文太太收",里面包着欧文失踪当天穿的鞋子,这是"巫术"的第一个信号。到中午时他们发现第二个包裹,这是个方形的包裹,同样用棕色纸张包装。里面是个纸盒,纸盒里面,用皱皱的卫生纸包着两艘壮观的玩具赛船,好像小孩夏天用来在湖里比赛的。这包裹是寄给威露斯小姐的。再来是插在门上的空信封:用蓝色的蜡封口,写有"曼斯菲德太太收"的铅笔字,里面是空的。接着是搁在阳台上的购物篮,里面放着两棵新鲜翠绿的大甘蓝菜。第五次是一个小包裹,里面包着两个西洋棋棋子,一白一黑两个国王——

"愈来愈可怕了",佳德纳太太喃喃说道,她的双唇颤抖:"我全身都起鸡皮疙瘩。"

等大家从楼上下来时,他们发现艾勒里满脸困惑地注视着一个小小的白色信封。

"又怎么了?"佳德纳粗鲁地问道。

"插在门上的",他若有所思地说:"先前没有注意到。这个很诡异。"

那是个很华丽的信封,背面用蓝色的蜡封口,上面是相同的铅笔字,这一次是写给曼斯菲德太太的。

艾勒里撕开信封。他的眉头皱得更深了。"什么",他说道:"里面什么都没有!"

佳德纳咬着他的手指头走开,嘴里嘀咕着。佳德纳太太的头摇得像一个拳击手,随后第五次走向吧台边。埃米·威露斯的眉毛像雷雨的天空一样黑。

"你知道吗",欧文太太稍稍平静下来说:"那是母亲的信封。"之后又是一阵宁静。

艾勒里嘀咕着:"诡异到这种地步。我必须把这些好好地组织起来……这双鞋是个难题。玩具船可解释成礼物,昨天是强纳森的生日,船是他的——一个扭曲的玩笑……"他摇摇头,"不见得。那第三个——没有信的信封。

那似乎是指出信封是一个重要的东西。可是那信封是曼斯菲德太太的东西。除此之外,啊,封口蜡!"他仔细地检查背面的蓝色斑点,但那上面也没有任何标记之类的东西。"

而当他们都盯着抽屉看时,前门的门铃响了。

这一次是一个购物篮,静静地躺在阳台上。里面是两棵新鲜翠绿的大甘蓝菜。

"对不起",艾勒里简短地说。他走开了,回来时他耸着肩:"厨子说,是从食品室外的蔬菜储藏柜里拿的。她不屑地告诉我:她没有想到要去寻找失踪的蔬菜。"

"我担心",艾勒里说道:"我们一定要……那是什么?老天,如果那又是开玩笑的幽灵——"在诺顿的愕然中他冲到门边并打开门,迎面而来的是一片暮色。阳台上躺着第五个包裹,这一次是小小的。

两个警员都从屋里冲出来,用手电筒搜寻。艾勒里以手指急切地拾起小包裹。还是那熟悉的笔迹,写给卡洛琳·佳德纳太太。里面是两个相同的物品——西洋棋的棋子国王。一个白的,一个黑的。

调查后证明理查·欧文的棋子中的两个国王不见了。

两个警察回来了,相当苍白且喘着气,他们发现外面没有人。艾勒里静静地研究那两个棋子。[1]

---

[1] (美)艾勒里著,陈胜制作:《艾勒里·奎恩中短篇小说集:疯狂下午茶》,第20~21页。

包裹之谜的谜面展示得差不多了,该是好戏登场的时候了,侦探将所有人召集到书房内,开始推理演说,说到高潮处——

"换句话说,我们依序收到的礼物名称是——"他停下来看看大家,然后温柔地继续:"是鞋是船是封口蜡,是甘蓝菜是国王。"

然后是异乎寻常的宁静。良久,埃米·威露斯喘着气开口说道:"海象和木匠,《爱丽斯梦游仙境》!"

"威露斯小姐,你可否准确告诉我,书中孪生弟弟讲海象这段故事给爱丽斯听,到底出自书里哪个章节?"

一道明显的光芒闪在她的脸庞上。"'穿过镜子'。"

"穿过镜子",艾勒里喃喃说着,随后又沉默下来:"那你知不知道'穿过镜子'的副标题是什么?"

她以敬畏的声音说道:"'爱丽斯在那里发现了什么'。"①

似乎有人采取了依次寄(捎)来几个包裹的方法,给人们以提示,从而指向并引导人们解开豪宅夜半主人失踪之谜,发现可怕的秘密。

---

① (美)艾勒里著,陈胜制作:《艾勒里·奎恩中短篇小说集:疯狂下午茶》,第23页。

艾勒里很快地走向镜子，踮起脚跟，碰了一个东西，然后整个镜子起了变化。它整个向前移动，好像上了铰链。他用手指勾在缝中拉着，那个镜子，像个门一样，整个移开了，露出一个像衣橱的浅洞。

女士们全尖叫出声并捂住眼睛。

帽匠的僵硬身形，不会错，有着理查·欧文的五官，凝视着众人——一种死亡的、恐怖的、灾难的凝视。

保罗·佳德纳无法站立，激动地扯着自己的领子。他的眼睛都快突出来了，"欧——欧——欧文"，他喘着气说："欧文。他不可能在这里，我亲自把他埋——埋——埋在屋后树林里的大石头下面。喔，我的天。"然后他展现一个恐怖无比的笑容，眼光转回来，随即昏倒在地板上了。

艾勒里叹口气。"现在没事了，戴维"，帽匠应声动了，很神奇，他的五官似乎在这一瞬间不再与理查·欧文相像了。"你现在可以出来了，令人敬佩的雕像演员。这推翻了诡计，一如我所预期的。这个人交给你，诺顿先生，而且如果你打算质问佳德纳太太的话，我相信你会发现她成为欧文的情妇已经有一段时间了。佳德纳显然是因发现此事而杀了他。小心——她也昏倒了！"①

---

① （美）艾勒里著，陈胜制作：《艾勒里·奎恩中短篇小说集：疯狂下午茶》，第23~24页。

解谜与凶手招供,在同一时刻发生。原来,这一切,从神秘包裹的出现开始,都是侦探导演和实施的把戏。他利用凶手夜半藏尸的事实和由于主人怪异失踪而引发的恐慌与猜疑,制造诡秘气氛,待到这种氛围的"浓度"接近于饱和,他所要达到的心理效应已经生效,尤其是罪犯心理上的虚弱之处受到相当程度的冲击之后,他展开了大伙翘首以盼的推理演说。妙的是,他的推理演说不单单有足够的铺垫和"预热",而且是立体式的,从解谜法的角度上说,属于行动式解谜法的模式。与众不同的是,此次行动,侦探并不唱独角戏,不仅有唱有和,这种唱和既有完全即兴的,又是事先策划、布置的,当然,即兴式的配合也在预料之中。

第四章　推理小说的密室艺术

密室艺术与设谜解谜艺术一样,是推理小说最重要的艺术特征,往往也用于评价推理小说的写作水平和作品优劣。因此,名家大多在这个领域狠下工夫,这反过来推动密室艺术日臻成熟,在深化主题、凸显形象的同时尽显推理小说的无穷魅力。

第一节　经典谜题:密室之谜

一、密室的概念

密室,顾名思义,即密闭甚至密封的房间,英文称 Locked Room。但在推理小说中,它有更丰富的涵义。首先,"Room"本身就是广义的,包括一幢建筑物中的一间,如书房、卧室;一幢建筑物本身;一栋建筑物中的一套公寓或办公室等。其次,"房间"既可以是建筑物,也可以是车辆、船舶,对应的词是"空间"。最后,密闭或密封指的是物理学条件,但在这里则应当包括人为因素,即"进出无秘密"或可以证明"无法秘密进出"等。

二、密室的舞台功能

对于推理名家笔下神通广大的侦探们来说，密室往往是考验他们智慧和能力的地方，他们常常在密室中遇到挑战。

在艾勒里的《中国橙子之谜》中，被杀害在密室中的不速之客的身份与来历，凶手杀人动机等完全像云山雾障一样，这难住了侦探艾勒里和警方。书中小标题叫做"凭空出现的无名氏"(Mr.Nobody from Nowhere)。本案中密室的形成，轮廓十分清楚，即谋杀现场为接待室，接待室有两个门，通走廊的前门和通办公室的后门，后门从里面反锁了，前门关着但没锁。密室形成的条件有两个，第一条件是后门——连接接待室和办公室的门，这个门从谋杀现场那一头锁上了。从被害人进入接待室到发现尸体这一个小时里，老板科克先生的秘书奥斯伯尼一直在办公室里工作，期间还有好几个人来访。被锁上的后门的另一边一直有人在，奥斯伯尼无意中起了监控的作用，既然他一直坐在那儿，这种监控就是没有破绽的。第二个条件就是前门，前门恰好位于人们视线的死角处。不管是待在老板办公室里的奥斯伯尼，还是电梯口的迎宾员桑尼太太，都无法看见前门。前门未上锁，意味着这是一个开放密室，它的门对着科克寓所的门，旁边则是楼梯口，因此，凶手不是当时待在科克家的人，便是自楼梯上来的外人。这么一来，仅凭密室通道来筛选嫌疑对象，目标就难以锁定。对于艾勒里来说，最大的问题则是室内的所有物体——家具、摆设、什物，甚至包括死者全身上下的衣服，全部是反穿的。密室的形成并不复杂，谜题不是"如何办到"，而是"为什么要如此"。凶手的目的是掩盖死者身份。

契斯特顿的《秘密花园》中的密室本身没有破绽，罪犯意图在密室之外。布朗神父在推理演说中回答赛蒙大夫的第五个问题"为什么头颅是在被害人死后才被割下来"时说："是凶手为了让你们将这个头颅误认为是属于这具尸体的。"由此，凶手的计谋浮出水面了。

福尔摩斯探案《金丝夹鼻眼镜历险记》中，暗地潜入的凶手在教授书房行凶后，逃路被闻声赶来的女仆截断，而后便消失不见，由此形成密室之谜。分析现场遗留的金丝夹鼻眼镜所透露的信息，勘察花园花圃的踩踏痕迹，福尔摩斯胸有成竹，但凶手消失的唯一可能又为主人所否定。于是，福尔摩斯借呆在教授家中继续调查之机，暗中布置了令人难以觉察的陷阱，导致凶手露出马脚。

第二节　密室的特征

作为密室艺术的基础和主要内容，密室本身具备一定的基本元素和规律，以此形成密室的特征。这些特征必然符合推理小说的基本原理，遵循其基本原则。例如，密室的形成，必须具备所需条件；密室元素在情节之中披露的时候，必定有稍后的推理链以及推理关键环节蕴含其中。同时，无论怎样设置，如何形成，破解之前并无破绽或至少在表面上没有破绽，破解之后，才显露出其真实面目，揭示出破绽或奥妙所在。于是，便有了密室破解的魔术效应。

一、密室形成的条件

根据形成的条件，密室大体可以划分成两种——绝对密室和相对密室。绝对密室，顾名思义，就是密室所需如密闭、无法秘密进出等元素均具备，是完全符合必要条件、且不受其他因素（如目击者证词）影响的密室。比如，阿加莎的《美索不达米亚奇案》——

"雷德纳，请注意。我现在准备把今天下午一时至二时之间，你们考察团每个成员究竟在做些什么念给你听。"

"但是，这实在——"

"等着，一分钟以后，你就可以知道我的用意何在了。先从麦卡多夫妇开始：麦卡多先生说他在他的实验室工作；麦卡多太太说她在她的卧房洗头；詹森小姐说她在起居室忙着将古亚述人的圆筒形石印都印在黏土片上；雷特先生说他在摄影室冲洗相片；拉维尼神父说他正在卧室工作；至于考察团其余的两个成员卡雷和柯尔曼，前者在挖掘现场，后者在哈桑城里。考察团成员行踪就是这样。现在看看仆役们。厨子——就是你们那个印度佬——正在拱门外面坐着,一面拔鸡毛,一面同那个守卫聊天儿。那两个男仆,爱布拉希姆和曼塞,大约1:15的时候也过来和他凑一块儿。他们又说又笑地在那里呆到2:30——而那个时候,你的太太已经死了。"

雷德纳博士倾身向前。

"我不明白——你的话让人摸不着头脑,你在暗示什么?"

"除了开向院子的那个门以外,还有其他通道进你太太的房间吗?"

"没有。房间有两个窗子,但是都装有铁栅,而且,我想都是关着的。"

他询问般望着我。

"窗子都关着,而且从里面闩着。"我立刻说。

"无论如何",梅特兰上尉说:"我和我的同事都已经确认,即使窗户是开着的,也没人能由那里进出。所有其他开向田野的窗子都是一样的,都有铁条,而且都没有损坏。一个陌生人要想进入你太太的卧房,一定得由拱门走进院子。但是,守卫、厨子和家仆都证实没有人进来。"

雷德纳博士跳起来。

"你这是什么意思?你这是什么意思?"

"镇静些,老兄",瑞利大夫镇定地说:"我知道这对你打击很大,但你必须面对。凶手不是由外面进来的。所以，他必定是由里面来的。情况表明，雷德纳太太想必是让你这考察团里的人谋杀的。"①

被害人所在的房间门虽然没上锁，但院子里一直有人，且是好几个人，好几双眼睛都盯着——绝对无人进出现场，死者丈夫雷德纳博士进屋时距离凶案发生近一个小时。窗户由于装有铁栅栏而无法进出，栅栏并无遭破坏的痕迹。这么一个完全没有疑问的房间，自然是绝对密室。在这个密室中，虽然唯一可供进出的门并不是密闭（密封）的，而是靠一群证人，包括一直待在屋顶的雷德纳博士，来证实情况，属于监控式密闭，而非门窗完全密闭、无法打开且被证实没有打开过的类型，但仍然可属此类。

阿加莎的《无人生还》中设置了一个独特的绝对密室。十个来自不同地方、不同年龄、不同身份和职业的人，同时接到一封邀请信或雇请通知，请他们到名为"黑人岛"的孤岛上度假，包括车船等的费用全包。其中一封信是这样写的：

亲爱的布兰特小姐：

希望你能记得我？数年前的八月，我们曾经在贝尔哈文旅舍相聚过，我们好像挺谈得来。

---

① Agathar Christie: *Murder In Mesopotamia* Fontana Collins, 1987.P71~72.

在下经营的位于迪文海岸外一个小岛上的旅舍刚开张,备有原汁原味的厨艺并由衣冠楚楚的老派绅士提供服务。绝无半夜裸体狂欢派对。如果您能作为我的客人——完全免费——光临黑人岛,度一个夏天的假期,我将不胜荣幸。时间在八月上旬合适吗?8月8日何如?

您忠实的 U.N.O①

这十个人中,有退休法官、医生、清教徒、老将军、退休探长,还有无所事事之人。不管出于什么目的,有些什么感觉,反正这十个人都未拒绝邀请,欣然就道,齐聚黑人岛。等待着他们的,除了美酒佳肴等豪华享受,还有录在留声机里的控告,一一点出他们犯下的罪行,如:

威廉·亨利·布洛尔,1928 年 10 月 10 日,是你导致了詹姆斯·斯蒂芬·兰道一命呜呼。维拉·伊丽莎白·克莱索恩,1935 年 8 月 11 日,你谋害了西里尔·奥格尔维·汉密尔顿。菲利普·伦巴蒂,1932 年 2 月某日,你犯有使东非部落 21 名男人死亡的罪行。②

---

① Agathar Christie:*And Then There Were None*.Foreign Languages Press,Beijing,1998.P10.

② Agathar Christie:*And Then There Were None*.Foreign Languages Press,Beijing,1998.P37.

听完以后，出现各种反应，有的晕倒，有的暴跳如雷，有的惊恐不安，有的嗤之以鼻，但无论如何，十个人都意识到，这次白捡的度假旅行，凶多吉少。果然，声称什么也不怕的花花公子安东尼喝下一杯酒便一命呜呼，十个人接二连三地被杀害。随着情况渐渐明朗起来，随着身边一起又一起谋杀案的发生，他们发现，那封令人激动的邀请信，事实上就是死刑判决书。孤岛没有与外界的交通工具，也没有联络办法，这些个被那位乌有的"欧文先生"引诱到此的被控曾犯有某种重罪的人，只能任由隐藏的杀手，用不同的方式，一个一个地被消灭。当第九个被害者伦巴蒂倒在维拉小姐的枪下的时候，维拉成了岛上这场屠杀的唯一幸存者。她认为一切都结束了，亲手结果了这位残忍的变态狂，自己得救了。可是，当她发现屋里还剩下一个小瓷人且有人已经为她准备了一个绞架的时候，她崩溃了，自己将脖子套进从天花板上垂下的绳索。

十个人都犯有杀人罪，却都逃脱了法律的制裁，而今落入被精心布置好的陷阱，全都受到应有的惩罚。黑人岛位于茫茫大海之中，与世隔绝，构成天然密室；不像案件开始发生时他们所认为的那样，凶手并不在十个人之中，否则怎么会"无人生还"呢？似此，黑人岛这个密室就是绝对密室。当然，凶手自有使得"绝对"这一条件事实上无法成立的预谋，此是后话。

相较而言，密室形成的条件不那么严格的就叫相对密室，例如，一个房间或一幢建筑，但门窗并未全部关紧且无法证实通道无人进出，如契斯特顿的《治安推事的镜子》中的密室，或者案发地点在敞开的空间中、大庭广众之处，而且同样无法证实案发时无人接近，如福尔摩斯探案《波斯坎山谷之谜》中的密室。相对密室之所以成为密室，是因为系列证据链中的事实可以提供案发时间证明、不在现场证明等。

二、密室的作用

利用绝对密室实施谋杀或逃避制裁，罪犯较为常见的计谋有以下几种：使用工具或利用动物，制造或利用机关，制造时间差。所谓密室，意义在于案中的罪犯（从表面上看）不能进入罪案现场或接近被害人，与此同时，作案后不能逃离现场，即所谓无法进出。由此，推理小说中形形色色的罪犯，为了达到罪恶的目的，会千方百计"突破"密室，或作案后制造密室。

福尔摩斯探案《斑点带》中设置了一个绝对密室：海伦小姐的卧室完全密闭——门从里反锁着；窗户关（栓）得紧紧的；屋里的烟囱虽然孔道比较大，但安有铁栅栏，因此人是无法通过的；墙壁和地板密实而牢靠。除了烟囱外，唯一连通四壁之外的孔道是一个与隔壁房间相通的、位于天花板下方的小小的气窗，人根本无法从那儿进出。可是在两年前，海伦的孪生姐妹朱丽叶就在这个房间内遇难，死因不明，看样子是被吓死的。受托密查的福尔摩斯经过实地勘察，心中有数，在当事人的配合下，他采用调包计，于月黑风高的暗夜，当场破获密室谋杀疑案,使凶手自食其果,得到应有的下场。

此案属利用密室内原有设施实施密室外作案的绝对密室,凶手利用了一条绳子,为"斑点带"即毒蛇提供了通道,巧妙地突破了密室障碍。

三、密室的破解

若仅仅从形式上看,推理小说的密室艺术具有很强的魔术特征,当然,它与魔术也有大不同,魔术大多不需要向观众展示"幕后"的奥妙,密室艺术则必须这样做。密室的破解,就如同观众向魔术师叫板。所不同于魔术的游戏性质的是,推理小说密室的构筑和破解,既是智力的角逐,更是正义与邪恶的决斗。

既然密室是谜之所在,研究和揭开密室之谜也就成就了侦探的功劳,成了塑造侦探形象必不可少的手段,这些手段自然就成为揭示推理小说作家功夫的标志,很大程度上决定了一部作品的成败。因此,在巧妙地架构了密室之后,根据人物性格的展示和情节的发展的需要,必须"攻破"它。而从某种程度上说,破密室与构密室同等重要。实际上,在推理小说中,破密室,也就是解谜,即解开密室之谜。密室破解模式,主要有强攻式、迂回式、牵连式、自曝式四种。根据情节发展、性格展示和矛盾冲突,这四种模式时常交叉或轮替使用,哪一种模式实际奏效,哪一条路径直抵真相,自然以密室得以突破、谜题得以破解为标准。比如阿加莎的《无人生还》,其他模式均无法奏效,最终以罪犯自供状作结,属自曝式破解。

在推理小说实践中,对破解密室谜题,侦探大多先强攻,后迂回,若仍然无效,再另辟蹊径,直至突破。如霍克的《圣诞节教堂钟楼谜案》,受害人韦格牧师在密室——教堂钟楼的顶层阁楼上被刺杀,案发时身旁有人目击,但目击者因伤无法行凶,而且,并未见到凶手;除了这位目击者外,现场根本不可能有人进出,凶手自然杳如黄鹤。在确定了密室的严实程度,排除了其他人进出的可能性之后,侦探先采取强攻法,考查了"飞刀杀人"的可行性,排除目击证人作案的可能性;在排除了这两种可能,强攻式无功之后,便转而采用迂回式,从现场附近发现的一件埋在雪地里的染血的白色法衣入手,渐次揭开谋杀——替身表演——掩护凶手行迹这一系列真相,从侧面破解密室之谜。

霍克的另一部密室疑案作品《廊桥疑案》则放弃强攻式,直接采用迂回式,进行破解。侦探在暗查了另一个潜藏的现场后,逐一梳理和分析被害人生前对推理小说的喜好,与现场遗留下来马蹄印、车辙印和苹果酱瓶碎片这些证据,以及他与其他人的矛盾关系,随即得出被害人作茧自缚、凶手将计就计下手谋杀的结论,破解密室谜题。

强攻式密室破解法,在艾勒里的《凶手是一个福克斯》中有典型的表现。摆在侦探面前的难题,是为密室杀人的旧案翻案——为已被定罪的凶手洗脱罪名。被害现场是一个密室,不存在他人进入、下手的可能性,要达到目的,必须重现现场,模拟重建密室,这一重建过程就是破解过程。尽管重新审理此案期间,遇到"夜半飞贼"的干扰,似乎为密室破解提供了迂回的路径,但事实证明并无意义。于是,仅剩强攻一途。

艾勒里的执着和艰苦努力终于有了回报——尘封在阁楼上的证物中,似乎牢不可破的密室的薄弱环节显现了出来。由此引出一个新的证人,证明了已服刑多年的凶手的清白,从而破解了密室之谜。卡尔的《皇帝的鼻烟壶》、阿加莎的《马普尔小姐讲故事》《蓝色的天竺葵》、塞耶斯的《巴士司机的蜜月》,皆为强攻式破解法的典范;阿加莎的《梦境》《斯塔福之谜》和《裂镜》,对密室的破解则属于迂回式。

阿加莎的《东方快车谋杀案》,是牵连式破解法的典型。当侦探面对扑朔迷离的案情和许多相互有牵连又互相矛盾的线索、完全理不清头绪或者越理越乱、彷徨、困惑于根本无法把谋杀归罪于列车上的某一个人而一筹莫展之际,此前所了解的,发生在美国的"阿姆斯特朗案件"的种种相关人物和事件,骤然间与现实联系到一起——

"忽然,先生们,我看到了光明。他们是合谋!"①

旧案牵连到东方快车的"伊斯坦布尔—加来"车厢内的雪

---

① Agathar Christie:*Murder On The Orient Express*.Pocket Books,New York,1984.P192.

夜谋杀案,揭开谜团的的钥匙,找到了,密室之谜就此解开。

第三节　密室的分类

如上所述,密室可以分为绝对密室和相对密室。在推理小说实践中,密室的形成和构建林林总总,有必要加以细分以更好更有条理地解构和分析。对其的分类,综合了绝对和相对两种密室的要素,根据构建方式和形成原因、所具备条件等多方面特征而确定。

一、原型密室

原型密室指门窗和所有可能供人进出的通道完全密闭或密封的房间或独立建筑物。有的密室仅有房门可以出入,并未完全密闭(如从里面锁上),而是处在有人"监控"以至于无人可能进出的状态。这种密室可以称为绝对密室,但由于有人为因素,就不列为原型密室。

爱伦坡的《莫格街血案》中的密室:在家中被极其凶残地杀害的莱斯巴拉耶夫人及其女儿所居住的公寓套间,两个通走廊的门都从里面锁着,房门钥匙插在门内;两扇窗户虽然表面上看似被铁钉钉死而无法开启,但经过杜平检验后发现其实可以打开。窗户可能成为凶手进出密室的通道,尽管从窗外经避雷针攀援并跃进窗户难度极大,因此,此密室就不能算是原型密室。

契斯特顿的《错形》中的原型密室可算是典型。著名诗人奎登在自家的豪宅中被害,当时他独自待在与书房连通的暖房之中,暖房没有其他出入口。书房的门是从外面被锁上的,钥匙掌握在奎登的私人医生哈里斯大夫手中。而且,在好几个人都听见奎登训斥书房门外的前来要钱的外甥的话(说明那时奎登还活着,并未出事)之后,到哈里斯大夫从暖房外、隔着透明的玻璃墙,发现奎登已经被害的短短的几分钟时间内,唯一的出入口——书房门一直锁着。这种不依靠人为因素而完全靠门窗和锁等机械装置来密闭的密室,才符合原型密室的条件。至于那几分钟内,奎登宅院内的主人与客人,包括奎登夫人、他的外甥阿金森、他的客人印度教士,哈里斯大夫和布朗神父的助手弗兰比,均处在侦探无意的监督之下,只是给密室密闭的状况多上了一层保险,而不影响密室本身的性质与形成的条件。

二、移动密室

移动密室指案发在一个移动的空间内,如车、船或者飞机等交通工具里面。这种密室往往又是双重密室,移动的空间相对比较大,里面还有小空间如舱房、座位等,同样会形成密室,因此,密闭或密封的层次就不是单一的,而是双重的。典型的移动密室有比格斯的《陈查理接力探案》、阿加莎的《云中奇案》等。阿加莎的《尼罗河上的惨案》中,除了游轮这个大的密室之外,被害人的舱室属于小空间,并且构成一个开放密室。经过反复调查与核实，嫌疑人的嫌疑一一被排除，唯一剩下的，只有不可能的"可能"，即腿部受了重伤而不能走动的人，在短短的时间内，从船的这一头跑到那一头杀人，又飞跑回到原位。可见这个移动密室的内层，是由证据链构成的。

三、公开密室

公开密室指事先公开谋杀计划、企图、作案预谋或信息的密室，典型如阿加莎的《谋杀通告》、契斯特顿的《隐身人》。单纯在作案前公开宣布谋杀计划并不是密室形成的条件，只有这种做法与密室的设置相结合，才成为密室。比方，阿加莎的《ABC谋杀案》中，凶手明目张胆地用下战书的方式向警方和波洛挑战、事先宣布准备杀人的地点和时间，如第一封来信：

> 赫克波洛先生，你认为你能够破获那些咱们木头脑袋的不列颠警察无法破获的疑案，不是吗？那就让我们来瞧瞧，高明的波洛先生，看看你有多么高明。也许你会觉得这根硬骨头太难啃。本月21日请到安多威尔去看一看吧。
>
> ABC[①]

---

① Agathar Christie. *The ABC Murders*. Foreign Languages Press, Beijing, 1994.P12～13.

然而，21日那一天，平安度过，什么事也没有。次日晨，苏格兰场耶伯探长到访，就在他与波洛的助手和密友哈斯丁斯上尉一起嘲笑波洛把这一类恶作剧当真时，消息传来，昨日深夜，安多威尔一家小食杂店的老板阿斯科夫人被杀。

胆大包天、无所忌惮的"ABC"一再如法炮制，连续杀人。尽管如此，接二连三发生的案件并未构成密室，发生的案件预先公布了，有公开，无密室，因此，不能算作公开密室。契斯特顿的《针尖》亦如此。

阿加莎的《斯塔福之谜》是典型的公开密室。在一个暴风雪的傍晚，在小村庄斯塔福一幢别墅里，一群居民聚在一起玩"转桌"游戏（一种灵媒游戏）时，黑暗中竟然出现"谋杀预告"，预言"策列维里安上校死了，是被谋杀的"。在有点毛骨悚然之余，大伙都不以为然，认为这只不过是游戏罢了，只有上校的战友布尔纳比少校觉得不对头。当时的时间是5：25。接着，不顾人们的劝阻，少校顶着风雪，步行6英里，前往上校位于伊斯坦顿镇上的寓所，去探个究竟。

两个半小时后，也就是接近8点时，气喘吁吁、筋疲力尽的布尔纳比少校赶到上校家门口。按了三次门铃，一次比一次久，屋里没有反应，又使劲敲门，主人还是不应答。踌躇了一会儿，布尔纳比退出上校家的院子，来到当地的警察所。当值班的格拉夫斯警士叫上上校的邻居华伦医生，与布尔纳比一起回到上校寓所，从屋后被打破的书房门进入屋里时，发现主人趴在地上。医生初步检查后，认定死因为后脑勺遭重击、颅骨破裂，已死去约两三个小时。也就是说，他就是在 5：25 左右被杀的，预言成了现实！之后展开的调查所形成的证据链，使得谋杀现场具备密室要件。公开密室的最主要条件，就是事先公开作案企图或预告、预先通知案件的发生。次要条件是所发生的事件必须符合至少是大致符合（或者叫兑现）那些预告。最后的条件是现场形成密室。三者缺一不可。

四、开放密室

开放密室主要指密室并不在密闭的空间里，而是在室外、空地等敞开之处，往往是在大庭广众之中；其次指某一空间并不密闭或密封，而是门或窗敞开或得以自由出入，之所以称为密室，皆由情节导致。福尔摩斯探案系列的《海军协定》中，外交部的绝密文件被盗，案发时的神秘电铃声、看门人妻子和当事人同事的可疑行踪，现场并未留下湿脚印等重重疑问困扰着警方和侦探。外交部办公楼的侧门可以自由出入而不需要通过门房，这种实际上的敞开状态使得案发现场成为开放密室。

卡尔的《三口棺材》中的开放密室更为典型：雪夜，来自伯明翰的萨特和布来奎因二人前往伦敦克里斯罗大街探访友人。在大街旁边的人行道上行走时，他俩注意到身后不远处有一个行人，在街道中间边慢慢走着，一边神经质地左顾右盼，似乎在提防着有谁靠近似的。与此同时，巡警威瑟斯从另一条街道刚刚来到这条街的街口处。除这四人之外,积雪的大街上没有其他行人。就在这四个人相距不远各自行走之际,在一刹那间,走在最前面的两人,听到背后那个行人发出一声尖叫,紧接着,就听到有人说了这么一句"第二颗子弹是给你的",然后是一声怪笑、一声沉闷的枪响。他俩连忙转身一看,只见那个人踉跄着,又是一声惨叫,然后脸朝下仆倒在地。

两人张眼望去,除了他们二人和倒地者外,克里斯罗大街上下空空荡荡、杳无人踪。而且,大街中间的街面上,除了倒地者本人的足迹外,没有其他脚印。这时,同样听到枪声并目击此过程的威瑟斯巡警从街口处跑进大街,赶了过来。经查看,倒地者背部肩胛下的一处枪伤在冒血,一把点三八口径的柯尔特手枪,扔在约10英尺开外的雪地上。这个密室是在敞开之处,在三个人的目击之下,凶手先是宣称动手,紧接着开枪杀人,而后消失得无影无踪。目击者仅闻其声、不见其人,仅见被害人中弹倒地,根本没有看见凶手的一点影子、一丝踪迹。这就构成了典型的开放密室。这一类型的密室,一般具有两个特点。第一,从案件发生的场所上看,是敞开的空间,罪犯并无进出的障碍或阻隔。第二,对目击者或旁人来说,或者对所发生的事件或实际情况视而不见,意即见到了,但并未意识到或领悟到所见到的事情的真相和意义;或者干脆没有见到或见不到,就像卡尔所描述的克里斯罗大街枪击案那样。

类似的还有阿加莎的《裂镜》:热心慈善事业的女影星格雷

格在自己租住的"格辛顿堂"别墅举办圣约翰慈善协会的酒会，宾朋云集。她站在楼梯平台上迎接客人，雍容华贵、满面春风。来宾中的贝柯克夫人见到她特别兴奋，与她说起多年前在百慕大一个慈善聚会上见到她的情景，喋喋不休。格雷格礼节性地请对方喝杯饮料，她丈夫杰森端来两杯同样的鸡尾酒，给格雷格和贝柯克夫人一人一杯。贝夫人那一杯仅呷了一小口，便不小心被蜂拥而上的来宾碰掉了，格雷格便将自己尚未碰的那一杯递给她，她一饮而尽。就这样，贝夫人成了投毒杀害著名女影星的罪行的牺牲品，当众死去。经查，排除了杰森在酒中下毒的可能性，也未发现旁人下毒的迹象。格辛顿堂酒会宾客盈门的热闹场合，便成了开放密室。

五、机关密室

机关密室有三种情况，一是在密闭的房间或建筑物内预先设有谋杀的机关装置；二是虽然罪案发生现场是密室，但罪犯采取无需在现场或进入密室的手段来作案，使得罪犯事实上具备了不在现场证明等逃脱惩罚的条件；三是本来不是密室，罪犯使用机关装置将其设置成密室，以达到目的。

第一种，由于谋杀机关是预设的，形成的密室往往是绝对密室，且谋杀是由所设机关装置自动实施，"作案时间"往往难以准确界定，因此罪犯不怎么需要不在现场证明，这就更有利于罪犯逃避侦查。

第二种类型与第一种不同,密室形成条件不同,前者有时间差,幅度可以很大;后者是即时的,无时间差,作案手段并不受密室条件的制约,或者干脆利用密室的存在施展其诡计,但作案时间与案情一致。哈里·克梅尔曼的《周二犹太法师亮剑》中的密室即属此类,其密室经查实被设置了机关,凶手巧妙地利用机关杀人(即时),又由于意外事件得到掩护,整个过程近乎完美无缺。

第三种模式,由于罪犯作案时或作案后制造密室,其所设机关装置或设置机关的手段大多煞费苦心、十分隐蔽,给侦破带来很大困难。

塞耶斯的《巴士司机的蜜月》是机关密室的典型:别墅原主人诺克斯先生出门整整一周未回,买下这幢别墅度蜜月的皮特勋爵夫妇带着男仆邦特如约而至,却因无人交接而无法入住。只得辗转从诺克斯外甥女崔特顿小姐那儿取得钥匙,打开门。他们费了很大的劲打扫、收拾和整理这座已经易手,但未经正式交接的老宅。次日,仍然在收拾和熟悉这个新家的男仆邦特,进入地窖取酒,发现倒在地窖台阶下的诺克斯的尸体。一周时间门窗紧闭,亲友和邻里皆以为主人出门未归,未料竟死在家中而不为人知。警方调查后,未发现外人破门入室的迹象,也就意味着,有可能是意外身亡。随着调查的深入和种种蛛丝马迹的浮出,尤其是新主人皮特的介入,密室谋杀渐显形迹。

此例最大的特点,是受害人"中招"后并未立即死去,只是昏迷了一段时间,醒来以后,大概不清楚自己出了什么事,便糊里糊涂打开地下室的门，可能想到地窖拿酒喝，还未来得及走下台阶，就天旋地转般栽了下去，再也没醒来。这样一来，他头部是如何受到重击的？是在屋里的什么地方受打击的，什么地方才是案发第一现场？这些问题便成了考验侦探智慧的难题。

此例所设机关十分巧妙，侦探主要从细节入手，如受害人的生活习惯、活动规律；屋里的摆设、窗外的视线、受害人的身高等，破解谜题，揪出凶手。一般说来，机关密室，尤其是上述的第一种模式，因其具备两个要素，即预设和自动——意即所设机关不需要罪犯再次启动或遥控，即能够自动充当杀手，所以，侦探破解谜题的角度、采用的方法均需调整，比如，作案时间的判定就比较特别，判定的是设置机关的时间，而非受害人遇害时间。因此，机关密室的主要特征是罪犯利用密室的结构或设施，摸透谋害对象的行为习惯或行动规律，设置陷阱，让被害人在不知不觉之中落入圈套，遭到灭顶之灾。

设计最精妙、实施最胆大妄为的机关密室出现在霍克的《复活帐篷》中。山姆医生目睹被害人当众实施的、事实上使用了催眠手段的治病救人的宗教"复活仪式"，对这种骗人的鬼把戏十分愤慨，便在表演结束时，找到表演者理论。闹剧结束了，观众等人已经都散去、离开，偌大的帐篷里，仅有表演者乔治一个人在那儿收拾东西，并无旁人——

乔治·耶斯特确实在那里，一个人怡然自得地打包收拾东西，包括演出中使用的胜利牌留声机和聚光灯。他回头看见我，便转过身来站在舞台前方，旁边是健康天使的雕像。只听他开口说道："表演很不错吧，医生？"他脸上的表情让我很想揍他。

"不怎样。"

"哦？那太糟了吧。其实这表演很成功呢。"

"成功的是装钱的篮子吧？"

"你看到了，有个女人被治愈了。"耶斯特答道。

"然而正是片刻之前，我在外头看到她被痛苦折腾得要命！你的治愈没持续多久。"

"大概是她的信仰比较弱吧。"

"我真希望让你为你在此地干的这些事去蹲大牢！"

"逮捕我？就因为我给这些愚昧无知的人们送来一点点的希望和安慰？"

然后，我真的动手了。

我挥右拳击中了他的下巴，打得他向后跌倒。摔倒之后，他一副非常吃惊的样子。我没再多言，转身沿着舞台的通道，朝帐篷后方走去。

就在我快要走到出口的时候，我听到了耶斯特的尖叫。我回头一看，只见他依旧躺在舞台前面。

但此时此刻，那雕像手中的银色宝剑正插在他胸口。帐篷里再没有其他人了。

我朝他跑去,将剑拔出,试着用手帕止住不断涌出的鲜血。他的眼皮微微一颤,接着就咽了最后一口气。

我原地跪着,无法相信发生的一切。帐篷里除了一排连着一排的空椅,再没有别的东西了。周围没有动静,只有死者胸腔内逐渐溢出的空气,散发出粗重的声音。我盯着那把剑,不觉用手仔细检查,却倏然意识到剑柄处印上了我的指纹。①

就在医生转身离开的短短十几秒时间内,那把货真价实的宝剑,自动从那尊他自己随身带的银色等身裸女雕像"复仇女神"手中飞出,刺进他的胸膛!雕像,成了绝无仅有的机关,在无可怀疑的密室中,几乎当着旁观者(山姆医生)的面,杀死自己的主人。若不是蓝思警长无意中的"你想让我相信是雕像活过来把他杀了"这么一句话触动了侦探的敏感神经并展开有效的调查,此谜案恐怕永远无法破解。崇尚科学、主持正义的山姆医生,差一点成了凶手,因密室谋杀的事实而百口难辩。

此例的与众不同之处在于,一般的"机关"是物体,如根据被害人的习性设置的害人的陷阱、利用作案现场的结构和设施,略加"加工"布置即可自动完成动作,此例的机关却是活人,

---

① (美)爱德华·霍克:《不可能犯罪诊断书Ⅱ》,www.Haoshudu.com。

换言之，应当算是凶手与其所设置的谋杀机关合二为一了。当然，一般在机关密室的第二种模式中，凶手并未直接进入现场，正如《斑点带》中的密室，只是隔墙操作那个致命的机关，而此例却是变换方式藏身现场，直接当面下手，可谓登峰造极。

六、舞台密室

舞台密室主要有两种表现形式，第一，密室的形成过程为目击者所证实或有旁证，罪犯自己就在其中表演以施展其计谋；第二，目击者所见并非罪犯的表演，而是受害人或相关者有意或无意的行为，这种行为或被罪犯利用，或当事人故意为之。

舞台密室与开放密室的区别主要有两点，一是前者不一定是在开放的空间中，而后者罪犯的行为是为了掩人耳目而非表演。阿加莎的《海上问题》中就设置了这么一个典型的舞台密室。凶手在被害人锁着门的舱室外，当着众人（甚至包括侦探本人）的面，与门内的被害人对话，门内的被害人说的话大家都听见了，以此证明那时凶案尚未发生，被害人还活着。但这实际上是凶手的表演，因为，他已经下手杀了人，所谓被害人的声音，是他发出的腹语。

契斯特顿的《带翅膀的匕首》中的舞台密室比较复杂：受警方委托前往调查恐吓案件的布朗神父，甫一登门，就与遭到谋杀恐吓的当事人艾尔默言语不和。交谈不断深入，他愈发觉得对方是个怪人，但也认为其所说的谋杀威胁并非空穴来风。比如，艾尔默从穿着嫌短的睡衣口袋里掏出的一张纸条，上面写着："你收到这个，明天死神即降临，像你的兄弟们一样。"纸条上还画着一把带翅膀的匕首。尽管如此，神父还是对主人的怪异言行感到不安，于是，趁艾尔默不备，他悄悄给警察局打了个电话，叫警察前来包围这个宅邸。正在布朗神父坐立不安的当口，声称不甘束手待毙的艾尔默在屋里翻箱倒柜一番，找出一把手枪，惊魂不定的他转悠了一阵，忽然冲到后院去。随着一声震耳的枪响，布朗神父来到后院，看到了这样的景象——

在原本白茫茫一片的雪地上有一个黑色的物体，乍一看像只大蝙蝠，仔细看却是个人。他面朝下躺着，头部被一顶拉美风格的大黑帽完全遮着。蝙蝠的翅膀是一个很大的黑色斗篷的两只袖子，虽然布朗神父觉得看出有一只手在那里，可实际上两只手都遮住了。他走上前去，才发现斗篷边缘下有金属武器闪烁着光芒。整个像一枚过于夸张的徽章，或像白色背景上展示的一只黑鹰。神父在周围踱来踱去，瞥见遮在帽子下面那个人的脸，果然，正是主人描述过的那张面孔，漂亮、精明，甚至还带着无辜和疑虑的表情，正是约翰·史查克。①

---

① G. K. Chesterton. *Father Brown*. Wordsworth Edition Limited, 1992. P199.

那个叫人闻之丧胆的杀人凶手果然从天而降,但那把"带翅膀的匕首"并未刺穿主人的胸膛,反而是凶手遭到主人枪杀。整个过程,除了最后主人反抗并击毙凶手、反败为胜的行为之外,都是当着侦探的面进行的。然而,正如布朗神父过后对医生说的那样,穿着睡衣从房间里走出来接待他并与他唇枪舌剑的主人是个冒牌货,那是凶手本人。凶手从头到尾都在表演,若不是"演出"中的一些破绽,如走路差点撞倒鱼缸、为了找一瓶酒而在橱柜里乱摸半天被侦探洞察,他还有可能得逞。

此例作为舞台密室,其特别之处在于事实上密室杀人已经完成,凶手正准备逃离时与前来保护被害人的侦探发生遭遇,便急中生智,来了个李代桃僵,扮演了被害人的角色,还假戏真做,演了一出自卫杀人的闹剧。

阿加莎的《阳光下的罪恶》则在走私岛上唯一的海滩——妖精洞海滩上,将一块狭小的陆地,包括海滩、礁岩和岩洞,布置成一个开放密室,凶手就在其中掐死被害人。这起精心策划、精确实施的谋杀案,经过相当一段时间的准备,充分利用了被害人和相关人士的性格特征和生活习性,制订了详尽的计划并提前进行了周密的布置。在动手实施的那一个小时内,凶手实际上进行了三场表演。最关键的一场是马歇尔夫人被抛在海滩上的尸体被发现。在走私岛上的"快乐罗格"酒店度假的布雷斯特小姐和雷冯先生一道在海上划船,当他们划到妖精洞海滩的时候,远远望见海滩上躺着一个人。布雷斯特小姐说那人像马歇尔夫人——

> 帕特里克·雷冯好像这才想到了似地说:"原来是她。"①

于是,他不顾同伴的反对,划着小船往岸上靠过去,这可以理解,毕竟,他与马歇尔夫人正陷入一场狂热的婚外恋。一个是未约而偶遇的恋人,一个是冷眼旁观者,两人登岸凑近看似躺在海滩上做日光浴的美女。可是,马歇尔夫人一动不动,叫也不应、毫无反应。雷冯在前、布雷斯特紧随其后,到了她跟前——

> 他在那一动也不动的身体旁边跪了下去——伸手摸了下手——手臂……
>
> 他用颤抖的声音低语:"我的天,她死了……"
>
> 接着,他稍微将那顶帽子掀开了一点,瞥了瞥她的颈部:"上帝啊,她是被掐死的……被人谋杀了。"②

怎么办呢,在杳无人迹的海滩上发生了谋杀案,得有人

---

① Agathar Christie: *Evil Under the Sun*. Fontana/Coll-ins, 1987. P62.

② Agathar Christie: *Evil Under the Sun*. Fontana/Collins, 1987. P64.

去找警察来，有人守着现场，布雷斯特小姐可不愿意孤零零留下来守着尸体，还得担心杀人恶魔躲在不远处的礁丛中窥视。但她不好意思这么说，只试探性地提出两人必须如此分工。让她松了一口气的是，雷冯毫不犹豫地回答"我留下"。于是，她便赶紧划船去叫警察，将满怀悲愤的雷冯留下守着已变成冰冷的尸体的恋人。直到最后破案时，人们才恍然大悟，原来这一幕是一场出色的表演，两个演员，一个观众。凶手充分利用观众的脾气和临场表现，做得无比自然、因势利导而不露痕迹。

卡尔的《三口棺材》中，谋杀案发生在已退休的著名教授格里玛的书房内。书房位于宅邸的顶楼，顶楼只有两个房间。顶楼结构为一条幽暗的走廊，走廊两头各有一个房间，一间是格里玛的书房，在走廊另一头、与这间书房门对着门的，是格里玛秘书米尔斯的办公室。楼梯口在走廊靠近书房一侧的地方。书房仅有一个门和一个窗户，窗户离后院地面有 15 米高，墙壁滑溜，无可攀登。案发那天，米尔斯如同唯一的特邀观众一样，亲眼目睹疑凶进入密室的整个过程，无意之中参与的女管家杜曼太太则成了临时演员。本是受害者的格里玛教授，竟如导演般安排了观众米尔斯的观看和"演出时间"——他事先通知米尔斯，说晚上 9∶30 左右，将有访客登门，要他"留神盯着点"。怎样"留神"呢？他要米尔斯自 9∶30 起即坐在自己的办公室里，将门半开着，注意书房这边的动静。约 9∶45，楼下门铃响了起来,门铃声犹如这场奇特演出的序曲。

序幕:一楼门厅,听见门铃声,管家杜曼太太打开大门,只见外面台阶上站着一个男人,手上举着一张名片,对她说:"请你将这个送给格里玛教授,问他能否见我,好吗?"杜曼太太接过名片,重新关上门,门自动上了锁。她瞥了一眼,发现这是一张空白的名片。杜曼太太用托盘托着名片上楼,来到书房门前,正要敲门……

第一幕:楼梯口冒出手持托盘的杜曼太太,她刚走到书房门前,抬起手,楼梯口便有一高个男子冒出,直奔书房,她转头瞧见他,说了句什么,大概是说你为什么不在楼下等候之类。来人忽然笑起来,杜曼太太惊叫一声,迅速让开的同时,打开书房门。

第二幕:门开处,一脸疑惑的格里玛教授出现在门里,说道:"该死的,怎么这么吵呀?"他抬头看着陌生男子,问:"看在上帝的份上,你是谁?"陌生来客不做声,却一个箭步抢进门,教授试图阻拦,没拦住,门随即"砰"的一声被关上,而且从里面旋动钥匙上了锁。此时是9:50。

第三幕(实际上是幕后戏)。格里玛教授隔门朝门外的杜曼太太喊道:"走开,你这个傻瓜,我自己能处理。"女管家便下楼去了。接下来,唯一的观众米尔斯似乎听见书房门内传出吵嚷声和摔东西的声音,然后,10:10,枪响了。一听到枪声,米尔斯便冲过走廊,到书房门外边喊着教授的名字边拼命打门,就在这时,警察赶到了。

第四幕:警官找来工具把门弄开,就只见遍地是血,教授中枪倒在血泊中挣扎,凶手已不见踪影。

这个密室算是一个绝对密室。它有两个通道——房门和窗户,窗户虽然半开着,但由于离地面较高且墙壁平滑,无法攀爬,下过大雪后的后院雪地上也毫无痕迹,因此完全可以肯定凶手并未从窗户逃走。门呢?凶手进了门,有两个证人,其中一个亲眼所见,一个还与其有接触,千真万确。门从里面反锁,凶手在里面开枪杀人,也为证人和赶来的警察所证实。

直到菲尔博士的推理演说,这个密室才被解密,原来,证人所见均为表演,事实上,枪响后,根本没人离开书房,这是凶手为了制造不在现场证明而制造的密室。这个表演难度极大,一个人无法完成。

阿加莎的《阳光下的罪恶》中,凶手表演就比较简单,凶手事先潜入琳达的房间,将她的手表拨快 20 分钟,然后陪她到海鸥湾写生,乘其下海游泳时再将手表时间调回来,争取了 20 分钟,制造了不在现场证明。不过,从舞台密室的角度看,由于并不直接以密室现场为舞台,故这场表演是附带的,是幕后进行的。

在《格林肖的蠢物》中,阿加莎描写了一个难度颇大的表演。这场表演中,密室不是杀人现场,目击者被困的房间才是密室。密室被安排成观众席,舞台在花园中,空间开放。由于谋杀事件在目击者的视线之中发生,且被害人格林肖小姐在被飞箭射中后呼叫求救"他射我",舞台密室才得以成立。

舞台密室模式中,罪犯为了制造时间差、掩饰事实,常要使用替身,亲自或指使同谋扮演受害人或相关人士,以混淆视听,制造假象,以便提供不在现场证明或者干扰案情侦破。例如,霍克的《圣诞节教堂钟楼谜案》中,受害人韦格牧师送走做礼拜的人们后,在众目睽睽之下将自己锁进教堂钟楼——

> 韦格牧师那熟悉的身影出现在教堂门口,仍然穿着他的长黑袍,但是没穿白色的法衣。在那一瞬间,好像从他那厚重的眼镜上有道光反射出来。"韦格牧师!"警长叫道,一面开始由雪地里向教堂的台阶走去。
> 韦格转身走进教堂,撞在门柱上,就好像看到蓝思警长突然把他吓坏了似的。警长和我一起赶到教堂后面,正好看见韦格那件黑袍消失在往钟楼去的楼梯上。①

警长和侦探破门而入,发现韦格牧师已经被刺身亡,他的尸体边上有一人,即前来做礼拜后未及离开的吉普赛人卡伦扎。但卡伦扎右手臂有伤,他不可能是凶手。教堂钟楼因而成

---

① (美)爱德华·霍克:《不可能犯罪诊断书》,http://www.fftxt.com/bbs/? a=1833691。

了一个密室。经过侦探细心的调查和缜密的推理,那一瞬间出现在教堂门口的"熟悉的身影"是替身,这个身影现身之前,谋杀案已经发生,韦格牧师已经死于非命,谋杀并非在密室中实施,替身的表演使现场成了密室。

舞台密室的第二种类型更为别开生面,是受害人在表演。例如,卡尔的《耳语之人》:现场位于一座高高矗立河畔的已经半倾颓的古老塔楼,周围无遮无拦,三面围绕着一片开阔的草坪,一面临河,面朝草坪仅有一个门,是唯一的出入口,临河那一面是光溜溜的、无法攀登的墙壁。受害人布鲁克先生为赴约而登上楼顶,他的儿子哈利跟了上去,与父亲大吵一通。父子之间吵架,有两位目击者,一个是受害人约会的对象,秘书费伊小姐,一个是其好友芮高德教授。费伊小姐先行离开,芮高德则登上塔顶,将哈利从他父亲身边拉开、带离,布鲁克孤身一人留在塔顶现场,再没有人接近过他。

几分钟后,在周边草坪玩耍、进入塔楼探险的小孩子发现倒在血泊中的受害人,惊恐万状,跑下楼梯,来到门外大叫:"爸爸!爸爸!上面有个人全身都是血!"

仍在附近树林里对受害人儿子哈利进行开导的芮高德教授,闻声转身跑过草坪、冲进塔楼——

  荷渥·布鲁克——还活着,身体仍在抽搐——俯卧在塔顶地面中央,背后的雨衣血淋淋一片,那道裂缝位于左肩胛骨正下方,长半吋,看样子是他被从背后刺伤所造成的。

至于他一向随身携带的那根内藏刀剑的手杖,分成两段分别落在他身体的两侧。握柄部分那薄而利的长剑身沾满血迹,落在他右脚附近,而木制剑鞘则滚到他左侧的胸墙边。内装有两千镑的公事包已经不翼而飞。

我眼前一片昏花,而蓝博家的人在塔底尖叫。当时时间是4:06;我注意到时间并非出于警察的直觉,而是纳闷费伊是否按时赴约。①

就这样,受害人留在塔顶的几分钟,就被刺身亡,凶器是受害人本人的剑杖!在这几分钟空档内,塔楼成了绝对密室。

事实上,目击者此前所见,已经是受害人的表演。猝不及防被凶手刺中,已受致命伤的布鲁克为了掩盖真相,临死之前拼尽最后的气力制造了塔顶密室。

此例的舞台密室为受害人主动为之,霍克的《运务员专用车谜案》中受害人制造密室就不是有意为之,而是受害人与凶手合谋的,他们联手盗窃珠宝的关键时刻,凶手将计就计,弄假成真,使得现场成了绝对密室。受害人实际上扮演了双重角色,密室的形成便由主动和被动两种因素导致,前者是构成密

---

① John Dickson Carr:*He Who Whispers*,Publisher Hamish Hamilton (UK) & Harper (USA).Publication date 1946.P14~15.

室的先决条件,后者则带有巧合因素,使得密室拼图趋于完整。

舞台密室中,凶手的表演时常会遇到各种意外情况,有的对凶手的计谋产生不利影响,有的则使凶手意外得利,导致案情更加复杂,侦破更加困难。其他密室模式中也有相类似的情况,霍克的《耳语之屋疑案》中的影子密室里,尽管在未破解"鬼屋"进得去出不来这个谜题之前,两位目击者的亲眼所见不容怀疑而又无法解释,成了解谜的最大障碍。侦探闯入密室后,一检查现场,即发觉漏洞百出,明摆着那个"鬼"是个阴谋者,密室中的那具尸体并不是他,他只是表演给人家看而已。但由于无法发现密室的第二个出口,因而这重迷雾难以祛除,谜也就无法破解。谜底揭晓之后,人们才意识到,那个"鬼"的表演事实上是画蛇添足,凶手不打自招。阴谋者过于依赖密室的密封性,才"出此下策"。

第一种舞台密室中,偶发事件或偶然因素的介入、干预和影响,导致其表演的逼真程度大大增强,从而给侦探破密解谜增加极大的难度。典型如卡尔的《皇帝的鼻烟壶》,美丽少妇伊娃离异后,在高尔夫球场邂逅年轻贵族托比·劳斯,两人迅速堕入爱河。托比家族的宅院就坐落在伊娃住宅的街对面,老劳斯爵士是一名收藏家。巧的是,伊娃卧室的窗户隔着街道与劳斯爵士的书房(研究室)相对望,老劳斯收藏的各种古董和文物就放在书房里,他本人也通宵达旦地待在里面赏玩与修整那些个珍贵的物件。

屋子的对面就是伊娃的卧室,在那段痛苦的日子里,她和内德·阿特伍德有一两次通过窗户看到对面没拉上窗帘的研究室:一个拿着放大镜的老人,和善的面孔,沿着墙摆着一排排的玻璃柜。①

案发当夜,伊娃的住宅闯入一位不速之客——前夫内德。他听到伊娃与托比订婚的消息,赶来制止,他希望伊娃能毁掉婚约,与自己破镜重圆,再续前缘。伊娃拒绝并撵他走,内德却胡搅蛮缠,不肯离去,就在两人相持不下的当口,两人透过窗帘半开的窗户瞥见街道对面老劳斯的书房里面正在发生的一幕,顿时惊呆了——

透过左手边的窗户,他们能看见莫里斯·劳斯爵士的大平顶桌靠左手边的墙头而立。透过右手边的窗户,他们能看见白色的大理石壁炉嵌在右手边的墙中。而在书房的后方——更精确地说,在面对他们的那面墙上——可以看见通向二楼大厅的门。

他们看见有人正在轻轻地关上那扇门。

他们看见门动了一下,有人匆忙离开了书房。伊娃来

---

① John Dickson Carr: *The Emperor's Snuff-Box*, Publisher Hamish Hamilton(UK)& Harper (USA) Publication date 1942 (US), 1943 (UK)P17.

得晚了些,恰好没有瞥见那张事后会让她做噩梦的脸。可是内德看到了。正在关闭的门边,有人伸出了一只手,从那种距离看来,好像是一只小手,手上戴着褐色的手套。这只手触及门另一侧的电灯开关。灵活的手指弯了一下,按下开关,中央吊灯熄灭了。然后,高高的白色的门轻轻地关上了,门上装的是金属手柄,而不是球形的手把。现在只剩下书桌上的台灯,那盏绿色玻璃灯罩罩着的小型办公室台灯,将暗淡的光投射在左手墙边的大平顶桌和紧挨着的转椅上。莫里斯·劳斯爵士坐在他平日里坐的转椅上,他们能看见他的侧脸。但他此刻并没有手拿放大镜,而且他再也无法拿起放大镜了。

放大镜摆放在书桌的记事簿上。记事簿上,或者说整张桌上,都洒满了一件东西的碎片。碎片的数量众多,古怪而奇特。透明的碎片现出粉色的光泽,隐约闪烁着反射光线,宛若穿过玫瑰色的雪花一般。那些碎片中仿佛还有金子,也许是别的什么。然而色彩难以辨别,因为满桌甚至是墙上,都有飞溅开来的血迹。①

显然,两人看见谋杀的尾声,尽管他们的位置与现场有一

---

① John Dickson Carr:*The Emperor's Snuff-Box*,Publisher Hamish Hamilton(UK)& Harper (USA) Publication date 1942 (US),1943 (UK)P17.

定距离,如同隔岸观火,但时值深夜,周围黢黑一片,亮着灯的现场恰如聚焦的舞台,所有的细节都被看得清清楚楚。作为目击者,伊娃到窗前的时间比内德稍迟,因此她并未瞧见疑凶的脸,内德却瞧见了。一方面,他们俩目睹的情景为侦探解开密室之谜提供了至关重要的线索和证据,另一方面却将谋杀案的侦破引到了一个错误的方向。精彩妙处在于,目击者看到的并不是真正的凶手在表演,恰恰相反,他们所看见的场景——那只戴着褐色手套的小手,关掉书房的中央吊灯,然后轻轻关上书房门,这个意外出现的"客串"角色的所作所为给真正的凶手提供了绝妙的掩护!凶手的计划并非天衣无缝,而是带有很大的冒险性,不料"那只小手"的行为竟然出人意料地与凶手的表演配合默契。

七、影子密室

影子密室指表面上看是密室,或者说所发生的情况表明是,事实上却不是密室。弗里曼的《来自深海的信息》、格林的《第二颗子弹》是这类密室的典型。

格林的《第二颗子弹》中,现场是公寓卧室,门是从里面反锁的,听见枪声赶来的邻居们和警察费了好大的劲才破门而入。公寓大门锁得好好的,死者妻子哈曼太太就睡在客厅,因此可以排除凶手从大门进入作案的可能。屋里,哈曼手握手枪、胸部中弹,倒在血泊中。他怀抱的婴儿也由于他倒地时手臂压住喉咙,窒息而死。经查,哈曼的枪打过一发子弹。现场的另外一个通道是敞开的窗户,由于窗外有葡萄架,因此凶手可能攀援而上,从窗户向里开枪。但除了死者身上的子弹,没能找到第二颗子弹,验尸官即断定哈曼是自杀,没有外来者作案。如此一来,窗户这个通道自然失去意义。因此,还是密室。然而,经过侦探斯特兰小姐的缜密调查、推理和现场模拟实验,最后在婴儿的尸身上找到失踪的第二颗子弹,由此认定哈曼死于从窗口射来的子弹。这就不仅破解了谜案,锁定了凶手,而且确认这并非密室,是由于破案不够严密而被误认为的密室。

契斯特顿的《演员与不在现场证明》则是另外一种情形:剧院舞台下的长廊两头各有一个房间,一个想不开的女演员将自己锁在其中一个房间里,又哭又闹,似乎会有不测发生。房门外有一群人围在那儿,劝导的、看热闹的都有。彩排开始了,人群散去,各忙各的去了,只留下女仆一人,守在房门外。长廊另一头是剧院老板的书房,彩排开始后,他将自己锁进房间,房门外则有布朗神父和一位年轻演员。他们听见书房内发出沉重的怪声,破门而入,发现剧院老板脸朝下倒在血泊中。长廊那一头,当人们把门弄开时,发觉空无一人,在房间里哭闹的女演员消失无踪。这个附带的密室只是插曲,算是一条副线。剧院老板书房这个密室,既然连侦探都在监控,而且剧团的全体演员——除了锁在另一个密室内的那位——都在台上彩排,一个不少,都有不在现场证明。凶手何在,凶手又是如何进出的?

侦探最后发现,舞台有一个暗道与书房相通,彩排的剧目含有一个情节,使得其中一个演员可以不被察觉地隐身,由此解谜。似此,表面上看是密室,但事实上房间并不真正密封,而有暗道,凶手得以进行谋杀,过后又得以脱身。这个类型也应当归入影子密室。

霍克的《耳语之屋疑案》中,好奇的山姆大夫和"捉鬼人"斯隆带上相机、闪光灯等设备夜闯传说闹鬼的废弃旧屋布莱尔老宅,想一探究竟。月黑风高,进入鬼屋的两位探险者听到传说中的鬼魂耳语,惊魂未定之际发现另外有人前来,便躲在一旁观察——

> 有人开始上楼。起先我看到的是提灯的光,然后出现一个男人。他身形瘦削,留着胡子,个子不是很高,穿着皱巴巴的冬衣,头戴一顶皮帽。他的步伐快速而谨慎,提灯举得高高的,照耀着前方的路。尽管他看上去对这栋房子知根知底,但我肯定从没见过这个人。不过,当人影从我身边不到五英尺远经过的时候,某种熟悉的感觉终于浮现出来。①

---

① (美)爱德华·霍克:《不可能犯罪诊断书 II》,www.Haoshudu.com。

果然有"鬼"！但是，山姆大夫马上为一个新的发现所吸引。那男子走到过道尽头，面前是一堵光秃秃的墙壁，墙与一扇门相接，他碰了门框一下，立即传来"咔嗒"一声，然后他开始推墙，墙壁的一部分在他面前转动起来。鬼屋果然有一个秘密房间，难道，传说中的暗夜鬼影和恐怖耳语声与此有关吗？来人是人是鬼？如果是人，那么，他是谁，夜入老宅为了什么？而且，传说中的这个秘密房间是进得去出不来的。山姆大夫和斯隆很快就找到问题的答案，左等右等等不到那个神秘身影重新现身，两人索性找到暗室机关开门闯了进去，不料——

>我琢磨着眼前出现的会是一个大惊失色的男人还是空空如也的房间。都不是。
>
>男人依旧留在屋内。只见他直挺挺地坐在一张桌子前方，面孔朝向我们。我们的突然出现似乎并未给他造成惊吓。
>
>"我觉得他已经——"我边说边走进了房间，朝那个男人身旁走去。
>
>"死了？"萨德·斯隆替我说了下半句话。他松开快门，一瞬间，小小的密室里充满了闪粉产生的光线。这使我们清楚地发现，房间里既没有别人也没有其他出口。①

---

① （美）爱德华·霍克：《不可能犯罪诊断书Ⅱ》，www.Haoshudu.com。

果然是一个进得去出不来的死亡之屋！若作为密室,此例完全可以划入绝对密室之列。两个目击者,眼看着受害人好端端地进入秘密房间,过没多久就发现其在内遇害。除了目击者与受害人三个人外,再没有其他人出入"鬼屋"。直到百折不挠的山姆大夫发现死亡之屋里的滑动底板,密室之谜才揭晓,原来,它并非真正的密室。

八、心理密室

心理密室,即具备密室要素但并未形成,而是由心理因素造成的密室。这一类型密室需要一些基本条件,如除了进出口外,无其他通道。此类密室往往并非绝对密室,心理因素则成了密室构成的最主要条件。心理密室的代表作品是契斯特顿的《隐身人》。由于事先受到过多次恐吓,富豪史密斯吓得龟缩在自己家中不出来,加上保镖,宅邸门外总共有四名监控者,其中包括一名恪尽职守的警察。但史密斯还是被凶手闯入家中杀害了。凶手不仅在四双眼睛的监视之下登堂入室,行凶杀人,还将被害人的尸体从人们眼皮底下运出现场,弃之沟渠！更匪夷所思的是,罪犯大摇大摆,如入无人之境,而这个私人城堡的守卫者全都信誓旦旦地说根本未看到有人进出！事实是,罪犯既不会隐身术,也没使用障眼法,更没有收买这些人而让他们作伪证,罪犯只是利用了人们的心理盲点。

阿加莎的《马普尔小姐讲故事》有异曲同工之妙。除了丈夫本人外，只有女服务员进出旅馆套房，这是她的工作，再正常不过了。套房两个门外面的目击者，只在不经意间注意到有一位女服务员进出，并未留意，房间内正在看书的丈夫也根本未加注意，他们都没注意到进去的与出来的并非同一个人，这就是被凶手利用的心理盲点。正像前来向马普尔小姐求助的波塞瑞克律师和他的当事人罗迪斯，无法准确地说出将他们引进主人客厅的女仆的着装与长相那样，旅馆谋杀案中，套房房间内的丈夫和走廊上的目击者们除了看到一个女子身着服务员的制服外，根本不会去仔细留意服务员的模样，这就给罪犯提供了可乘之机。由于凶案现场的特殊结构和作案动机的隐密性，此例更有立体感和灵活性，情节也就更加复杂。

　　密室类别的交叉与重叠，在推理小说实践中时有发生。阿加莎的《云中奇案》就是密室元素交叉的典型。首先，因谋杀案发生在飞机上、在飞行途中，故为移动密室。其次，凶手在众目睽睽之下作案，被害人坐在座位上被毒杀而周围乘客与空乘人员浑然不觉，这个靠近或邻近被害人的范围即形成开放密室。上述《耳语之屋疑案》中的密室，既可归入影子密室之列，又类似舞台密室。布朗神父探案中，《演员与不在现场证明》与此类似；《错形》属于原型密室，但具备公开密室的要素——医生隔着玻璃发现独处密室中的诗人"不对头"，等于宣告了被害人很有可能遭遇不测，开门入内，果然诗人奎登已经遇害，发现凶案的过程是谋杀预告。凶手利用自己掌握的诸多有利条件,始终控制着局面,连侦探都无意间成了他作案的辅助工具,凶手实际上一直在表演,此例因此也足以归为舞台密室。

第四节　典例解析

密室艺术,是推理小说独有的创作艺术,它凝聚和展示了罪犯与侦探(甚至受害者或者其他相关人士)的智慧,也充分表现了人物性格特征,诠释了作者的思想。为了更好地说明和解析这一艺术,本节总结了密室的部分类型,选择知名作品予以简要解析。

一、机关密室

机关密室模式之中,罪犯所设机关尽管林林总总、五花八门,但绝大部分都起陷阱作用。机关起作用的时候,又会牵涉各式各样的人物、事件,这诸多要素,会有不同的表现形态和变化。比方,有的局外人会助纣为虐,有的受害人会作茧自缚,如此等等,不一而足。

1.霍克的《老橡树疑案》

树林上空,一架飞机掠过,这是电影摄制组的飞机,机上有两个人,即主角本人和替身演员查理,主角驾机,查理坐后面。导演本人和临时准备客串出演的山姆大夫以及摄影师等剧组成员则在地面等待着。机翼下,他们看到树林边上那棵孤零零的"鬼橡树"的身影,那是一棵已经半枯的老橡树,传说它会杀人,因此而得恶名。飞机在盘旋,拍摄开始了,替身演员查理跳出机舱,随着风力加大,他的降落伞偏离预定方向,朝着鬼橡树飘过去。眼看着降落伞落了下去,被橡树高高的枝桠缠住,查理的身体软绵绵地挂在背带上,悬在半空。山姆大夫凭着医生的直觉,感到情况不妙,连忙上前爬上树查看,果然,查理脸色发青、舌头突出,已经摸不到脉搏。山姆大夫无意间摸到死者脖子上的围巾,发现那儿缠着一条铁丝,由此可见,这不是一桩意外事件,而是一起谋杀。导演和工作人员七手八脚把尸体解了下来,放在地上等待警方检验。检验结果正如山姆大夫所料,查理是被勒死的。据查,查理既不可能在跳伞前被害,也不可能在挂上橡树枝头的时候被铁丝勒死,而是被他人用手勒紧脖颈上的铁丝而死。因而此案成了一个不解之谜。

从受害人跳离机舱到挂上树梢、医生检查,整个意外身亡的过程,他都没离开人们的视线,自始至终,查理都是一个人在空中飘荡直至悬挂树梢,压根儿就没有也不可能有人靠近,更不用说下手。从这个角度看,这是一个开放密室。经查发现,医生上树验看时,受害人装死,骗过了山姆大夫;真正被害是在他的身体被卸下来之后。这一时间差导致了不同的结论。

此案由于受害人配合表演,因而密室的性质从开始的开放密室实际上转化成机关密室,机关的设置包括两个部分,一是套在脖子上的铁丝,二是受害人自设的陷阱,即装死而使得罪犯得以从容下手谋杀,弄假成真。

2.契斯特顿的《金十字架的诅咒》

在一艘横渡大西洋的邮轮上,旅客们凑一块儿喝咖啡,议论一起轰动一时的考古发现事件。其中有施迈尔教授,美国某大学欧洲史专家,晚期拜占庭考古权威;迪亚娜·威尔斯夫人,旅行家;保尔·塔兰特,游手好闲的美国青年;里奥纳德·史密斯,英国教师、记者;某英国教师;瓦尔特斯,南安普顿达汉教区牧师;本,记者;布朗神父。

在英国苏塞克斯海滨发掘出一个中世纪基督教主教的墓,那儿的牧师恰好是个考古学家。传闻说里面有一具木乃伊,但其制作方法不同于古希腊和古埃及的,这种木乃伊是首次被发现。但吸引施迈尔教授不远万里前往考察的是其他东西——古墓的棺椁中发现一个带链的金十字架,这个十字架背面有一个形状像鱼的秘密符号。迄今为止,全世界只发现过一个这样的十字架。施迈尔教授此前在克里特岛海滨洞穴中曾发现洞壁上画有这种独特的鱼形标识,但他在阴森恐怖的水下洞穴中受到隐形人的威胁,说任何人胆敢染指那个"鱼形十字架"都要被杀死。施迈尔教授痴迷于自己的研究,不计艰险辗转来到南安普顿的古墓发掘现场。性情随和的牧师领着教授和邮轮上的同伴们下到墓穴中,展示了躺在石棺中的中世纪尸体——但不是木乃伊,而是栩栩如生、像睡着了一样的一具男性尸体。

石棺是从尸体的头部那一头掀开的,棺盖用两支结实的木棍支着,棺盖太重,木棍都压弯了。尸体的脖子根部是那个著名的黄金十字架,连着一条项链般短短的金链。

迪亚娜夫人失声尖叫提醒教授不要触碰十字架,但太迟了,教授迫不及待地将上半身探进揭开着的石棺盖,俯身在尸体上方,伸手去触碰那个令他朝思暮想的金十字架。就在这一瞬间,那两支撑盖的木棍似乎跳了一下,直立起来,一直悬在悬崖上的棺盖,从原本支撑它的木棍上滑落下来,猛地砸在教授的后脑勺上——施迈尔教授迅速将脑袋缩回,但来不及了。于是他便不省人事地倒在石棺旁,后脑勺流出一洼血。除了木棍的残片卡在石缝间之外,古老的石棺又恢复了几个世纪以来的旧模样——魔怪合上了可怕的石头下颌。

布朗神父这样推理:

"可怜的老瓦尔特斯先生是一个诚实的考古学家,他打开古墓的目的,是为了探寻传说中的木乃伊是否真的存在。其余的传闻都是捕风捉影。他的目的落空了,没有木乃伊,而石棺中的尸体早已化成了灰。而正当他在阴森的墓室里忙乎时,烛光在他的影子旁投下了另一个身影。"

"呵!"威尔斯夫人倒吸一口冷气:"我现在明白你在说什么了。你是说,我们曾经与杀人凶手相会,一块聊天、说笑,听他跟我们讲述一个浪漫的故事,而后让他毫毛不损地溜之大吉?"

"将他伪装教士的服装遗留在礁石上",布朗点头道:"一切昭然若揭。大概是在教授跟那个烦人的记者谈话的时候,这家伙抢在大伙前面进入教堂墓地,在空空如也的石棺旁,杀害了牧师,穿上死者的黑色教袍,将尸体用石棺中的古老长袍裹住,放进石棺,如我刚才所说,用念珠和木棍在石棺中设置机关。为他的第二个敌人布好陷阱之后,自己则回到地面,在光天化日之下,以一个乡村牧师的温柔和善的态度,迎接我们的到来。"①

这是一个机关密室。从谋杀三要素的角度看,动机带有神秘色彩,不甚明了,甚至还以受害者的经历和布朗神父对历史事件和传说中的诅咒的质疑等布下重重迷雾,获得很强的恐怖效果。而且,这个神秘的幽灵杀手干脆改头换面直接露面,将受害者引入布置好的陷阱。另一方面,作者的着笔和铺垫全都集中在"how"上面,而忽略"who"和其他要素,并未破解所有谜团。

二、舞台密室

如前所述,舞台密室的要义是表演,最常见的类型是罪犯

---

① G. K. Chesterton: *The Incredulity of Father Brown*. Penguin Books Ltd, England, 1987. P120.

在表演,从这个角度上说,密室成了罪犯的舞台,而证人,甚至包括侦探,则成了目击者和观众。这些旁观者经常被罪犯利用而制造障碍,或误导案情,引发歧见。有时表演者并不是罪犯,而是受害人或其他相关者,其行为也被罪犯加以巧妙利用。

1.阿加莎的《牧师宅谋杀案》

当我走近牧师寓所的大门时,时间是六点半过,接近七点了。我还没有进去,门却猛然被人掀开,劳伦斯·雷丁走了出来。他看到我时,猛地呆住了,他的神情叫我吃惊,很像一个快要发疯的人,眼睛发直,面色惨白,浑身发抖,我不由纳闷,他是否喝醉了?随即否定了。

"喂",我说:"你又来找我了吗?很抱歉,我出去了。现在才回来。我得见见普罗斯洛,谈谈有关账目的事——但我想不会久的。"

"普罗斯洛",他哈哈大笑起来:"普罗斯洛?您要见普罗斯洛?喂,您会见到普罗斯洛的!噢,我的上帝——好吧!"

我盯着他,并本能地向他伸出一只手,他迅速地闪到一边。"不",他几乎是用喊的:"我得走了——去想一想。我得想想。我必须想想。"

他突然跑走,很快消失在通向村子的小路的尽头。我凝视着他跑远的背影,认为他喝醉的念头又浮现在我的脑际。

然后,我摇摇头,继续走进牧师寓所。前门总是开着的,但我还是按响门铃。玛丽闻声出来,一边在围裙上揩着手。

"您总算回来了。"她说。

"普罗斯洛上校到了吗?"我问道。

"在书房里呢。六点过一刻就来了。"

"雷丁先生也来过这儿吗?"我问道。

"几分钟前到的。想要见您。我告诉他,您很快就回来,普罗斯洛上校也在书房等您,他说他也要等,就到那儿去了,他现在在书房里。"

"不,他不在",我说:"我刚刚碰到他,他顺着路走了。"

"噢,我没有听见他离开。他才呆了一会儿。夫人还没有从城里回来。"

我心不在焉地点点头。玛丽退回到厨房,我穿过走廊,打开了书房的门。

穿过幽暗的走廊后,射进房间来的夕阳光刺得晃眼。我往内走了一两步,然后骤然停下。

有好一会儿,眼前的景象使我一下子反应不过来。

普罗斯洛上校张开四肢,以一种可怕的、不自然的姿势趴在我的写字台上。在他的脑袋旁边的写字台上,有一滩黑色的液体,在慢慢往地板上滴,一滴、一滴、一滴。

我努力镇静下来,向他走去,摸了一下他的皮肤,已经冰凉。我抓起又松开的那只手又僵硬地垂了下去。他死了——子弹击穿了他的脑袋。

我到门边叫玛丽。她一来,我就命令她以最快的速度跑去请海多克医生来——他就住在路的拐角处。我告诉她发生了事故。

然后,我转身关上门,等着医生来。

还好,玛丽在医生家里找到了他。海多克是一位好伙计,体格健壮,有着一张诚实粗犷的脸孔。

我没有吭声,指着房间里的那个地方。他的眉头皱起来,但是,像老练的医生那样,他没有流露情绪。他向死者俯下身,迅速检查了一下。然后,他直起身盯着我。

"怎么样?"我问道。

"他死了,没救了——有半小时了,我估计。"

"是自杀吗?"

"这不可能,伙计。看看伤口的位置。再说,假如是他自己开的枪,枪在哪儿?"

的确,屋里根本没有枪的踪影。①

---

① Agathar Christie:*The Murder at the Vicarage*.Fontana/Collins, 1987.P34~36.

死者在牧师住宅书房内中枪身亡。牧师住宅有前后门，两个门都是敞开的；既可以从宅子内的走廊（不让佣人和管家看见），也可以从面朝花园的落地窗，进入书房；在作案时段内，还有一双鹰一样的锐眼注视着包括花园门、花园和书房落地窗在内的区域。

周四下午，雷丁故意乘牧师不在家时去拜访他，他待在书房等主人时，将事先带在身上的手枪藏在落地窗旁架上的花盆中。离开后，约5：30左右，他又从外面模仿女声给牧师打电话，说谁谁谁不行了，请牧师来做祈祷，将牧师引离住所。

接近6：20时，普罗斯洛夫人前往牧师宅与呆在牧师书房的丈夫会合，途中从马普尔小姐的花园旁经过，故意驻足与马普尔小姐闲聊，以便让善于观察的马普尔注意到自己根本没有，也不可能携带武器。然后，她绕过屋角，从马普尔的视线中消失，来到牧师书房的落地窗外。上校正坐在书桌前给牧师写字条，因耳背，听不见妻子进入的声音。她迅速进入书房，闪电般从花盆中取出手枪，来到他身后，朝他脑袋开枪。随即将枪往地上一扔，跑了出去，重新从屋角转出来，假装找不到丈夫，而后往花园角落的小屋——雷丁工作室走去。她动手和撤离的速度之快，完全符合"到了书房落地窗外往里望去，没有见到我丈夫，然后便离开"的供述，也符合目击者马普尔的证词——

"事实上，从昨天下午五点钟起，我确实在我的小花园里，当然喽,从那里——哦,一个人自然会注意到邻里发生的事。"

"马普尔小姐,我得知,普罗斯洛太太昨天傍晚经过这条路了,是吗?"

"是的,她经过的。我喊了她,她还夸我的玫瑰呢。"

"您能告诉我们那大约是什么时间吗?"

"应该是六点一刻刚过一两分钟。是的,对了,教堂的钟刚报过六点一刻。"

"很好。然后呢?"

"然后,普罗斯洛太太说她准备去叫正在牧师寓所里的丈夫一起回家。她是从小路过来的,您知道,然后她从后门走进牧师寓所,穿过了花园。"①

目击者马普尔小姐看她绕过屋角,估计她丈夫还没来,所以她几乎立即返回,往雷丁的工作室去,进去等待。接着雷丁从村子里来到牧师宅院门,张望了一下,没进去,而是直接走到自己的工作室,她出来迎他进去。约10分钟后,他俩一块出来,往村子里去了,教堂钟声正好敲半点。

她不可能带手枪在身上,因为没有带包,而且就如同马普尔说的:

---

① Agathar Christie:*The Murder at the Vicarage*.Fontana/Collins,1987.P60.

我亲爱的梅尔切特上校,您了解现在的年轻女人是怎样的。她们一点也不害臊地充分展示造物主如何造就她们的身体,在她的长袜之上,最多只放了一条手绢。①

医生证词是,普罗斯洛上校被枪杀的时间不会早于6：20,不会迟于6：35。

6：30—6：40,他俩小心翼翼地展示着自己的不在现场证明,6：40以后,雷丁等看到牧师的身影在小道尽头出现时,才重新进入凶案现场,拾起带消音器的手枪;用伪造的留言条换下上校写的条子(他本不知道上校会在那儿写信);将时钟拨到与留言条相一致的时间(目的是将怀疑引向普罗斯洛夫人)。然后出门迎上牧师,表演了一番后离去。随后,他处理掉消音器,带着手枪前去警署自首。

该小说中的密室属于舞台密室,设置密室的目的是制造不在现场证明。罪犯的策略有两点,第一是唱双簧,第二是接力。

几番进出现场的雷丁,没有作案时间,唯一有作案时间并被目击进入现场的普罗斯洛夫人无法携带手枪,因此没有作案条件;手枪预先"埋伏"在现场,让她使用;谋杀完成后由雷丁清理现场并自首,玩无辜顶罪的游戏。

---

① Agathar Christie: *The Murder in the Vicarage*, Fontana/Collins, 1987.P64.

2.霍克的《廊桥疑案》

一前一后两辆马车,奔驰在森林夹道的雪地上,跑在前头的是汉克驾的马车,让过邻居家的一群牛羊后,拐道弯不见了。

后车跟上去,到了廊桥,发现前车的车辙,但汉克并未在廊桥内或者穿过廊桥,或者堕入冰冻的河流,而是凭空消失了,连人带马车,消失得无影无踪,连一丝痕迹都没有留下。

"没有过桥的车轮印子!他进了廊桥,可是没有出去!山姆医生,他到哪里去了?"

天呐!她说得不错。汉克的马和车子的痕迹直进到廊桥里。事实上,可以看见那些湿湿的融雪印子大约有几呎左右,然后渐渐淡去。

可是里面没有马,没有车,没有汉克·布林洛。

只有他原先带着的那瓶苹果酱碎在地上。

如果桥那头的雪地上没有印子的话,他想必——他一定得——还在这里!我的眼光往上移向那将整座桥撑住的木头支架上,那里什么也没有,只有横梁和屋顶。这座廊桥非常坚固,在屋顶的保护下不受风吹雨打。两侧的边墙也很坚实,没有破损,木板缝里最多只有松鼠躲得进去。

"这里面有什么花样",我对米丽说:"他一定得在这里。"

"可是在哪里呢?"

我走到桥的另外一头,仔细看过平滑无痕的雪地,由桥角那边欠过身去看蛇溪结冻的河面。溜冰的人还没有来把雪铲掉,那里和其他地方一样,一点痕迹也没有。就算马车都能有办法穿过木头桥底或边墙,但无论如何也不可能不留下痕迹。汉克驾着他的马车进了廊桥,只比跟在后面的米丽和我早一分钟,掉了他那一大瓶苹果酱,就此消失无踪。①

车辙留痕的终点——廊桥,成了密室,事实上,这是汉克与他人配合的一场表演,一个恶作剧,正如此前所见——

汉克的马车超前得让我们看不到,可是现在我们看到了雷姆赛的农场。因为华特·雷姆赛正把一群母牛赶回谷仓而挡住了路,我们不得不暂停了一下。他挥了下手说:"汉克刚刚过去。"②

凶手利用了这种人间蒸发的效果,将计就计,实施了谋杀。这是受害人自己进行表演的舞台密室典型。

---

① (美)爱德华·霍克:《不可能犯罪诊断书》,http://www.fftxt.com/bbs/? a=1833691。

② 同上。

三、公开密室

公开密室最重要的特征是事先公开犯罪预谋,或者公布犯罪计划。而在推理小说实践中,这种公开或公布会有不同的表现形式与不同由来,比方,这种公开并非罪犯所为,甚至也不是有意的,但被罪犯或其他相关者利用,使得所公布的计划得以实施或兑现,由此而使得案情更加扑朔迷离。

1. 卡尔的《青铜神灯的诅咒》

预言见于发生在开罗火车站的一幕,正当各路新闻记者围着即将带着埃及政府赠与的宝物启程回国的名流海伦小姐争相提问时——

> 人群的外沿,一个声音欣然回应:"您永远无法抵达那个房间,小姐。"
>
> 吃惊不小的记者们循声望去,纷纷自动闪出一条道,于是那人侧身穿过人群,轻盈自如。
>
> 这是个极瘦削的男子,年龄不详,约莫四十岁,也可能更年轻。虽然身高在中等以上,但微缩的双肩使他看上去要矮一些。此人头戴一顶流苏镶边的红色毡帽,说明他是土耳其人。但那身褴褛的欧式西装、白色领带以及带有法国口音的英语,使他给人的整体感觉如同白棕二色的中间带,异常模糊难测。

他一面讪笑一面闪躲着走上前来,乌黑狂乱的小眼珠子却始终盯在海伦脸上。

海伦好半天才重新开口:"刚才说话的是谁?"她喊道。

"正是鄙人,小姐",这名陌生人答道,仿佛是从海伦鼻子底下突然钻将出来——又好似从天而降——惊得海伦往后一缩。海伦紧盯着他,异常困惑。

"你",她踌躇着,完全不知所措:"你是法国哪家报社的记者,又或是别的什么人?"

陌生人笑了。

"啊,非也非也。"他漫不经心地扭动双掌,状甚滑稽:"鄙人并无那般荣幸。鄙人仅是一名潦倒的混血学者而已。"

然后那种漫不经心的表情一扫而空,乌黑的小眼睛里骤然射出绝望的火焰,使他那整个苍白的躯体都燃烧起来。他向海伦伸出双手,随即垂下手臂,孱弱的咽喉间那种催眠般的呓语猛地变成尖锐的调门。

"鄙人祈求您",他说:"万毋将盗来的圣物带离此国度。"

"盗来的圣物!"海伦惊呼。

"不错,小姐,正是这盏青铜神灯。"

海伦再次无助地环顾四周,怒火中烧几欲落泪。

"可否容我请教,您是?"

"阿里姆·贝为您效劳",陌生人答道,头微微前倾,指尖轻触前额,再触前胸。"Nabarak sa'id!"他一本正经地补充。

海伦机械地答话:

"Nabarak sa'id umbarak!"她猛地一挥手,加大了嗓门。

"阿里姆·贝,可否容我指出,这件所谓'盗来的圣物'乃是埃及政府所赠的呢。"

阿里姆·贝耸了耸肩。

"请原谅,但他们可曾拥有将其赠予他人之权利?"

"我想是的。"

"深感遗憾",阿里姆·贝说:"你我所见不同。"他双掌合拢,相互挤压:"请慎加考虑,小姐!您将此灯视为区区之物,鄙人则不然。"

旋即,他仿佛完全主导了场面,不假思索地滔滔不绝起来:"暗夜无边,倚仗神灯之光,阿蒙神之大祭司遥望死者,乃织成符咒尔等从石棺中掘出之遗体",他做出一个亵渎神灵的手势,宛若一出喻示野蛮和贪婪的哑剧:"甚至连尔等从木棺中掘出之遗体,亦非国王。不是。容我重申,彼乃阿蒙神之大祭司,所擅之法术远非尔等所能想象。彼必为此而不悦。"

在差不多从一数到十的时间内,无人开口。

阿里姆·贝那舞动的双手以及扫过记者们的疯狂目

光，散发出一种无形的压力，一时令众人的笑容为之冻结。

"等等！"阿尔戈斯新闻社的记者问道："你指的是……魔法？"

"真实的魔法？"《国际特讯》的记者追问兴致甚浓。

"我有点怀疑"，共同新闻社的记者沉吟道："用魔法真能从帽子里变出兔子来？"

"或者将一名女郎切为两段？"

"或者穿墙而过？"

"又或者……"

笑容重回阿里姆·贝的脸上，但在车站顶棚漏下来的光影中，这笑容看上去突然邪气十足。他热忱地投入他们的玩笑，听来愈显丑恶。"诸位尽可自娱自乐"，他貌似无意冒犯："但汝等必将铭记我言！不错，一周之内，或两周之内，汝等必将铭记我言！"

"为什么？"

阿里姆·贝展开双手："抱歉先生们，此位年轻女士将如从未存在过一般灰飞烟灭。"①

金字塔内法老墓的古老诅咒和可怕应验，一直是人们津津

---

① （美）约翰·迪克森·卡尔：《青铜神灯的诅咒》，www.shanjue.com。

乐道的话题。诅咒传说围绕着大祭司墓中出土的有 3000 年历史的青铜神灯,拥有此灯的英国富豪海伦小姐,在离开开罗之际,受到一位埃及巫师阿里姆的诅咒,预言她"永远不能活着抵达那个房间",他指的是踏上归途的海伦将要回到的家宅——塞文大宅里的闺房。巫师的死亡预告迅速传遍埃及、英国和其他国家,许多媒体和无数目光自此紧盯着这个海伦小姐的行踪。海伦本人则"不信邪",全然不顾笼罩在自己身上的不祥,照常回家。就在她怀揣那盏神灯,在两个朋友的护送下,从伦敦驱车回到塞文大宅时,不可思议的事件发生了——

或许是呼吸到了雨幕下的新鲜空气,海伦猛地颤抖了一下,她打开车门,钻出车外,面对同伴喊道:"现在是时候去完成我说过的那个计划了。"

吉特瞪着她:"你要做什么?"

海伦微笑着,但眼神却十分紧张。她打开那个纸盒。

这是吉特和奥黛丽头一次看到青铜神灯,但没必要多加解释,他们知道这是什么,大半个世界都知道。海伦将盒子扔回车内,双手捧起神灯。雨滴溅落在灯的边沿,它看上去仅仅是个渺小、干瘪、无害的玩具而已。

"这东西将端坐在我房间的壁炉上",海伦说:"那么,吉特……原谅我。"

她转过身去,快步跑上两层台阶,穿过露台。

"海伦,喂!等一下。"

吉特·法莱尔的喊声饱含痛苦,他也不知是为什么。倒是奥黛丽缓缓开口:

"让她去吧,吉特。"

海伦扭转铁制的球形把手,推开了硕大的前门。那一瞬间,吉特看见她伫立不动——身形小巧,发梢被大厅里的灯光染成金色——旋即,她移步进去,轻轻地关上门,空余那溅落的雨滴,汇成溪流,流过露台的石板。雨幕沙沙地勾勒着黄杨树与常绿灌木那千姿百态的轮廓。①

从这一刻起,英国上流社会的宠儿、亿万身家的美丽姑娘海伦小姐,消失了。等到朋友们从车上取下行李再次推开那扇门时,只见到海伦遗留在大厅里的那件刚从身上脱下来的湿淋淋的雨衣和那盏不祥的神灯,以及一脸茫然的男领班和女管家。

庄园大门口的门房看见海伦的车开进庄园并看见车内坐着的海伦——在大宅大门外停车后,陪同海伦归来的一男一女两个朋友看着她开门进了大厅——一个正在大宅前草坪上干活的花匠也看到这一幕——海伦走过大厅,将雨衣脱下,连同青铜神灯一起撂下,然后径直上了中央主楼梯。这一幕,无人

---

① (美)约翰·迪克森·卡尔:《青铜神灯的诅咒》,www.shanjue.com。

目击,但有一个在二楼浴室干活的水管工听见她在大厅里的声音,包括脚步声和自言自语的声音。由于这个水管工可以看见整条二楼走廊,他于是成了海伦并未走上二楼这一事实的见证人——海伦离奇失踪后,人们搜索了塞文大宅,搜了每一寸地板、每一个角落,见不着她的一丝踪迹。在她"蒸发"的那个时刻,大宅外围遍布干活的工人与佣人,她不可能悄然离去而不为人发觉。这就意味着,她进了自家宅子,却没上楼,只到一楼大厅,归家的行程便终止了,但又被证实没出去,未离开大宅,可谓生不见人、死不见尸。巫师所宣布的远古的诅咒成了现实,海伦的确没有能够"活着抵达"她位于二楼的香闺。预言应验,失踪现场塞文大宅,成了严丝合缝的密室。

十分诡异的人间蒸发,现场既完全具备密室要件,又与"青铜神灯的诅咒"完全契合——恰如那位巫师宣称的那样,手捧神灯的她虽然回到家了,却止步在楼梯下,就地消失,没能够上楼"抵达那个房间"。事先公开预见,所发生的事件与预见一致,属典型的公开密室模式。预言如此准确,当然不可能是诅咒生效,而是人为造成。此例妙就妙在密室计谋并非谋杀罪行的组成部分,而恰恰相反,是密室消失事件无意中给了罪犯启发,并提供了可趁之机,才产生了谋杀计划。

2.霍克的《十六号牢房疑案》

前往汽车修理厂处理纠纷的蓝思警长,意外抓捕到被各国警方通缉的江洋大盗雷米。虽然身陷囹圄,这位绰号"泥鳅"、以善于逃脱追捕和拘押而闻名的惯犯却满不在乎地宣称"没有监狱关得住我",说他第二天就能重获自由。事实上,这条"泥鳅"根本没在戒备森严的监狱里呆到天亮,半夜就成功越狱,溜之大吉。

作为密室,关押雷米的监狱有三重关卡——十六号牢房本身的牢房门、监狱大门,以及蓝思警长的办公室——警长本人一直在当班,犯人不可能溜出监狱而不让他发觉。那两道门锁得紧紧的,若不用钥匙,根本不可能打开,钥匙自始至终都挂在警长裤腰带上。不过,从"泥鳅"被关进去到被发现逃脱这几个小时内,两道门倒是被打开过——牢房门打开一次,即半夜警长送餐给他的时候,但警长是监视着他吃完后重新将门锁好的;另一次为押进另一名囚犯而打开,这名囚犯被关进另一间牢房后,大门重新落锁。窗户呢,也是严严实实封着铁栅,根本不可能穿越。堪称固若金汤的监狱,成了具备双重甚至多重条件的密室。

罪犯先是公开宣布要越狱,而后悄然逃出而让人毫无觉察,这就是公开密室的简明表现形式,事件的整个链条十分明了,雷米事先公开越狱计划,而后成功突破密室障碍使得计划得逞。事实证明,雷米巧妙地利用了值守警察开关门的正常举动和心理盲点,自导自演了一出好戏,而瞒天过海。

第五章　推理小说的若干写作技巧

推理小说的写作技巧与其典型模式和艺术特征密不可分,有独特的规律。本章即列举和分析其中最主要的几种,以探索和研究其规律与作用。

第一节　副线

副线,从结构上来说,指附属与配套的脉络和点缀;从内容上看,则是人物塑造和情节推动的陪衬、衬托和帮助。为了烘托主线,制造足够的效果,推理小说不仅大多布有副线,且常常让副线占据主线的位置,使其尽所能地一路前行,愈是如此,愈产生"让你很难猜着"的效果。

一、副线的特点

副线的特点,首先是"似是而非"。

哈里·克梅尔曼的《周二犹太法师亮剑》中的副线就很有迷惑性。温德米尔教会学院发生一起爆炸案。一群学生不满院方因政见解除冯恩教授的职务,与教务长汉布里小姐在她的办公室进行交涉,汉布里小姐中途离去(2:40—2:50),将学生们撂在办公室内。学生们等得不耐烦离开了。过了不久，3：05，一颗炸弹在这个办公室内爆炸。闻警赶来的警察在清理现场时发现待在隔壁办公室里的亨德里克斯教授被书柜顶上掉下来的一尊雕像砸死。法医检验出的亨教授死亡时间是2：10—2：40，这说明砸死他的雕像并非因受爆炸震动而从柜顶掉下，而是人为所致。这半个小时内，呆在大楼里的人，除了亨教授本人外，还有教务长、冯恩教授和进入大楼的几名学生代表。警察拘捕了冯恩教授，原因有这么几个：第一，他从2：10起的不在现场证明并不能确认——仅有其女友证明两人正在秘密约会；第二，只有他有动机，即考试漏题被亨教授发现，写了悔过书，悔过书在亨教授手里；第三，过后潜入亨教授公寓的人抽了烟，因此是男人，这个人还取走衣柜最下层抽屉里的东西，估计是悔过书。想做到这些，需要经过两个门，一个是凶案现场的门，一个是被害人公寓的门，罪犯怎么把门弄开的仍然是谜，但冯恩教授最有可能作案，最符合凶手的条件。正如一开始，因与亨教授同办公室，且离开办公楼时间恰好在案发时间前后而受怀疑的犹太教师斯马尔一样，冯恩的相关情况也形成副线，且是最突出、最接近真相的副线。

契斯特顿的《秘密花园》中也设置了一条"似是而非"的副线。警察局长的仆从，被誉为"准侦探"的伊万宣称发现无身头颅的主人并说明其来历，他分析认为百变巨盗有一个孪生兄弟，由此提供了一条很有说服力的线索，形成别无选择的副线。

加德纳的《逃亡护士案件》中，颇有名气的外科医生玛尔登自驾私人飞机，坠机身亡，梅森律师在受其夫人委托调查其遗产、婚外情等情况时，无意间发现玛尔登可能死于谋杀，警方开始怀疑坠机事件是人为的。经查，果然是谋杀，有人在玛尔登随身携带的酒壶中投放了麻醉剂，使他在驾机上天后昏睡过去，导致机毁人亡。警方首先怀疑的对象是玛尔登夫人斯特法妮娅，她既长期与丈夫不和，又是所有遗产的继承人。警方拘押了斯特法妮娅，这么一来，梅森律师的角色变了，从处理遗产事宜变成重罪辩护；谋杀案作为主线，开始露出端倪。即便如此，斯特法妮娅这条线仍然是副线。这样，梅森就得两面作战，其在法庭上的表演也十分精彩：检察官出示了验尸和残留物化验证据，证明玛尔登喝了酒壶里掺有麻醉剂的威士忌而昏睡，导致坠机；玛尔登的司机兼机械师卡斯特拉作证，玛尔登驾机出行前夜，斯特法妮娅将装有酒壶的软袋交给他，让他放进机舱，并且说了些"大夫日子无多，你该另做打算"之类奇怪的话。这次庭审，对梅森来说，是检方的一次突然袭击，并无充分准备，而且有关情况和证据掌握得相当不足。机智敏锐的他揪住对方最要害的薄弱环节，迅速扭转局面——指出检方并无充分证据证明死者就是玛尔登本人。如此一来，角色在变换，副线也在转化。

其次，副线具有"齐头并进"的特点。比格斯的《陈查理接力探案》从另外一种角度布下副线，即第一起案件属于错杀，其嫌疑人成了第二次谋杀的牺牲者；第二次谋杀才是主线，但由于凶手隐藏得很深，所以侦探一直在副线上兜圈子，主线稍一露头，随即中断，捉摸不定。副线则一直顶替着主线在台上表现，颇有乱真的效果。

范·戴恩的《冬天谋杀案》中，副线一直在发展，眼看就要到头的时候，主线才一下子冒出来。小说写了三起案件，第一起是雷克松庄园的保安被推下悬崖身亡；第二起是庄园主雷克松被击昏而珍宝室钻石被盗；第三起是宝石商巴西特被害。第一起貌似失足堕亡而实为谋杀的案件被证明非意外事件之后，庄园总管甘瑟父女渐渐成了被怀疑的对象，越来越多证据表明甘瑟父女涉案的可能性很大，于是，办案警官奥雷尼上尉决定逮捕他们。但万斯先生要求奥雷尼等待甘瑟女儿艾丽卡表演完冰上芭蕾之后才动手，以免给客人留下遗憾。奥雷尼给了万斯面子。就在外面看台上的喝彩声此起彼伏，观众还沉浸在艾丽卡美妙的舞姿带来的快乐之中的时候，万斯将急不可耐的奥雷尼和雷克松的家庭医生等人邀进主人的书房，直至此时，主线还几乎完全不见影踪。甘瑟左等右等不见女儿露面，奥雷尼着急了，正要发作，却听到万斯冷不丁提到昨日通知吃午饭的钟声，便责怪起万斯来，说万斯在耍自己。万斯让他稍安勿躁，接着从钟声入手，慢慢道来，主线这才开始浮现。

阿加莎的《梦境》中，大富豪法雷先生夜夜噩梦缠身，最可怕的梦是——

"三点二十八分",法雷嘶声说:"我拉开写字台右侧第二个抽屉,拿出放在那儿的左轮手枪,装上子弹,走到窗前,然后……然后就……"

"什么?"

法雷耳语般说道:"然后我就朝自己开了枪……"①

此梦每夜折磨着他,使他寝食难安、痛苦不堪,直至有一天的午后3:20,他在办公室里收到一份文件,将送文件者送出门,对门外等候采访的两位记者道了声歉,请他们再稍等一会儿,说自己还有文件需要处理,然后关上门。4:00过后,他的秘书康沃西从隔壁房间走出,惊讶地发现两位记者还在门外等候,他也正要找法雷签几份文件,便推开法雷办公室的门,发现法雷早已举枪自尽。法医验证的中枪死亡时间,几乎与死者自述的梦境中的自杀时间完全一致,梦境成了与主线在时间上和情节上趋于同步的副线。当然,虽然副线往往混淆视听、掩盖真相,但它不完全是误导,而能起积极的作用。

二、副线的类型

根据布局和作用不同,副线大致可以分为四种类型:

---

① Agathar Christie: *The Adventure of The Christmas Pudding*. Fontana/Collins,1987.P193.

1.岔路型

这种类型最常见,即从一开始就摆出来,或者在侦查过程中出现,误导解疑、侦破方向或怀疑对象。这种误导往往十分逼真,并不简单、直接,反倒复杂、隐秘、曲折。克劳夫兹的《桶》中,副线像模像样,码头装卸时吊桶不小心掉落,桶内掉出金币,再露出一只女人的手,收货人用计提走木桶……案件一开始就显得直露而明白。关键在于三点,一是收货人本来就写着菲利克斯本人;二是菲利克斯本人是用计,即伪造货运公司经理字条,提走木桶的;三是当警察找到他,当面打开木桶,见到女尸时,他大叫死者的名字"雅内特"而昏厥——证明他与死者有牵连。所以,此案像是一个倒置谜。从副线的角度看,菲利克斯这条线一开始就出现,反而让人难以置信。尽管如此,却因为警方的注意力贯注在他身上,且他一直无法证明自己不在现场,因此无法摆脱不利局面。对于另一个较为次要的怀疑对象——死者丈夫波瓦拉,警方也慎重地核实了他的不在现场证明,认为他比菲利克斯可靠得多。菲利克斯这条副线一直占据着主线的位置,直到菲利克斯的律师克林顿雇的私家侦探拉登无意间发现波瓦拉的办公室更换了打字机,情况才发生变化。

2.漫射型

由于解谜者未能一下子锁定嫌疑对象,必须在两个或两个以上线索中选择,调查或侦破只能同时铺开,哪一条线索都不能放弃或放松。比格斯的《陈查理接力探案》中,第一起谋杀案发生后,还不能确定凶手就在环球旅行团的成员(包括带队的洛夫顿大夫)之中,只好让旅行团离开伦敦继续前行。新的线索露头,伦敦警方锁定嫌疑人并派员追往法国,赶上旅行团准备实施逮捕行动时,嫌疑人霍尼伍德被刺身亡。这么一来,侦破范围就限定在旅行团成员之中了。这样,副线仍然分散而不集中,属于漫射型。环球旅行团剩下15名成员,加上领队共16人,都有嫌疑。同样可以明确的是,主线就在其中。即使在最后一名牺牲者(后救活)达夫探长倒在凶手的枪口下之后,从泊在港口的"亚瑟总统号"离船登岸的旅行团成员的行踪仍然构成多条副线。

3.共生型

罪犯从一开始就设计、安排好,以迷惑为目的,副线伴随着主线的推进而推进。阿加莎的《ABC谋杀案》即属此类。奥克齐的《芬查街之谜》中的副线则是另一种形态。20年前,克绍、贝克及另外一人三人同宿舍,第三人被杀,身上大量现金丢失,贝克就此失踪。20年后,已经在俄国发了大财、改名斯密萨斯特的贝克回到伦敦,事先约好克绍见面,打算报答这位在自己流亡期间帮助过自己的舍友。潦倒不堪的克绍满怀欣喜地赴约,不料却失去踪影。过后人们在伦敦东边货运码头附近发现在河水中的克绍,尸体泡得面目全非、无法辨别。警察逮捕并审讯斯密萨斯特,但他矢口否认行凶,连以前的事儿都一概否认,说自己根本不认识克绍。就在所有的证据都指向斯密萨斯特时，辩方律师、鼎鼎大名的亚瑟爵士提出了有力的证据——

> 既然此前法庭指控我的当事人，于 11 月 10 日，星期三，在 6：15 到 8：45 之间，杀害了威廉·克绍，那么，法官大人，请允许我传唤两位证人，他们能够证明，在 11 月 16 日，也就是谋杀案发生 6 天后的星期二下午，威廉·克绍还活着！①

果然，证人、卡马西路酒店老板和他咖啡厅的伙计都证明，11 月 10 日下午 3：30 左右，一个衣冠不整、落魄模样的汉子懒洋洋地荡进咖啡厅，点了一杯茶，边喝边絮絮叨叨地说自己马上就要鸿运当头，马上就要到手一大笔钱，要在伦敦出名……这个汉子吹得天花乱坠，完了后又闲荡而去。伙计发现这个客人忘了拿走他的旧雨伞，便交给老板保存。11 月 16 日下午 1：00 左右，这家伙又上门来讨雨伞，还吃了中餐，照样吹嘘了一番后离开了。老板和伙计描述的这位客人的模样，与克绍太太提供的丈夫的特征，完全相符。既然被指认遭谋害的人并没有死，自然被指控杀人的西伯利亚富豪就得无罪开释。那么，

---

① Baroness Orczy: *The Old Man in the Corner*, Hodder & Stoughton, United Kingdom, 1908. P12.

死者又是谁呢？至此，主线还是被掩蔽着，副线只在表面上提供了答案。事实上，主副线共生以至于重合，凶手为了开脱自己，在下手之前就设计了调包计，以至于副线取代主线一直在台前"作秀"，真相完全被掩盖在表象之下。主线与副线基本重合，因而，副线的展现和推进其实就是主线的展示，副线因此起双重作用，其重要意义由此得到充分体现。

艾勒里的《黑便士》中，知名邮票收藏家威敏兄弟拥有两枚价值连城的黑便士，其中一枚在公开展出时遭劫。嫌犯抢劫得手后慌不择路，跑进一家书店，从书店后门溜之大吉，消失在茫茫人海之中。

警察接着就为被害人做笔录。他说他叫佛德烈·威敏，经营稀有邮票的买卖。他的办公室就在三个门外那大楼的十楼——办公室属于他和他的合伙人，也就是他的哥哥亚伯特。他展示一些稀有邮票给应邀而来的三个集邮者看。其中两个人先离开了。威敏转过身时，第三个人，他长着黑胡子戴着蓝眼镜，自称是阿弗瑞·本尼森，从他身后敲击他的头，威敏转过来时看到他用的是短铁棒。那一记打伤了威敏的脸颊骨并击倒他——有一半是因为惊呆了，然后那个贼以超乎寻常的冷静，用那根短铁棒（由报告的描述看来应该是铁撬棍）撬开放着精选邮票的玻璃柜的盖子。他从柜子中的一个皮盒子里抢走了一张非常高价的邮票——"维多利亚女王的黑便士"——然后就冲出去并把门锁上。被攻击的邮票商花了几分钟才把门打开并追出去。麦可伦跟着威敏回到办公室,检视被抢的柜子,记下早上来访的三个集邮者的姓名和地址——并特别把"阿弗瑞·本尼森"注释出来——潦草地写完他的报告后,就离开了。

另外两个集邮者名叫约翰·希区曼和杰森·彼得斯。管区警探已经依次拜访过他们,随后也去了本尼森的地址。本尼森应该是那个长着黑胡子戴蓝眼镜的人,但他对整件事毫不知情,而且他的外表特征也不符合威敏的描述。他说他没有收到威敏兄弟的邀请函。但他称,他曾经雇用一个员工为期两周,帮他处理私人的集邮册事务,那个人是看了广告前来应征的,他长着黑胡子,戴深色眼镜,表现不错,但没有任何说明和知会,工作两周后他就消失了。警探发现,他就是在威敏兄弟展售会的那个早上消失的。

这个神秘的攻击者自称为威廉·普南柯,所有企图寻找他的方法都徒劳无功。那个人就消失在纽约的几百万人口之中。

……

"请努力地想想吧,这个人是不是有任何奇怪的习惯?"

本尼森抿着嘴唇专心地思考,他的脸庞发亮了:"老天爷,有了!他吸鼻烟。"

艾勒里和维利警官对望一眼。"很有意思",艾勒里微笑着说道:"我父亲也是——奎因警官,你知道的——我从孩童时代起就很喜欢看吸鼻烟者的动作。普南柯是否经常吸鼻烟?"

"我不能确切地说,奎因先生",本尼森皱着眉头回答:"事实上,他跟我在一起的两个星期内我只看过一次,而我几乎整天都和他在这个房间里工作。那是在上星期,我恰好出去一会儿,回来时我看到他拿着一个雕花的小盒子,用手指头拿出一点东西来吸,他很快地把盒子收起来,好像他不希望我看到——天知道,其实我并不在乎,只要他不在这里抽烟就可以了。我这里曾经因为一个助手抽烟而引起火灾,我可不希望再有一次。"

……

"没错,但偷窃那些书呢?"哈茨利问道。

"那是一个很漂亮、相当完整的计划的一部分",艾勒里说道:"既然亚伯特·威敏是乔装的贼,佛德烈·威敏脸上又带着伤,那么他一定是个共犯。所以既然威敏兄弟是贼,整个关于书的事就是个障眼法。攻击佛德烈,策略性地由书店逃跑,偷取《变动中的欧洲》的小抢案——用一系列精心策划的事件来证明确实是外来的贼抢了邮票,以取信于警方和保险公司。这些人真是狂热的收藏家。"

"但在威敏兄弟处找到了被偷的邮票才是直接证据。"奎因警官正机械地把第二枚邮票翻来翻去。"我问我自己",艾勒里继续说道:"再一次思考这个问题:哪里是最可能藏匿邮票的地方?然后我想起来这两枚邮票是一模一样的,甚至女皇签名的缩写都在同一个地方。所以我对自己说:如果我是威敏先生,我应该会把邮票藏在最明显的地方。那么什么是最明显的地方?"

艾勒里叹口气并把左轮枪还给维利警官。

"爸爸",他看着奎因警官,奎因警官吓了一跳。"我想如果你把手上那第二枚黑便士给这里任何一位集邮者检查的话,你将会发现第一枚已经以无害的树脂粘在第二枚的背后了!"[①]

在实际案例中,类似的"监守自盗"并不罕见,此例妙的是副线与主线完全重合,罪犯阴谋一旦败露则毫无退路,其抱着侥幸心理孤注一掷的赌徒性格表现得淋漓尽致。

4.虚线型

虚线型副线几乎不起误导作用,但以其虚拟的真实进行展示,往往能够收到意想不到的效果。这种虚线,从某种意义上

[①] (美)艾勒里著,陈胜制作:《艾勒里·奎恩中短篇小说集:黑便士》,第4～23页。

说,"一戳就破",但它还是一路前行或者伴行。例如,艾勒里的《吊死的特技演员》中被害人脖颈上的绳结——

> "我从没见过,奎因先生。这些年来我一直是局里关于绳结的专家,但我从来没看过这种绳结。这不是水手的绳结,我可以告诉你这一点,而且这也不是西部式的。"
>
> "或许是个业余者的杰作",奎因警官喃喃说道,把绳子在他的手指间拉动:"这个结有可能是这么打出来的。"
>
> 那专家摇着头:"不,长官,我可不这么认为。这是一种变化结。不是一个意外,打这个结的人很清楚自己要打成这样。"①

这是"戈尔迪绳结",是其同事魔术师戈尔迪发明的特殊打结方式,正像侦探说的那样,是他的独门绝技,别人无法效仿。戈尔迪又是死者出轨的对象,因而嫌疑最大。然而,这是一条虚线式的副线——

> 艾勒里拍拍魔术师的背:"所以我说——很抱歉,戈尔迪。答案是有人刻意选择绞死加上绳结的方法,把你牵连

---

① (美)艾勒里著,陈胜制作:《艾勒里·奎恩中短篇小说集:黑便士》,第12页。

进来。"

"但他说没有人知道他那复杂的绳结",奎因警官咆哮着:"如果你说的是真的,艾勒里,一定有人偷偷地学会了。"

"很合理",艾勒里低语:"有任何意见吗,先生?"

魔术师慢慢地站起来,把衣服拍干净。宾克霍夫呆呆地望着他,望着艾勒里。

"我不知道",戈尔迪说,脸非常苍白:"我以为没人知道,即使是我的技术助手。但我们巡回表演同样的节目已经好几个星期了。我想如果有人真的要……"

"我明白了",艾勒里满怀心事地说:"所以这是一条死巷了,嗯?"

"死巷的开口",他父亲鼓掌:"多谢你的协助,儿子。你帮了大忙!"

"我老实地告诉你",艾勒里第二天在他父亲的办公室说道:"我不知道这是怎么一回事。我唯一能确定的一点就是戈尔迪的无辜。凶手很清楚有人会注意到戈尔迪用在他挣脱绳子把戏上所用的特殊绳结。"[1]

---

[1] (美)艾勒里著,陈胜制作:《艾勒里·奎恩中短篇小说集:黑便士》,第 26 页。

由于死者并非被绳索勒死的,因而这条副线根本构不成有用的线索;凶手也不是有意嫁祸于戈尔迪,而是为了掩盖死者脖颈上的痕迹而将打了绳结的绳索套在上面,这纯粹是顺手牵羊。即便如此,此虚线仍然是推理链中不可缺少的环节,解开绳结之谜使得侦探得以"歪打正着"。在与主线的交叉和碰撞中,此类副线经常起微妙的作用,从这个层面上说,明里虽是虚线,实质是不虚的。

第二节　转折点

一般情况下,尤其在接二连三发生谋杀案的推理小说中,罪犯往往先声夺人,凡事都抢在侦探前面,侦探总是慨叹"又晚了一步",直到关键时刻或最后一刻才反败为胜。这一关键时刻就是转折点,转折点包括两个方面,一个是推理关键点或关键因素,一个是侦探的"亮剑",即解谜、析疑、破案环节。前者出现时,或是不够明晰、不够完整,或是因时机不够成熟,侦探往往将其藏之而不露,等待最佳时机,予罪犯以致命一击。推理关键点又与罪犯露出的破绽或薄弱环节密切相关。

加德纳的《逃亡护士案件》中,几个案件交织在一起,从婚外情调查引出逃税案,玛尔登大夫别居的保险柜现金失窃案,玛尔登夫人斯特法妮娅毒酒杀夫案,最后是毒酒杀人案。罪犯的犯罪手法并不高明,作案后还要面临潜逃、躲藏等一大堆难题，然而由于一系列巧合与误导，罪犯既能隐蔽，又能堂而皇之地亮相；既能够成功地被排除在嫌疑人之外，又能够轻而易举地反咬一口，陷无辜者于不利的境地。

　　梅森律师面临的就是这么一个复杂的局面，不仅如此，由于多次私下或当庭抗辩，梅森律师还面临法律的惩罚。根据嫌疑人和证人的证词，导致坠机的那壶被掺了麻醉剂的威士忌，从斯特法妮娅开始，过手的人一共有四个，包括玛尔登大夫本人。按第二个过手的人卡斯特拉的证词，斯特法妮娅将装有威士忌的酒壶交给他，让他放进机舱的时候，曾经暗示玛尔登会有意外，这不啻对其坠机身亡的预言，因此，她作案嫌疑最大。过手的第三个人——玛尔登的密友科比作证则称自己因为喝了几口那个壶中的酒而昏睡不醒，在机场连续误机，和他一起喝酒而且喝得比他多的玛尔登大夫驾机上天，后果可想而知。这就意味着，卡斯特拉仅仅证明斯特法妮娅口头上透露信息，但科比的经历沉重打击了斯特法妮娅和梅森律师。

　　随着事态的发展，形势对梅森一方越来越不利。梅森在另一个方向上的调查则正在取得进展，根据所掌握的"逃亡护士"的双重生活的行踪和空难现场鉴定的不确定因素，庭辩中梅森大胆推定，指出坠机死者不一定是玛尔登，梅森一方的不利局面由此开始扭转，罪犯的如意算盘也不好打了。

　　当然，在大多数作品中，转折点出现并不意味着大功告成，难以"毕其功于一役"，之后还会有许多波折，许多困难。

比格斯的《没有钥匙的住宅》中,隐藏得很巧妙的凶手实际上留下诸多破绽,最明显的是作案时手上戴的夜光表被目击者看见,但由于凶案发生时其所乘的"杜勒总统号"轮船还未进港,他有十分可靠的不在现场证明,侦破的矛头不可能对着他。直到被收买的轮船主管鲍克不经意间的一句话引起陈查理探长的注意,经验丰富的陈查理凭着直觉揪住这一微弱的线索,往深处追究,发现凶犯善于游泳,转折点才明朗化。

克劳夫兹的《桶》中,转折点出现之前有一个序幕,四处碰壁的菲利克斯辩护律师克林顿和哈本斯在万般无奈之下另辟蹊径,假设波瓦拉是凶手,然后对其犯罪手段进行模拟推演。为此,他们决定雇佣伦敦最负盛名的私家侦探拉登,顺着警察已经查证过的线索,私下再梳理一遍,从中寻得突破口。这是一项繁琐而艰苦的工作,接下任务的拉登必须施展各种手段,调动各方面的资源,才能完成任务。就在拉登循警察已经走过的路线,一步一步地仔细寻找蛛丝马迹的当口,他无意间发现有不在现场证明而被排除嫌疑的波瓦拉,办公室里换了新的打字机,这个细节具有十分不寻常的意义。拉登以此为契机,进行深究,转折点渐渐显形。

第三节 推理眼

推理眼即推理得以成形的首要因素或关键点,是成功的推理小说不可缺少的最基本要素,也是解读推理小说谜的架构、密室的功用、罪犯的计谋和侦探的推理艺术的主要支点。推理眼与推理链的关系极为密切。

一、推理链

一般说来,推理链由两个内容构成,一是解谜要素,包括事件、细节等;二是解谜思维,包括领悟、分析、判断等。如凯瑟琳·罗伊莎·普奇斯的《女伯爵复仇记》,从转折点开始,推理链为仇视的眼神——仆人手指上戴的戒指——试探——担忧的目光——帽檐上制造者的标识——匆促举办的婚礼。推理链要素嵌在故事情节之中,并不即时揭示或解释,一般是在破解谜题后的推理演说之中用回顾或重现的方式说明。福尔摩斯探案《波希米亚丑闻》中,推理链分为两截,上半截是福尔摩斯几次出击前后对华生的解释,下半截则是用他的对手、国王的旧情人艾德勒小姐金蝉脱壳后留给他的一封信来披露。推理链一般都要将证据链涵括其中,以符合案情和案件的侦破,并为梳理事件发生前后的逻辑关系提供足够的证明。如福尔摩斯探案《第二块血迹》中,证据链为凶案现场第二块血迹、地板下的秘洞和福尔摩斯出示给希尔达夫人的那块硬纸片。克劳夫兹的《桶》的证据链:伪造的信函是用卖掉的打字机打的——运送装尸的木桶的马车夫希尔对雇主波瓦拉的指认——侍者和用餐客人证明波瓦拉在夏兰顿咖啡馆的时间,是周一而非他自己说的周二——电话局周二通话记录——游动马车夫杜波的证词。

二、推理眼

推理眼,是推理小说中的特殊概念。它既可以是推理链中的关键环节(推理关键点或关键要素),也可以是事件、相关连的因素。总之,它可以有多种表述。比如,加德纳的《逃亡护士案件》,推理眼——将计就计、将错就错;福尔摩斯探案《雷神桥之谜》,推理眼——陷害;阿加莎的《无人生还》,推理眼——假死、私刑;艾勒里的《上帝的灯》,推理眼——方向、复制品;卡尔的《皇帝的鼻烟壶》,推理眼——意外插曲;阿加莎的《阳光下的罪恶》,推理眼——替身;霍克的《不可能犯罪诊断书》之《廊桥疑案》,推理眼——恶作剧、假戏真做;霍克的《老橡树疑案》,推理眼——假死,等等。推理眼既然是"眼",它与推理链、推理环节,要素、转折点都有极其密切的关系,它是过后的归纳、总结和提炼,具备画龙点睛的功能。如阿加莎的《东方快车谋杀案》,竟然整个车厢的乘客,包括乘务员,都涉案,这些涉案的人数又恰好与陪审团人数相符。推理眼——自组陪审团、私刑。

虽然推理眼在作品中具有画龙点睛的效果,但其效果属于总结式、综合性的,因此它所表述的,可以是一个点、一个环节、一个细节、一个事件;也可以是一句概括、一两句总结、一种描述;有时,甚至是一个动作、一个眼神、一个耐人寻味的的表情,总之，形态多样、形式不拘；范围可大可小，所点化的内容变化多端。而且，在情节发展和推理过程中，推理眼时常并不直接起推动或促进作用，而是表现为启示、启发元素，具有微妙的特征。

阿加莎的《死去的小丑》，讲的是一个自生谜的故事。富绅萨特怀特衣冠楚楚，走在伦敦邦德大街上，享受着明媚的阳光。他来到坐落于这条街上的哈彻斯特美术馆，他是奔着画坛新秀弗兰克·布里斯托的画展而来的，这位年轻画家最近突然走红，引起了上流社会的关注。美术馆的工作人员热情地招待这位富有的鉴赏家常客。在弗兰克个人展厅内，萨特怀特以颇为专业的眼光，默默审视着展出的作品。突然，他不由得倒吸了一口冷气：一幅油画映入他的眼帘。此画题为"死去的小丑"，画的是这样一幅场景：在铺着黑白大理石的大厅地板上，仰面躺着一个小丑，双臂张开着，身上穿着黑红色相间的小丑斗篷。在他身体的后方有一扇窗户，窗外站着一个人，长得与倒地的小丑一个模样，正身披夕阳余晖，俯视着屋内躺在地上的自己。萨特怀特认得画中人物的面庞——神秘的奎恩先生。

萨特怀特感到惊异，还因为他认出了画中的场景，那儿，也是他熟悉的地方——查恩利宅邸的阳台房。他感到一阵莫名的激动，这个百无聊赖的早晨不再无聊与烦闷，而一下子变得令人兴奋与期待！凭直觉，他知道自己已经撞上一扇门，门后将会有一系列奇异的事件发生，是什么事呢？他不知道，但他要迈入这道门。于是,他买下这幅画,不仅买画,还通过美术馆老板认识了这位天才画家,随即请他今晚到萨府赴宴。

原来,这幅画是发生在十四年前的一起悲剧事件的写照。年轻的宅邸主人查恩利勋爵新婚燕尔,为庆祝他携新妇度蜜月归来,查宅当晚举办大型化装舞会,张灯结彩,宾朋云集,喜气洋洋。就在舞会即将开始之际,查恩利将自己锁进一间屋子,举枪自尽。顿时,欢乐的场面化作主人自杀的悲剧舞台,令人目瞪口呆。查恩利自尽的房间叫橡树厅,他是在几位宾客的眼皮底下进入那儿的,就在他匆匆穿过大厅时,还有一位女客当众叫他,他没应,疾步进入橡树厅,"砰"地一声关上门,从门内咔嚓转动钥匙锁门。过了一会儿人们就听到枪声。

橡树厅有两个门,一个通大厅,一个通阳台房,自杀事件发生时,两个门都从里面锁上,钥匙就插在门上。橡树厅原来就是一个不祥之地,传说它的地板上一直有怎么都抹不去的血迹。

为庆祝到手一幅画,萨府举办晚宴,宾客除了天才画家外,还有当年自杀事件的目击者曼克顿上校。就在宾主对陈年悲剧嗟叹之余,又有两位不速之客先后光临,即歌剧红星格伦小姐、画中人奎恩先生。更有意思的是,一场争购战就此展开:格伦前来请主人让画、"死去的小丑"遗孀来电提出同样请求。这还没完,由于志在必得,遗孀查恩利夫人也随即赶到萨府。主人萨特怀特兴奋不已:果然,因为这幅画,一扇门,神秘的门开启了,一个陈年积谜逐渐揭开尘封的外衣……

主人萨特怀特首先推翻此案系自杀案的结论,接着展开他的即兴式推理演说,要点为:阴谋者先在阳台房枪杀查恩利,而后将尸体移进橡树厅,将那儿布置成自杀现场。然后穿上小丑斗篷,装扮成查恩利,在众目睽睽之中穿过大厅进入现场,锁上两个门,空开一枪,躲进夹壁密室。假小丑穿过大厅时,那个叫他一声的女客即同谋,她在警方面前提供了详尽的目击记录,使得这场伪装戏更加逼真可信。

推理链和推理元素还包括凶手和同谋散布的流言、伪造的信件、无中生有的婚外情、为遮蔽血迹而挪移的地毯,等等。但是,其中并不含推理眼。

这个看似无意间为之的破案解谜事件,皆因一幅画而起,推理眼即蕴含在画中,十分玄妙。推理眼为:歪打正着的暗示。其蕴意其实很简单,即画家无意中所描绘的场景,暗示了枪杀事件的真正现场所在。

第四节　推理演说

推理演说是推理小说独有的表现手段,作品中的推理,主要依靠侦探主角的叙述来完成,这种叙述具有总结作用,因此,当采取一对一的方式时,便称之为推理总结,以当众演说的形式来进行,即推理演说,便产生很强的震撼力,对破解谜题、解构密室和揭穿真相,有刻骨铭心的戏剧性效果。

一、推理总结

从推理小说诞生的那天起,推理总结与推理演说就是最能展示推理小说不变的主角——侦探的性格特征的最佳手段。福尔摩斯探案《巴斯克维尔猎犬》中,在疑案解决了一段时间之后,准备作长途旅行的当事人亨利爵士和莫提玛医生前来拜访福尔摩斯和华生。当夜,坐在贝克街221号B寓所起居室内熊熊燃烧的壁炉跟前,福尔摩斯与华生谈起这个案子,关于查尔斯爵士之死,福尔摩斯说道:

> 准男爵亲口告诉了他关于家族的猎狗的传说,因此也就为自己铺了一条死亡的道路。斯泰普顿——我就还这样称呼他吧——知道了老头的心脏很虚弱,稍一惊吓就能要他的命,这些都是他从莫提玛医生那里了解到的——他还听说,查尔斯爵士很迷信,并且十分相信那个可怕的传说。他那灵敏的头脑马上就想出了一招,既可置准男爵于死地,而又几乎没有可能追究真正的凶手。

在介绍了凶手驯狗和制造、借助机会的情形后,他继续说:

> 他在困难之中终于抓住了一个机会。由于查尔斯爵士对他已经产生了信任,为了帮助那可怜的女人劳拉·莱

昂丝太太,请他负责掌管那一笔慈善金。由于他以单身汉的身份出现,所以他对她产生了决定性的影响力。他向她表示,如果她能和丈夫离婚,他就娶她。可是他的计划突然面临一个变数,在莫提玛医生提议之下,查尔斯爵士正准备离开庄园,他本人也假装同意这个意见,但他必须马上采取行动,否则便鞭长莫及。因此他就向莱昂丝太太施加压力,让她写了那封信,恳求老头在去伦敦的前夜和她见一次面,随后又用听来很有说服力的一套理由使她爽约,这样一来,他就得到了一个盼望已久的好机会。

"傍晚他从库姆·特雷西驾车回来,正好来得及弄回他的猎狗,抹好发光涂料,再带着那畜生到栅门附近去,那是约见地点,老家伙一定会在那里等着。那狗受到主人的怂使,跃过栅门就向不幸的准男爵追了过去,他吓得拔腿顺着水松夹道飞快逃去。在那样阴暗的夹道里,那只硕大的黑色精灵,眼睛和爪子荧光闪闪,扑向它的猎物,那情形确实是万分可怕,极度恐惧的他就由于心脏病发作的缘故在夹道的尽头倒地身亡。那猎狗跑在路边草地上,而准男爵则在小路上跑,因此除了人的脚印之外看不到任何其他痕迹。那狗见他躺下一动不动之后,凑近前来嗅了嗅,发现他已死去之后就掉转身离开了,由此它留下了莫提玛医生所看到的爪印。猎狗被叫了回去,并匆匆地被赶回格林盆沼泽的巢穴里去,留下了一个让官府束手无策的神秘事件，引起了周围居民的恐慌，最后就把案子交到了我们手里。

这就是关于查尔斯·巴斯克维尔爵士之死的谜底。①

上述推理总结，主要是破案后的案情分析、揭穿谜底后的解谜论述。一般情况下，采取的是一对一的方式，侦探对助手进行总结式的解剖与论述，披露解谜过程和方法。从爱伦坡开始，这种形式就成了解谜和解释的固有方法。如杜平对"我"（爱伦坡）；福尔摩斯对华生（柯南道尔）；布朗神父对弗兰比（契斯特顿）；皮特对邦特（塞耶斯）；波洛对哈斯丁斯（阿加莎）。有些时候，这种一对一的推理谈话，对象不是助手或伙伴，而是参与办案者、当事人或其他相关人士。契斯特顿的《针尖》中，案发一个月之后，布朗神父与斯坦尼斯爵士坐在新装修的豪华公寓里，就着美酒和雪茄，用"在我的经历中，这是一起最奇异的、带着最难解的谜题的案件"的开场白开始进行推理总结。阿加莎的《蓝色列车谋杀案》中，波洛的推理总结，是面对被害人的父亲、百万富翁冯·阿尔丁，以一对一的形式单独进行的。这种一对一的形式，是"壁炉前推理"的侦探形象的特有内涵。

---

① Sir Arthur Conan Doyle: *The Return of Sherlock Holmes*. Wordsworth Edition Limited,1995.P116.

二、推理演说

相对于壁炉前一对一式的推理总结,推理演说是主角尽兴表演的舞台,其特点是场面大、听众多,往往气氛紧张乃至波澜起伏,其效果是单纯的推理总结无法比拟的。首先,侦探面对的是众人,一般是涉案者、知情者和警察等相关人士;其次,时机不同,一对一式的推理总结是在谜已解、案子已破、尘埃已经落定之后进行的,推理演说则不然,它常常是在谜未解、案未破、屏障未克,几乎一切都还云里雾里的时候进行。推理演说一般有前奏,扫清障碍或澄清问题,使演说顺理成章、水到渠成。

阿加莎的《裂镜》中,就在马普尔小姐的推理链即将搭上最后一环之际,当事人格雷格小姐突然身亡——因服下过量的安眠药。这一变故,除了增强推理演说的说服力之外,还为马普尔小姐的推理结论提供了无可辩驳的证据。推理演说的第二个特点是立体化,即不单单是侦探唱独角戏,听众有回应,有反应,时常有剧烈的反应,使得这种演说演变成讨论会、辩论会。

阿加莎的《尼罗河上的惨案》中,第三个受害者奥特本夫人几乎就在侦探的眼皮底下被枪击身亡,这一幕,加上对凶器的拥有者佩尼森律师的盘问,成了前奏,也就拉开了推理演说的序幕。波洛的推理演说采用"过堂"的方式,即将涉案人一个个传唤到他的舱室,在助手雷斯上校的协助下,他要求涉案人配合自己的工作，一一澄清产生的怀疑，一一排除嫌疑，直至侍者叫来贝斯勒医生和克尼里亚小姐，推理演说推向高潮。波洛从第二个被害人、林内特夫人的女仆露易丝说的"当然，如果我睡不着，如果我爬上楼梯，那么或许我会见到那凶手，那狂魔，走进或离开太太的房间……"那段意味深长的话开始，从她说话所指的对象分析入手，指出唯一可能的凶手，将其计谋和作案手段一一揭穿。听众之一贝斯勒医生时而反驳，时而诅咒发誓、暴跳如雷，最后不得不佩服波洛无可辩驳的结论。推理演说就像是一出戏演出以后，由侦探来介绍和评鉴，也像是一档魔术表演完后，来揭开谜底。这种演说往往带有互动性，使用说书的方法，因此立体感特别强。当众揭发并逮捕疑凶，惊险而刺激。推理演说常常采用相声中的逗哏和捧哏方式，一步步推波助澜且有起有伏、有声有色，不至于显得单调而冗长。

　　契斯特顿的《阿波罗的眼睛》中，推理演说还未全部完成，"太阳教教主"就狂暴起来，若不是布朗神父身边有一个大块头保镖弗兰比，恐怕布朗会被他置于死地。另一位听众斯泰西小姐则反应冷淡，但这仅仅是她掩盖自己的将计就计的"小罪"的表现而已。

　　再看看布朗神父探案《奇怪的脚步声》中，作者是这样展开推理演说的：

那些手忙脚乱、跌跌撞撞地跑下楼去的客人们和侍者们分成了两组。大部分"渔夫"们随着老板去了前面的房间，看是否还有什么出口。庞德上校和主席、副主席一起，还有其他一两人，沿着通向仆人们房间的走廊跑去——那是可能性比较大的逃跑路线。他们穿过光线模糊的衣帽间时，看见了一个穿着黑色外衣的小个子，像是仆人，站在阴暗处。

"喂"，公爵喊道："你看见有人从这里走过吗？"

小个子没有直接回答，却说："也许我找到了你们正在找的东西，先生。"

他们停了下来，犹豫不决。那人静静地走到衣帽间里面，出来时，两手都拿着闪闪发光的银器。他像推销员一样默默地把它们放在柜台上，那是十二把形状奇特的刀叉。

"您——您——"再也无法保持镇静的上校开口了。他努力地往阴暗的小房间里瞅，看到两样东西：首先看出小个子像是一位神父；其次，他身后的窗户被打破了，像是有人从那里强行跳了出去。

"这些贵重的东西放这儿不合适，对吗？"神父沉着而快乐地说道。

"是——是——您偷了这些东西吗？"奥德利先生睁大眼睛，结结巴巴地说。

"假如是的话",神父愉快地说:"至少我还是把它们送回来了。"

"但不是您",庞德上校说,他仍然盯着那破碎的窗户。

"坦白地说,不是我。"神父幽默地说,然后严肃地坐到一张椅子上。

"可是您知道是谁干的。"上校说。

"我不知道他的真名",神父平静地说:"但是我知道一些关于他强健的体格的情况,并且十分了解他心灵的痛苦。当他想掐死我的时候我了解了他的体力,当他忏悔的时候我做出了对他心灵的判断。"

"噢,天哪——忏悔!"年轻的公爵大声嘲笑。

布朗神父站起身来,把手背在身后:"很奇怪,是吗?"他说:"当这么多无忧无虑的富豪们保持着冷酷无情和不屑一顾,并且也没有为上帝和人类做过什么时,一个贼、一个流浪汉竟然会忏悔?但是,请原谅我这么说,我说你们有点干涉了我的工作。如果你们怀疑忏悔这一事实,那么请看,这是你们的刀叉。你们是'十二纯渔夫',拥有你们的银色鱼儿,但是,是天主使我成为了一个人类的'渔夫'。"

"您抓到了那个人了吗?"上校皱着眉头问。

布朗神父仔细地端详着上校那张紧绷的脸:"是的。"他答道:"我抓住了他,用一只看不见的钓钩和一根看不见的钓线,钓线的长度足以让他走到世界的每一个角落,但是只需稍稍用力一拉,就能把他拉回来。"①

就这样,布朗神父在所有人一筹莫展的关键时刻主动出击,揪住窃贼,夺回宝藏,这是一种行动式推理演说。

柯南道尔笔下的福尔摩斯,也惯于以行动来解决问题。在福尔摩斯探案的《诺伍德的建筑师》中,福尔摩斯为了证明自己的推理,推翻警方的错误结论,干脆在被认定的谋杀现场放了一把火,把躲藏在密室里制造假案的阴谋者熏出来,提供了一个不可辩驳的铁证——

喊声未落,就发生了惊人的事情。在走廊尽头的那堵看起来是光秃秃的墙上,突然打开了一扇门,一个矮小、干瘦的人从门里冲出来,像是一只兔子从它的地洞里蹦了出来似的。

"好极了!"福尔摩斯沉着地说:"华生,往麦秸上浇一桶水。这就行啦!雷斯垂德,请允许我向你介绍,这就是你们的那个失踪的主要证人约纳斯·奥德克先生。"

雷斯垂德目瞪口呆地望着这个陌生人。走廊的亮光

---

① G.K.Chesterton: *The Innocence of Father Brown*. Penguin Books Ltd, England, 1987. P69~70.

晃得他不停地眨眼。他盯着我们,又看看仍在冒烟的火堆。那是一张可憎的脸——狡诈,邪恶,凶狠,长着两只多疑的、浅灰色的眼睛。

"这是怎么回事?"雷斯垂德终于开口了:"你这段时间干了什么?"

奥德克尴尬地挤出笑容,侦探红脸膛上面的怒气使他退缩。

"我又没害人。"

"没害人吗?你千方百计要把一个无辜者送上绞架。要不是有这位先生的话,说不定你就干成了。"

这个坏家伙开始抽噎起来。

"说实话,先生,我只是开了个玩笑。"

"啊!这是玩笑吗?我包你笑不出来。把他带下去,留在起居室里等我来。"

三个警士把奥德克带走后,雷斯垂德接着说:"福尔摩斯先生,刚才当着警士面前我不便说,但是在华生医生面前,我不怕承认这是你干的最漂亮的一件事,虽然我仍然想不出来你是怎样做的。你挽救了一个无辜者的性命,让我避免了一起会毁掉我在警界声誉的丑闻。"[1]

---

[1] Sir Arther Conan Doyle: *The Return of Sherlock Holmes*, Wordsworth Classics, P148~149.

福尔摩斯接下来进行的推理演说极富立体化色彩,效果之好,不言而喻。

推理演说第三个(也是最重要)的特点和功能,是当众指认凶手。

阿加莎的《美索不达米亚奇案》中:当在疑似自杀的詹森小姐的房间内发现砸死雷德纳夫人的石磨后,波洛觉得自己完全胸有成竹了,然后,除了已经在餐厅里的梅特兰上尉、雷德纳博士、麦卡多太太、"我"(即这个故事的叙述者列瑟兰护士)和波洛本人外,又让瑞利大夫把"雷德纳考察团"的其他成员都召集过来。陆续进来的有雷特、爱莫特、比尔·柯尔曼、然后是理查德·卡雷,最后是麦卡多。

波洛的推理演说很长,波澜起伏、峰回路转、插曲不断,听众的情绪随之时起时落,而且反应十分强烈,特别是他说出:"到目前为止,我只是带诸位旅行——走向真相。我已经确定了一个事实——那就是,所有的考察团同仁,列瑟兰护士也在内——实际上都可能犯了杀人罪。他们当中有几个犯罪的可能性很小,不过那是次要问题。我考察过'手段'和'机会',接着,我就考虑'动机',我发现你们每一个人都可以让人认为有杀人的动机!"①这样的话之后。按他的说法,考察团的成员们,

---

① Agathar Christie: *Murder In Mesopotamia*. Fontana/Collins, 1987.P196.

或出于妒忌而起恶念,或由于把柄落在被害人手里而恐惧,或由于堕入她的情网而寻求挣脱,甚至包括外人——列瑟兰护士在内,几乎都不能被排除在嫌疑之外(这是波洛喜欢用的一种铺垫,可以称之为"泛动机论")。可是,他们不可能全都是凶手。

考察团团员之外,还得加上那位不速之客——雷德纳太太的前夫,至于来历可疑的拉维尼神父,已经彻查了这条线索的波洛披露了以下事实:

> 先生,我很遗憾。我可以告诉你,那古物室的金杯、金匕首、发饰,和一些其他的东西都不是你发掘出来的真品。那都是用蜡模电铸术仿制得非常高明的铜器。我刚刚从我收到的这封回电中知道拉维尼神父不是别人,正是劳列·孟尼尔——法国警察熟悉的一个绝顶聪明的窃贼。他专门偷窃博物院的艺术品和这一类的宝物。他的同伙是阿里·尤塞夫,半个土耳其人。此人是第一流的珠宝匠。①

这么一来,"泛动机"里就得加上了一条——为掩盖盗窃文物罪行而灭口。

在这当口,波洛话锋一转,开始分析机会这个关键要素。

---

① Agathar Christie: *Murder In Mesopotamia*. Fontana/Collins, 1987.P204.

粗略地说,表面上看来,就机会而言,任何一个人都可能害死她,不过有三个人除外。首先是雷德纳博士,有压倒一切的证据可以证明他从未离开屋顶;第二是卡雷先生,在考古挖掘场值班;第三是柯尔曼先生,在哈桑。但这些不在犯罪现场的证明都不像表面看来那样好——除了雷德纳博士不在现场的证明之外。因为他一直都在屋顶,这绝对没有疑问,直到命案发生一小时又一刻以后他才下来。也就是说,在这三个看似经得起审查的证明中,卡雷和柯尔曼二人的不在现场证明有破绽。比如,柯尔曼去哈桑,是开车去的,但是,也是开车回来的吗?如果不是,他完全可能走进院子而不为人注意,然后……

正如波洛再三强调的那样,不仅这三人,包括所有的团员和相关的外人在内,仅有雷德纳博士的不在现场证明是完全不容置疑的。虽然如此,但是,自从第一起谋杀案发生开始,矗立在警方和波洛面前的高墙几乎没有任何松动。于是,波洛调转枪口,从另一个方向,即第二起疑案——詹森小姐被杀案寻求突破。波洛抓住与那个案子有关的三个要点——匿名信、屋顶和窗户。他回顾了詹森小姐遇害前一天,站在屋顶上的怪异举动和说的话:"我已经看出一个人如何可以由外面进来——谁也不会猜想到他是这样进来的。"①

---

① Agathar Christie: *Murder In Mesopotamia*. Fontana/Collins, 1987.P206.

他叙述自己后来如何带着疑问跑到屋顶上去寻找答案，如何在一刹那间恍然大悟，明白了詹森被害的时候，在奄奄一息之际的最后遗言——"那窗子"的意义所在。就在人们听得云里雾里，完全听不出端倪的时候，波洛从屋顶、窗户等关键词，引出作案手段，当众指认出凶手。顿时，云开雾散，原本牢不可破的密室屏障被突破了，真相大白。

推理演说的第三个功能即当众指认凶手，有时实现起来险象环生，特别是当侦探单独面对罪犯的时候。典型如艾勒里的《黑色的心谋杀案》：遭绑架并差一点被灭口的侦探莫卡尔死里逃生之后，带领警察从自己险些葬身的水塘中捞出第二个被害者的尸体。接着，莫卡尔单刀赴会，与直接凶手和主谋对质，在他们面前条分缕析、抽丝剥茧，让他们的阴谋暴露无遗。这种方式的推理演说，使得莫卡尔再陷险境，被犹做困兽之斗的罪犯再次绑架。最后，莫卡尔还是凭借超人的体力和勇气，在已经失去自由的情况下力战求生，使主谋被同党误杀，同党落入法网，受到应有的制裁。

有的时候，在进行当众揪凶的推理演说时，侦探会巧妙动用私刑惩治凶手。如阿加莎的《海上问题》中，在明知罪犯心脏虚弱，经不起强烈刺激的情况下，波洛暗地里安排了临时客串的演员，模仿被害人的声音，配合他所进行的推理演说，在解谜揭案的高潮处，再现凶案现场的声响效果。在震撼全场的同时，惊愕、恐慌的罪犯经受不了，大叫一声倒地猝死。这种"最佳效果"，在阿加莎的作品中，时有出现，如《尼罗河上的惨案》中，凶手自觉阴谋败露，走投无路，遂双双自杀。

由此可见，推理演说还有更多的功能。从侦探这一方面来看，在时机成熟、准备充分的前提下进行解谜、揭穿真相，无异于给罪犯致命一击，自然是志在必得，不获全胜不收兵。问题在于，此刻所需条件不够完备，关键环节未能够掌握，尤其缺乏足够的证据，在这种情况下，为了达到目的，侦探不得不略施小计，充分调动有助于破案的资源和力量，借助天时地利人和的有利条件，以智取胜。艾勒里的《疯狂下午茶》中，侦探解开了夜半使自己惊悚的"魔镜"之谜，突破了罪犯设置的障碍。苦于因无法迅速找到凶手埋尸之地而不能提供直接证据，便结合案发现场的暗室结构和谋杀案本身带来的重重迷雾抛出神秘预兆，营造诡秘气氛，随后，趁热打铁，在疑惧丛生的紧张时刻制造了惊现尸首的骇人事件，不仅促使凶手自动暴露，且使之堕入预设的心理圈套。

推理演说造成的戏剧性效果，在阿加莎的《东方快车谋杀案》中表现得尤为出奇。

第五节　典例解析

推理小说的诸多写作技巧中，彼此之间一般有联系，同时从不同的角度体现了推理小说的规律，副线牵涉布局、谜的设置、情节的安排;转折点牵涉推理链和推理关键节点;推理链则是直接与推理演说密不可分。为了更好地解读几种主要写作技巧的特点,本节举出一些代表作品予以解析。

一、副线典例

虚线式副线,指副线可信度低,经不起推敲,如犯罪嫌疑人和显而易见或者推论出来的犯罪事实等。这样的副线,其作用不能说是掩盖主线,混淆是非,反而应是给出寻觅主线的蛛丝马迹,有时甚至是暗示,以让侦探去伪存真,寻求真相。

凯瑟琳的《特罗伊特山庄谋杀案》中的副线就是典型的虚线式副线:特罗伊特山庄看门人桑德斯被杀,警方很快锁定嫌疑对象,只是出于当事人的强烈要求,便雇请有名的私家侦探布鲁克小姐前往协助破案。为了达到效果,警方要求布鲁克以卧底方式进入,于是布鲁克应聘为山庄主人卡拉文教授的秘书。此案一开始亮出的副线即为"虚线",即尽管嫌疑对象——就读牛津大学的19岁小卡拉文,其行为在凶案发生前后有诸多疑点,包括前一天还与被害人大吵一架,甚至威胁杀死对方;无法提供足够的不在现场证明,但对他的怀疑并无任何证据支持。案发后,小卡拉文因患伤寒病而被隔离,由他母亲陪护,因而并未出席死因调查听证会。其妹和大多数仆人则因为怕被传染而暂时离开山庄。小卡拉文的病情还得到医生的证实。警方请来私家侦探,与其说是为了寻找新的线索或发现新的疑点，不如说是做做样子，堵住反对者的口，他们从一开始就认定凶手非小卡拉文莫属。这条过于明显、破绽多多、难以自圆其说的副线，其线索似乎是预备让人来"掐断"，来否定的。于是，布鲁克小姐来到山庄后，就着警方提供的线索和思路，顺藤摸瓜，一一予以证实或推翻。比如，案发后因病被隔离的小卡拉文，其病情是否属实，很是可疑；隔离治疗措施，貌似正常，似乎另有隐情；山庄主人老卡拉文的宠物狗失踪了，被重新勘察现场的布鲁克小姐发现死在树林里。除了这些事件，布鲁克被安排入住小卡拉文的妹妹的房间，一进房间，她便在床铺上发现一根长发，显然是那姑娘留下的。这看似正常的细节，却为布鲁克的推理提供了突破口——那姑娘把长发剪了。进而，按照布鲁克的要求，警方重新审查了医生的证明，于是，对小卡拉文的病情诊断的依据主要是听取家属的叙述而非详细检查的事实暴露出来。既然如此草率，小卡拉文装病的可能性很大；而且，种种迹象表明，他不仅仅是为逃避追查而装病，还有其他企图。一方面，副线的真相不断暴露或被揭穿，另一方面，主线也浮出水面。作为虚线，此处的副线之所以如此，一来，为了引开警方视线；二来，无论是遮掩、还是逃避，都仅仅是假动作。从后来揭开的事实真相看，主线倒并未有多少表现，只是在卧底侦探的守候中渐渐现出真形。副线为情节的发展提供了基础和动力。就人物塑造和性格冲突方面而言，副线起主要作用，凶手尽管有强烈的动机，但事实上是一个疯子，因此，副线的人物网构成就更具备实际意义。于是,孝心与亲情,便以遮掩、串通甚至自我牺牲的方式,合奏了一曲爱的悲歌。

此例中的副线,具备两重含义,一是被否定而使主线浮出;二是自身推进而使情节发展。这样一种主要依靠副线的布局和推进以及对副线的揭露、否定而构成的解谜形式,副线虽称为虚线式,其实功能和作用并不虚,也就由此显出副线在推理小说中的重要性。

二、转折点典例

在推理小说中,转折点有时简明,有时错综复杂;有时集中呈现,有时分段分割;有时一下子亮出,有时逐渐成形。为此,本节撷取以下典型例证加以解析。

1.阿加莎的《斯塔福之谜》

大雪纷飞的夜晚,一群无聊的居民凑在一起玩"转桌"降神游戏……

"好呵。你可是新来的神灵了??"

桌子急剧地摇了摇。

"意思是,对。"威尔里特说。

"哦,好,你是哪位?"

没有反应。

"让它拼写它的名字。"

桌子开始剧烈摇晃。

"ABCDEFGI——我说,是 I 还是 J?"

"问它,是 I 吗?"

摇了一下。

"好,请给下一个字母。"

请来的神叫艾达。

……

"你给什么人带来信息吗?"

"是的。"

"给我的吗?"

"不是。"

"给威尔里特的吗?"

"不是。"

"给布尔纳比少校的?"

"对!"

"少校,是给你的。请你拼读出来,好吗?"

桌子开始缓慢地摇动。

"TREV——肯定是 V 吗?不会是 V 的,TREV——没什么意义呀!""Trevelyan(策列维里安),错不了!"威尔里特太太说,"是策列维里安上校!"

"你是指策列维里安上校吗?"

"是的。"

"你有信息给策列维里安上校?"

"不是。"

"那是什么意思呢?"

桌子又开始缓慢而有节奏地摇起来,这样的节律,让人极容易计算字母。

"D——"停了一下"E——AD"

"Dead——死亡。"

"有人死了,是吗?"

既不肯定,也不否认。桌子又摇了起来,直到字母T才停了。

"T是指Trevelyan(策列维里安)吗?"

"是的。"

"难道你说策列维里安死了?"

桌子很明显地一摇,"是!"

有人倒吸了一口冷气,桌子旁边开始有点骚动不安。

当罗尼重新提问时,语气已显得惴惴不安:

"你是说——策列维里安上校死了?"

"是的!"

一阵沉默。没有人知道下面该问什么好,也不知道怎样应付这出人意料的事态。

在这沉默当中,桌子又开始摇动起来,摇得缓慢而有节奏。罗尼大声地拼读这些字母:"MURDER——谋杀!"

威尔里特太太惊叫一声,两手举起离开桌面:"我不搞这玩艺儿了,太可怕啦!我不喜欢!"

杜克先生开口了,嗓门洪亮而清晰,他问桌子道:"你是说——策列维里安上校被人杀害了,是吗?"

他话音未落,回答就出来了,这回桌子摇得这么剧烈而又这么肯定,几乎倒了下来。只摇了一下。

"是的!"

罗尼的手离开桌子,声音颤抖地说:"我说,这是个该死的玩笑。"

"开灯。"莱克罗夫特先生说。

布尔纳比少校站起来开灯,光线猝然映照出大伙苍白而不安的面孔。人们面面相觑,谁也不知该说什么好。①

果不其然,远在六英里外的策列维里安上校被人杀害了,被害的时间几乎与降神预言完全一致!凶手杳如黄鹤。按正常情况,同桌玩游戏的六个人不可能有足够的时间作案,警方的怀疑对象一个个被排除,仅剩下被害人的外甥吉姆,因为向被害人告贷遭拒,既有谋杀动机,也有谋杀机会,于是,他被警察扣了。吉姆的女友不甘愿,也不相信凶手会是吉姆,于是自

---

① Agathar Christie: *The Sittarford Mystery*. Foreign Languages Press, Beijing, 1998. P16~18.

己展开调查,她不放过任何一个疑点。当得知被害人遗物之中少了一双靴子时,她设法进入已经清理且快要被搬空的现场。

她努力想象着当时的情形。谁的手把策列维里安上校打倒?为什么?他是不是像每个人所相信的那样,是在5:25被杀的?还有,吉姆的确失去理智,撒了谎,还是真的在前门叫人没人应,绕到窗口来,看到了屋里的死尸,而后惊慌失措地跑掉了?要是她知道这些就好了。据达克里斯先生说,吉姆坚持他原来的说法,不过——吉姆可能丢了魂了。她无法确定。

或者,会不会像莱克罗夫特先生所提示的那样,屋里另有他人——那人听到他们吵架,而后趁机下手呢?

即便如此,靴子的问题就会有答案了吗?

会不会有人先躲在楼上——也许,在上校的卧室里?艾米莉又走过客厅,她向餐厅里望了望。

里面有两个捆好并贴有标签的箱子,边柜上空空如也,那套银杯已放在布尔纳比少校的小屋里了。

她注意到作为奖品的三本新小说。查尔斯曾把从依万斯那儿听来的有关这事儿的由来,添油加醋地当作笑料讲给艾米莉听。如今,它们被人遗忘,随意丢在椅子上。

她环顾了一下房间,摇摇头,啥都没有。

她又上楼,再次进入卧室。

她一定要弄明白靴子为什么丢掉！除非能够找到让自己完全满意的理由，否则她无法放下靴子失踪之事。在她心目中，这件事膨胀到了令人难以置信的程度，以至于案子的其他一切统统被置之度外了。难道，一点办法都没有了吗？

　　她拉出每个抽屉，探摸它们的背面。在侦探小说里，总是会有有价值的碎纸片之类出现，但在现实中却无法有这种意外的惊喜。否则的话，拿尔拉柯特和他的手下早就大功告成了。她探摸松动的隔板，用手指捏遍地毯的边缘，她检查弹簧床垫。她想在这些地方找什么，她自己也并不清楚，但仍然凭借顽强的毅力继续搜寻。

　　最后，当她伸直了身体站起来时，她的视线触及与这整洁的房间极不相称的一样东西——壁炉炉格里的一小堆灰烬。

　　艾米莉用着了迷的，如同鹰盯上蛇般的眼光，盯住那堆灰烬。她凑近前去，盯着它。这不是逻辑推理，没有原因与结果，仅仅是那撮灰烬，但它提供着明确的可能性。艾米莉卷起袖子，双手探进壁炉，向上伸进烟囱里。

　　随即，艾米莉屏气看着自己掏出的一个包得很整齐的报纸包，简直不敢相信自己的运气。轻轻抖开报纸，那双丢失的靴子就呈现在她面前。

　　"可是，为什么呢？"她自言自语："它们在这儿，但为什么?为什么?为什么呢?"

她盯着靴子,把它们翻过来、翻过去,里里外外检查着。同样的问题在她脑子里不停地翻腾,为什么?

就算有人拿走上校的靴子并把它们藏在烟囱里,但为什么要这样做呢?

"哎呀!"艾米莉绝望地叫了起来:"我要发疯了!"

她小心地把靴子摆放在地板中央,拖过一张椅子,对着它们坐了下来,然后从头到尾仔细地梳理整个事件,回忆她所知道以及从他人嘴里了解到的每一个细节。她将这出戏戏里戏外的每一个角色都过了一遍。

骤然间,一个奇怪的念头开始显形——那是被地板上这双默不作声的靴子引发的暗示。

"但即使是这样",艾米莉说:"即使是这样……"

她一把抓起靴子冲下楼,推开餐厅的门,跑向角落的餐柜。柜子上摆放着策列维里安上校所得的各式各样的奖品,和他的全部户外运动用具,他担心他的女租户乱动这些东西,因而将它们都搬过来了。有滑雪板、短桨、象脚、象牙、钓鱼竿,这一切还这么放着,等待杨太太和皮博迪来分类整理、打包存放。

艾米莉手里拿着靴子,弯下腰来,一会儿,她直起身子,由于惊喜而脸泛红光。

"原来是这样",艾米莉喃喃地说:"原来是这么回事。"

她在一张椅子上坐下,她还有好多事不明白。

几分钟后,她站了起来,大声地说:"我知道谁杀了策列维里安上校。可不知道是为什么。我仍然不明白为什么。可我不能再浪费时间了。"①

转折点出现了,侦探在与罪犯的斗智中占了上风,胜利的曙光终于显露。

2. 艾勒里的《荷兰鞋之谜》

荷兰纪念医院的创始人、慈善家阿拜夫人,因重伤住进这家医院,准备动手术,却成了系列谋杀案的第一个牺牲者。令人惊异的是,她是在众目睽睽之下,在周围到处都是医生护士、还有不少人在旁观摩的手术室里遇害的。

大厅左侧的大门突然敞开,让奈博士的矮小身影一瘸一拐地进入手术室。他用鹰隼般的锐利目光扫视一下大厅。尽管他脚瘸,却轻快敏捷地走向脸盆。他脱下罩衣,护士灵巧地给他换上刚刚消过毒的另一件罩衣。外科大夫弯腰在脸盆前用蓝色的升汞溶液洗手,这时另一位护士给他戴上一顶白帽,把他的灰白头发整整齐齐地掖进帽子里。

---

① Agathar Christie: *The Sittarford Mystery*. Foreign Languages Press, Beijing, 1998. P202~204.

让奈博士头也不抬,用命令的口吻说:"患者!"

两名护士应声迅速拉开通往术前准备室的大门。

"患者,普赖斯小姐!"一个护士重复说。

她们走出去,一分钟后重又出现在门口,推着床车。床车上躺着一个默无声息的人,身上蒙着白布单。患者的头深深地仰向后面,紧闭双目,罩单一直盖到脖子。

随她们走进手术室的还有另一个护士,进屋后,她默默地立在屋角。患者被抬下床车,转移到手术台上。一个护士立即接过床车,推出室外,随手将门小心翼翼地带严。

在离手术台不远的位置上,站着一位穿白罩衣、戴口罩的人,他俯身检视摆在小几上的手术器械和仪器。

"他是麻醉师",敏钦低声解释:"她的职责是做好一切准备以防阿拜夫人万一在手术过程中突然苏醒。"

这时两位助手分别从不同方向走近手术台,他们掀去覆盖在患者身上的罩单,换上一条手术专用罩单。在此期间,让奈博士耐心地等候在一旁。他已经戴好手套,穿上罩衣,一个护士正在替他整理遮住口鼻的大口罩。

突然间,只见敏钦猛然向前倾身,死死地盯视手术台,沙哑地低声说道:"有点儿不对头啊,艾勒里!有点儿不对头!"

艾勒里头也没动,答道:"这好像是僵化。我早就有点怀疑到了。"

"天哪……"敏钦黯然低喊。

此时此刻,二位外科大夫助手同时俯向手术台。其中一人抬起患者手臂,随即又放下它。僵硬的手臂已不能弯曲。另一位助手触摸患者的眼睑,审视她的眼球。他们惶惑不解地面面相觑。

"让奈博士!"其中一人恐怖地叫道。

"怎么回事?"外科大夫推开护士,俯向一动不动的人体。他猛然扯下手术台上的罩单,摸了摸老太婆的脖颈。

艾勒里发现让奈博士的后背木然不动了。

"呼吸机!"让奈说。

两名助手,两个护士和另一些助理护士都手忙脚乱起来,手术台旁出现了一个又高又窄的圆柱体。一个护士交给让奈一面小小的金属镜。让奈使劲撬开患者牙关,把小镜放在她的嘴边,待了一会儿。然后,他嘟哝了一句骂人的话,随手把小镜扔到一边。护士急忙把准备好的注射器递给他。让奈撕开老太婆的上衣,露出前胸,直接往心脏注射。人工呼吸机已开始运转,向阿拜的肺脏输送氧气。

十五分钟过后,艾勒里机械地看了看手表。让奈博士挺直身躯,离开患者。他招手召唤敏钦博士,主治医师敏钦连忙跑下螺旋形楼梯,来到手术台前。让奈向一旁闪开,默不作声,指了指患者的颈部。敏钦面色苍白,转身招呼仍一动不动地坐在原来位置的艾勒里。

艾勒里站起身来。他的嘴唇低声说出了一个只有敏钦才能懂得的词:"谋杀。"敏钦一言不发,点了点头。①

证实是谋杀案之后,整个医院立即被封锁起来,凶手照理应该无法逃出医院大楼。调查和勘查迅速展开,几乎所有目击者都证实,被害人生前最后一位接近的是主刀医师让奈,至少是很像让奈的人。现场遗留的过于宽大的白大褂和断了鞋带的旧护士鞋,并不能提供有用的线索。接受调查的让奈博士不仅仅否认目击者的证词,声称自己当时在会客,无论警方如何软硬兼施,就是不肯说出能够为自己提供不在现场证明的访客是何人。就在所有的疑点都集中到让奈博士身上,眼看凶案即将破获之际,让奈在自己的办公室里遭人从后脑勺重击后勒死,成了第二个牺牲者。戒备森严的医院大楼内,似乎有一个幽灵在徘徊,在接二连三地、如入无人之境般地行凶。

第二起谋杀案现场:

它几乎呈正方形。只有一个门,在场的人就是从那儿进来的。门通向南走廊,在大楼正门的斜对过的地方。室内对着门的墙上,左侧有一个大窗,窗外是狭长的后院。门的左侧有一张女速记员用的桌子,桌上有一台打字机。

---

① (美)艾勒里·奎恩:《荷兰鞋之谜》,www.shanjue.com。

远处角落里放着被害的外科医生的大写字台。写字台斜放着,内侧朝向房间的左角落。写字台后面,除了坐着让奈尸体的那张转椅外,别的什么也没有。右边靠墙放着一个大书柜,摆满了一摞摞书,并排放了一把大椅子。①

警方对被害人遇害之前的状态和凶手行凶情形的判断和鉴定:

"情况怕是这样:他坐在桌旁,有人进来了,蹩到了他身后,猛击他的头部,然后再把他勒死。对吗?"

"正是这样",普鲁梯在收拾自己的背包:"我愿意以任何名义发誓:脑袋上这一下,只可能从他的身后下手。也就是说,凶手站在被害者身后,站在写字台里面……好,我要走了。摄影师已经来过了,巡官,指纹也采过了。到处都有很多指纹,尤其在写字台的玻璃上。但大部分指纹都是让奈本人,或他的女助手——女速记员的。"②

是亲属之间的遗产争夺,还是阿拜夫人所赞助的科研机构负责人为获取巨额经费而下的手?调查、取证、探寻、摸索,侦探费尽九牛二虎之力,案情仍然如堕五里云中,侦探百般无奈,重新回到第二起凶案现场,边与敏钦博士讨论案情,边看是否

---

① (美)艾勒里·奎恩:《荷兰鞋之谜》,www.shanjue.com。
② (美)艾勒里·奎恩:《荷兰鞋之谜》,www.shanjue.com。

漏掉细节。

　　他慢慢站起身来,走向房间里摆着让奈写字台的角落。艾勒里看敏钦那么费劲地从转椅和墙壁之间挤过去,忍不住嘿嘿地笑了一声:"你往哪儿挤,教授先生?"

　　"什么?"敏钦站住了,显得很狼狈。接着他的脸上出现了一丝窘笑。他拍拍自己的脑门,转身朝门口走去。

　　"这又一次证明,我的脑袋现在多乱!昨天我一进屋发现让奈被害,是我下令把他写字台里面的病历柜搬走的,我倒忘了个一干二净……""什么?!"

　　事后,艾勒里总爱回忆这个场面。他肯定说,他感到一种永远难得再次体验的戏剧性的震惊。这句话一出口,使早已被遗忘的场面又复活了,刹那间,把道恩—让奈案的侦破工作引上了另一条轨道。

　　敏钦被艾勒里突然发出的惊呼声吓呆了。他呆看着艾勒里,莫名其妙。

　　艾勒里一跃而起,一声不吭地蹲到地板上。他在转椅后面跪了下来,仔细地观察着地板上铺的漆布。又过了几分钟,他迅速起立,摇了摇头。

　　"这个柜子在地板上一点也没留下痕迹,漆布是新的。很好,这一点正好证实了我的推断。"

　　他一步跳到敏钦的面前,抓住了他的肩头。

"老朋友,你把问题解决了! 你别走……这个该死的柜子,真见鬼!"

敏钦好不容易才挣脱了双肩,坐回自己的椅子上。他怔怔地看着自己的朋友。

艾勒里在房里快步踱来踱去,不停地吸着香烟。

"我想,情况是这样的。你比我早到了几分钟,发现让奈死了。你知道警察一来就要把什么都翻个遍,于是便决定把这些珍贵的札记全偷偷搬走,藏到一个安全的地方去。我说得对吗?"

"是的。这有什么不好呢? 我不懂,这个柜子又能有什么关系……"

"你错了!"艾勒里喊道:"你无意中使破案推迟了二十小时以上。你当然不懂这柜子同凶杀之间有着什么联系! 是啊,敏钦,这可是个谜,是一件很费解的事! 你不知不觉间差点把我父亲的前程给断送了,并且剥夺了你朋友的安宁……"敏钦站在一边,惊讶得嘴都合不拢了。

"不过……"

"请不要再反驳了。但也不要过于往心里去。最重要的是我毕竟发现了最关键的罪证。"

艾勒里收住脚步,神秘地望了敏钦一眼。他用手向右侧的写字台那边一指。

"我不是对你说过嘛,这个角落里曾经有过一个窗户!"

约翰·敏钦朝艾勒里那揭穿疑团的手指所指的方向看去。在让奈博士桌子后面,他什么窗户也没看到,那里是一堵砌得严严实实的墙壁。①

转折点,就这样"踏破铁鞋无觅处,得来全不费工夫"。

三、推理链典例

霍克的《耳语之屋疑案》中,侦探山姆大夫和"捉鬼人"斯隆带上相机、闪光灯等设备夜探传说闹鬼的废弃旧屋布莱尔老宅。月黑风高,进入鬼屋的两位探险者首先听到传说中的鬼魂耳语,后发现一个身材瘦削、留胡子、穿冬衣、戴皮帽的男子熟门熟路地进屋上楼。那男子走到过道尽头,面前是一堵光秃秃的墙壁,墙与一扇门相接,他碰了碰门框,立即传来"咔嗒"一声,然后他开始推墙,墙壁在他面前转动起来。鬼屋果然有一个秘密房间,传说中进得去出不来的秘密房间。山姆大夫和斯隆左等右等,等不到那个神秘身影重新现身,二人索性找到机关,打开门闯进去,不料——

> 我按下那个凸起部位。墙上的隐藏门应声转开。我琢磨着眼前出现的会是一个大惊失色的男人还是空空如

---

① (美)艾勒里·奎恩:《荷兰鞋之谜》,www.shanjue.com。

也的房间。都不是。

男人依旧留在屋内。只见他直挺挺地坐在一张桌子前方,面孔朝向我们。我们的突然出现似乎并未给他造成惊吓。

"我觉得他已经——"我边说边走进了房间,朝那个男人身旁走去。

"死了?"萨德·斯隆替我说了下半句话。他松开快门,一瞬间,小小的密室里充满了闪粉产生的光线。这使我们清楚地发现,房间里既没有别人也没有其他出口。

"他已经被刺身亡了",说着,我向后扯开他的外套,露出一把猎刀。刀身从左胸贯入,直逼心脏。

"这里还有一些别的东西。"我指着地面上一把小小的点二二口径自动手枪。显然,这是从死者手指滑落地面的。

斯隆环顾四面坚固的墙壁。他甚至还检查了进入密室的门背后。"可是这里没有地方躲藏,又没有出去的路!"①

死者已经死去约 20 个小时,口袋里什么也没有,既没有身

---

① (美)爱德华·霍克:《不可能犯罪诊断书Ⅱ》,www.Haoshudu.com。

份证,也没有钱,更没有钥匙。

　　死亡时间证明死者并不是进入密室的瘦削男子,口袋里什么也没有也可以证明那并不是他;密室只有一个暗门,无法找到其他出入口,因此形成密室之谜。

　　就在山姆大夫与斯隆苦苦寻求解谜线索的时候,一颗土制汽车炸弹在车上爆炸,大夫侥幸逃生。山姆大夫再次进入密室探寻时,守在外面的斯隆竟将他反锁在里面,使他呼天不应呼地不灵。就在这危急时刻,他发现自己已经在完全密闭的房间里待了将近45分钟,但空气新鲜如故,提灯也烧得亮堂。很快,他就找到气流的来源——密室内木地板的间隙。

　　斯隆拍下的照片证实两点,一来他本人不是凶手同谋,二来发现尸体时凶手并未呆在密室中;木地板有间隙,说明另有通道;汽车炸弹事件表明凶手企图阻止调查;斯隆无回应,说明他也遭到毒手;如此一来,一旦找出第二个出口,凶手必然守候在那儿再次行凶。

　　推理眼——影子密室。

　　我盯着空白与冷酷的墙壁,寻找一条不存在的出路,惶恐感随着时间的流逝而渐渐上升。

　　忽然,有光射进脑海。

　　可惜我没办法把这些木板抬起,既无暗板,又找不到机关门。

地板一直延伸至坚实的墙体下方,那是烟囱的四壁之一。我打了个激灵。

地板为何会从墙壁底下穿过?那边不就是烟囱了吗?

我再次弯下身体,仔细检查地面,发现了一些可能是用刀尖刻出的沟槽。尽管有些是新的,但大部分都颇有历史。我从口袋里拿出一把小刀,插进沟槽最多的那块木板。利用杠杆原理,我试着将木板朝烟囱那面墙壁滑动。

木板移动了。我又试了两块木板,它们都能移动。

每一块有沟槽的木板都滑进了烟囱墙壁的下方,我只能想象它们伸到烟囱里了。当我移动第四块四英寸宽的木板时,地面上出现了一个足够宽敞的空间供我钻入。我拿着提灯跳了下去,发现自己正位于一楼天花板上方,这里只能爬行,高度不到一英尺,很难向前移动,但我还是爬到了头。在头顶上方,我发现那些木头地板能像推过来一样轻松复位。

现在,我知道这里肯定有出路了,因而决定继续匍匐前进,直到发现出口。沿外墙一直向前,终于来到一个洞口,一架梯子从中通往底楼。我爬了下去,发现置身于房屋后方一间狭小的食品储藏室里,这就是奴隶们为了避免被困二楼密室找到的亡命之路,这就是传说中有去无回房间的生还之门。

我赶紧穿过屋子,从前厅的楼梯返回二楼。萨德·斯隆四脚朝天地躺在走道上,处在昏迷状态。他的后脑勺被人打了。

我起身环顾四周,试图看透那些黑漆漆的房门。"还是出来吧,安德鲁斯太太",我说:"我知道你在里面。"

她从黑暗中出现,步入我的提灯形成的光圈中,她举着一把猎枪,瞄准我的胸口:"你知道得太多了,山姆医生。我很遗憾,不得不让你永远闭上嘴巴。"①

结果侦探反抗得手,凶手就擒。

四、推理演说典例

当众指认凶手的推理演说,颇具戏剧性效果,尤为引人入胜的是,这一类推理演说,往往先梳理此前所发生的案情,展现推理过程,其内容十分丰富,其间伴随听众的呼应、质疑、辩解、反诘、抗议。娓娓道来、一一分解的表象之下,暗流汹涌,甚至刀光剑影,直至猝然揪出元凶,犹如轰然突起一个巨浪,水流哗然退去时,妖魔现形,众人不由得目瞪口呆。《柚木烟盒》就是其中典范。另一类推理演说,则是在演说之中,以回忆或复述的形式再现案情,从而以演说包办一切,恰似《断剑》。

---

① (美)爱德华·霍克:《不可能犯罪诊断书Ⅱ》,www.Haoshudu.com。

1.艾勒里的《柚木烟盒》

凶手杀死第一个被害人哈利,是为了取走那个柚木烟盒——烟盒是到手了,可是杀错人了,误杀了谋杀对象的弟弟——杀错了人,也就意味着拿错东西,因为被害人兄弟俩拥有一个一模一样的柚木烟盒。凶手的目标很明显,是那个烟盒,但既然杀错了人,当然也就拿错烟盒,谋杀行动未达到目的而实际归于失败——不甘失败的凶手伺机再次出手……

柚木烟盒并不是值钱的古董,凶手想要的是烟盒里的香烟,香烟也不值钱,因此香烟中一定藏有宝贝——凶手实施了第二次谋杀后,从哥哥身上拿到烟盒,将错拿的烟盒与之掉包,为了掩盖而将烟盒中的香烟也掉了包——两个烟盒虽然一模一样,但由于使用的不同而造成磨损不同,即被掉包的那个少了一片银饰……

第二个被害人先前盗取的钻石藏在随身携带的柚木烟盒内的香烟中——本来是赶来协助调查的哥哥成了谋杀案的犯罪嫌疑人,警察声称要将其带走——隐藏的凶手(也是盗案同谋)闻讯寻机下手杀了他,夺走了烟盒(掉包)……

推理眼:将错就错。

推理演说——

"道理很简单",艾勒里说道:"不管是谁杀了约翰·罗伯特,为的就是他胸前口袋里的柚木烟盒。现在所有事情都很清楚了。当凶手在这间屋子里勒死约翰·罗伯特时,他从约翰的尸体上偷走了约翰的烟盒。然后凶手把约翰烟盒里的6支不同品牌的香烟放进他偷来的哈利的烟盒,再把烟盒放回约翰的尸体身上,为了要让我们相信这就是约翰的烟盒。很聪明,但还是有破绽,因为约翰的烟盒少了一块银饰片而哈利的却没少。凶手或许没注意到这一点。"

艾勒里转向其他人,他一举手大家全都安静下来了。"各位女士、先生,凶手已经自己解决了。他完了。我请大家全神贯注听我细说缘由并指出……卡特先生,请不要再抖了,我有充分的理由相信你们的忧虑都可以结束了。"

艾勒里站在死者的脚边,他瘦削的脸庞毫无表情。他们则以疑惑的眼光望着他。门口的警察依艾勒里的手势乖乖退了出去。欧金斯夫妇、穿着睡衣的比莉·哈姆丝、苦着脸的珠宝商施利、D室的福瑞斯特夫妇,甚至连坐着轮椅的玛萝伊太太都挤在房间里。

"某些推理的方法是不可或缺的",艾勒里以干涩的演说语调说道,他没有看任何一个人,好像只是在对着约翰·罗伯特颈部的复杂血管讲话而已。

"第一个受害者的尸体身上唯一被取走的东西就是柚木烟盒,这表明柚木烟盒是第一宗谋杀案的目的。而现在,第二个受害者约翰·罗伯特被谋杀了,他的柚木烟盒又被拿走了,而第一个烟盒则被放进他的尸体里。结论是能调换两个烟盒的人就是取走第一个受害者烟盒的人——就是凶手。因此,哈利和约翰·罗伯特是被同一个人所勒死的。两宗谋杀案只有一个嫌疑犯,这是最基本的推理。

"哈利·罗伯特为什么会被谋杀?纯粹只是因为凶手误以为他是约翰,直到他勒死了受害人并检查其柚木烟盒时才发现错误。烟盒不对!

"凶手犯错是可以理解的。第一个受害人是被人从后面勒死的,乍看之下哈利和他哥哥约翰长得很像,毫无疑问凶手也不知道会有两个罗伯特。换句话说,哈利被害的案子与犯罪的动机并无直接关系。"

他倾身向前。"但注意这一点,一个柚木烟盒不可能隐藏什么东西,例如夹层之类的,所以凶手要的不是烟盒而是装在里面的东西。烟盒里面装什么东西,两个烟盒里面到底有什么?只有香烟。但为什么会有人为了香烟而杀人?很明显,不是为了香烟本身。但如果香烟内藏了什么东西——如果香烟经过改装,把烟草抽出来,偷偷塞进其他东西,再用烟草填塞满……那么我们就可以得到一个具体的推论了。"

艾勒里挺直身体深深地吸了一口气。"我想你就是玛萝伊太太吧?"他问坐在轮椅上的人。

"我是!"她回答。

"两天前你丢了一条钻石项链。钻石有多大?"

"像小豆子一般",玛萝伊太太尖叫:"值两万元呢。"

"像小豆子一样。嗯。家庭主妇型的描述,玛萝伊太太。"艾勒里笑着说:"我们继续。我推测约翰·罗伯特的香烟是某种珍贵东西的藏匿之处……玛萝伊太太的昂贵小豆子,各位女士,各位先生!"

众人议论纷纷,像谷仓里的家禽一样探头探脑的。艾勒里要大家安静。"是的,我们已经得到了一个结论,那就是你们的邻居约翰·罗伯特不仅是个雅士,他还是个珠宝贼!"

"罗伯特先生!"西曼·卡特以接近窒息的声音说道。

"正是。奎因警官查不出我们这位享乐者的收入来源。是舞男吗?舞男不会为女士付房租,一定另有隐情。啊哈,还有珠宝呢!这么一来就破了一件神秘案件了。"比莉·哈姆丝伸着她白皙的脖子像个鸵鸟似地吸着鼻子。"请注意,约翰·罗伯特为了这些钻石香烟而被谋杀了,"艾勒里继续说道:"谁会知道他有这些钻石——而且是藏在这么隐秘的地方?当然是他的共犯。换句话说,只要我们找到杀害哈利和约翰·罗伯特的凶手,我们就找到了约翰·罗伯特的犯罪伙伴。"

众人短暂的放松再一次转为恐惧。没有人插嘴。玛萝伊太太充满敌意地望着约翰·罗伯特酱紫色的脸孔。艾勒里再次微笑——一抹玩笑意味十足但也颇为气恼的微笑。"现在,我们这场戏的最后一幕,第二宗谋杀案的细节。吉米",他对总局的指纹专家说:"你的搜查报告里有些什么?"

"地板上这名死者在这扇门的另一侧留下指纹——也就是他卧室的另一边。"

"谢谢你。各位女士、先生,就在约翰·罗伯特被谋杀之前,我才亲自把他卧室里通往这间空房的门把擦拭干净。这就表示,几分钟前约翰进入这间卧室时曾经把他的手放在门把上。也就是说他刻意开启这道门以便进入这间闲置的房里。是不是约翰·罗伯特想要逃走?不,他没戴帽子也没穿外套,这是第一点;其次,他根本不可能走远;再者,就算他办到了,逃亡只会使他蒙上谋杀亲弟弟的嫌疑罢了——而他当然是清白的,因为他自己也被谋杀了。那么他到底为什么到这间空屋里来?

"几分钟前我和奎因警官在隔壁罗伯特的客厅里谈话。当时我们有理由相信是约翰杀了自己的弟弟。我亲自把通往起居室的门关上,让他无法偷听。但当乌斯提斯医生出来要去看其他病人时,很不幸他把门半开着,奎因警官显然不知道门是开的,他就在那时候明确说了我们打算带约翰·罗伯特到总局'谈一谈'——不用说是要搜查他并让他入狱,伤害就是这么发生了。维利警官,你当时和罗伯特在起居室中,你有没有听到奎因警官的话?"

"我听到了",警官说着,鞋跟在地板上拖着:"我想他也听到了,过了一分钟他就说要到卧室里拿东西。"

"有待证明"。艾勒里说道:"罗伯特听到他要被带到警察总局去,便飞快思索着。偷来的钻石被藏在他烟盒中的香烟里,彻底搜查就会暴露出来,他必须把这些香烟从身上拿开!所以我们现在知道他为什么要到这间空屋里来了——不是为了逃跑,而是为了要把香烟藏起来,以后再来拿。当然,他打算再回来这里的。

"可是凶手怎么可能会知道约翰·罗伯特当时决定要在这间空屋里处置钻石呢?唯一的可能是凶手也听到奎因警官说要把罗伯特带到总局的话,他知道罗伯特也听到了,可以预知罗伯特马上会怎么做。"

艾勒里邪恶地微笑着,倾身向前,他长长的手指头弯成钩状,他的身躯僵直。"总共只有五个人听到奎因警官的话",他倏然说道:"奎因警官本人、我、维利警官、死去的约翰·罗伯特和——"

比莉·哈姆丝尖叫,年老的玛萝伊太太更叫得像只受伤的鹦鹉。有一个人往东边走廊冲过去,甩开其他的人,像只疯狂的公象,像只横冲直撞的马来鸡,像个狂暴愤怒的古挪威人……维利警官重达二百五十磅的身躯冲向前,一阵激烈的扭打,警官的大拳头如雨点般落下,灰飞尘扬……艾勒里静静地站在那里等着,奎因警官由于以往看过太多次维利警官的举动,因而只在一旁叹气。

"一个背叛的坏蛋加上两桩谋杀案凶手",等维利警官把他的对手打得鼻青脸肿时,艾勒里开口说道:"他不只要把他的共犯约翰·罗伯特除掉,那是唯一知道他是贼也怀疑他是谋杀嫌疑犯的人,还想要独吞玛萝伊太太的钻石。爸,你可以在他身上,或是袋子里,或是这房间中找到钻石。这件案子",艾勒里点了一根烟,大口地吸着,并对着呆若木鸡的观众说道:"毕竟是单纯的,不堪一击。事实本身表明地板上这个人是唯一可能的嫌犯。"

在维利警官紧箍的手臂里挣扎的人是乌斯提斯医生。①

2.契斯特顿的《断剑》

在一个寒冷寂静的冬夜,侦探与助手前往坐落在树林中的一座有名的墓园,即家喻户晓的战争英雄圣·克莱尔将军陵园。看似瞻仰,其实不是,布朗神父带着徒弟夜探墓园是为了解开一个历史谜团——断剑之谜。

作为谜面,"断剑"有两个表征,一是陵园中那尊将军铜铸雕像,在将军倒下的身躯旁,放着一把断剑,即失去剑尖的宝剑;二是——

---

① (美)艾勒里著,陈胜制作:《艾勒里·奎恩中短篇小说集:柚木烟盒》,第18~23页。

公众所了解的情况归结起来,不外乎是:亚瑟·圣·克莱尔将军是英国伟大的常胜将军。他在印度和非洲精心指挥过几次战果辉煌的战役,后来,巴西伟大的民族英雄奥里维亚向英国发出最后通牒,他就被派去指挥对巴战争。据传,圣·克莱尔将军在一次战斗中率领一支小部队进攻奥里维亚的大军,经过英勇搏斗后被俘。被俘以后,使整个文明世界都为之震惊的是,圣·克莱尔竟被绞死在离战场最近的一棵树上。巴西军队撤退后,人们发现他的尸体在树上打旋儿,脖子上挂着他那把断剑。①

正如布朗神父告诉助手弗兰比的那样,这个故事基本属实。既然是在战场上力竭被捕,遭到敌人残忍杀害,那把断剑毫无疑义就是将军自己的佩剑,为什么断了呢?肯定是因为他在战斗中英勇杀敌,用力过猛,导致宝剑折断。这里面有什么谜呢?有谜,但开始的时候,布朗神父并不急着解开这个谜,而是着眼于那次战斗,分析了敌我双方的兵力对比、战场形势、双方军队的部署、双方统帅的特点,从克莱尔和奥里维亚两位棋逢敌手的将军的反常举动入手,逐步揭示围绕着主谜的各个子谜,如克莱尔家庭医生的某些奇谈怪论;曾与克莱尔爱女订婚

---

① G.K.Chesterton:*The Innocence of Father Brown*.Penguin Books Ltd,England,1987.P95.

的凯斯上尉如何在战争中幸存下来、战后出书反驳对两位将军的不实议论和不当评价；克莱尔军团的幸存老兵关于克兰西上校阵亡的回忆；阵亡士兵日记中关于默雷少校的记述，等等。侦探布朗神父将这些在他人看来无关宏旨，并且与所要破解之谜没有直接关联的情况一一加以梳理和分析、推论，逐渐形成一个推理链，这条链的主要和旁生环节从不同方向和角度，已经做到环环相扣、支支相连，最后，这些环节集中到了最为关键之处——那把断剑。

一般说来，推理链与证据链是相吻合或者是相呼应的，但此例中的推理链更多运用的是间接证据和推论，迂回求证，只有断剑本身，才是具有足够说服力的根本证据，也是诸多推论的根本证明。

断剑是存在的，这一点早已明了，毋须怀疑，因为，关于将军的英雄事迹的报导都提到断剑，陵园中的雕像和威斯敏斯特寺的圣·克莱尔将军的纪念碑；伦敦泰晤士河堤上的圣·克莱尔将军的跃马雕像；在他出生的那条街上挂着的圣·克莱尔将军的圆形浮雕以及在他居住的那条街上的另一个纪念浮雕，都有这把断剑的印记。克兰西上校在他生命的最后一天、战斗发生的那一天的日记里也提到那把断剑，但这是一个既间接又十分微弱、难以证实的证据。问题不在于有没有这把断剑，而在于这把佩剑是怎么断的？从推理链的角度来说，断剑之谜是子谜，主谜是在战败之谜掩盖下的谋杀之谜，但断剑像幽灵一样时隐时现,侦探既不能撇开不管,又无法直接让它现形。对侦探来说,揭开重重疑团绕不开这把断剑。种种迹象表明,将军手中的宝剑在他率军冲入敌阵之前就已经折断,那把剑的剑尖并非留在敌军的身体里,而是另有隐情。

层层剥笋、步步深入,渐渐集中焦点,真相浮出水面:剑尖不在别处,在死去的默雷少校的身体里,将军杀害了准备揭发自己叛国恶行的少校,为了掩盖罪行,仓促发起战斗,导致覆败。

> 他冷酷地注视着宝剑,擦去上面的血迹,发现剑尖在刺穿那位牺牲者后背时,已折断在对方体内。他像透过俱乐部的玻璃窗一样冷静地预见到接下来会发生的事。他知道人们将会发现这具无法解释的尸体,将取出这无法解释的剑尖,将注意到那无法解释的断剑——或是找不着那把剑。他杀了人,但无法掩盖事实。然而,他的专横与冷酷使他急中生智——还有一条出路。他可以让这具尸体得到解释。
>
> 他可以制造一座尸体之山,把这具尸体掩盖住。于是,二十分钟以后,八百名英国壮士就这样向他们的死亡进军。①

---

① G.K.Chesterton:*The Innocence of Father Brown*.Penguin Books Ltd,England,1987.P228~229.

这是何等无耻而残忍的罪行,这样一个罪犯,竟被追捧为国家英雄、民族楷模,真正是巨大的讽刺。此例通篇采用一对一模式的推理演说,有别于常规推理演说,案情与推理侦破过程穿插甚至并列、重叠,独树一帜。

3.阿加莎的《罗杰·艾克罗伊德谋杀案》

案发当夜,作品中的叙述者——"我",即舍帕德医生,先是被艾克罗伊德邀到家中共进晚餐,而后,被主人拉进书房,谈论刚发生的一起悲剧——他追求的寡妇的意外自杀事件。谈到一半,仆人送信件进来,巧了,其中一封是自杀者生前寄来的。主人当面拆读该信,读到关键处打住,要求舍帕德回避、离开,舍帕德希望他读下去,可是被拒绝。于是舍帕德走出,随手带上书房门,吩咐仆人不要让别人来打扰,然后驱车回家。一个多小时后,正在家中准备上床的舍帕德接到被害人的仆人打的电话——请他马上赶过来,说艾克罗伊德先生被谋杀了——而第一时间赶到案发现场,但前来应门的仆人却说自己并未打这个电话,认为这是一个不知谁开的恶意的玩笑。主人艾克罗伊德还呆在书房里,另外还有两个客人在弹子房里,而女眷都已就寝。舍帕德既感到蹊跷,又不放心,非要要亲眼见到主人不可。可是,书房门从里面锁上,叫也叫不开。于是,舍帕德与仆人合力撞开书房门,发现主人已经被刺死了。接下来便进入报警和保护现场的程序了,名探波洛随后介入此案,而死者的医生、朋友和案件的发现人舍帕德医生,则成了波洛的助手。在经历了寻微探秘、勾连索隐；跌宕起伏、峰回路转的调查和侦查，终至搭上了推理链的"最后一环"后，波洛支开众人、单独对自己的临时拍档舍帕德医生，开讲了——

"我把我走过的路复述一遍，你一步步地跟着我走，最后你自己就会看出，所有的事实都无可辩驳地指向一个人。首先是两个事实和一个小小的时间上的不一致，格外引起我的注意。第一个事实是电话。如果拉尔夫·佩顿确实是谋杀犯的话，那么打电话就变得毫无意义，而且是荒唐的做法。因此我断定拉尔夫·佩顿不是谋杀犯。

"我确信，电话不可能是屋里任何一个人打的，但同时我又确信我必须在当天晚上在场的人中间查找罪犯。因此我得出一个结论：电话肯定是一个同谋犯打来的。我对这一推论并不十分满意，也就暂时把它搁一下。

"接下来我对打电话的动机做了分析，但这很困难。我只能通过这一举动所导致的结果来判断，那就是——谋杀案会在当晚，而不是——完全可能——第二天早晨才会被发现。这一点你同意吗？"

"是的"，我承认道："同意。正如你所说的，艾克罗伊德先生已吩咐不准任何人去打搅他，因此那天晚上不大可能会有人进他的书房。"

"Tres bien（法语：很好），事情有进展，是吗？但问题依然很模糊。谋杀案当晚就被发现比第二天早晨发现,对罪犯有什么好处呢? 我得出的唯一答案就是:既然能够掌握发现案件的时间,那么就能确保罪犯在破门而入的同时或不管怎样一破门后就立即出现在现场。这一来,我们就面临着第二个事实——那把椅子被拉离墙壁。拉格兰侦探认为这事无关紧要,而我恰恰相反,一直把它看做无比重要。

"在你的手稿中,你画了一张小小的清晰的书房平面图。如果你这会儿带在身上的话,你就可以看到——椅子被拖出搁的位置,就是帕克指给我看的地方——正好位于门和窗子之间的直线上。"

"窗户!"我脱口而出。

"你的想法跟我最初的想法相同。我当初推测,把椅子拖出来是为了挡住与窗户有关联的某些东西,以免被进门的人看见。但我很快就否定了这个假设,因为虽然这张椅子是老式的,它的靠背很高,但它只能遮住一小部分窗子——遮住窗格和地面之间的那一部分。不,我的朋友——你应该记得,就在窗子前放着一张桌子,上面堆放着书本和杂志。于是,整张桌子都被拖出来的椅子遮住了——于是我立即产生了最早的模糊的对真相的怀疑。

"会不会是某些放在桌子上的东西不想被人看见? 那东西是凶手放在那儿的? 当时我一点都想像不出那会是

什么东西。但我确定有关那东西的某些非常有趣的事实。比如,这是一件罪犯作案后无法带走,同时又必须在案件被发现前尽快取走、至关重要的东西。于是,报案电话、尸体被发现时凶手有机会在场,就变得有意义了。

"警察到来前有四个人在现场:你本人、帕克、布伦特少校和雷蒙德先生。帕克我马上就排除了,因为不管谋杀案在什么时间被发现,他肯定都在。而且椅子被拖出来的事也是他告诉我的。这样帕克就被排除嫌疑了(只是对谋杀案而言,但我仍然认为敲诈弗拉尔斯太太的人可能是他)。然而雷蒙德和布伦特仍然是怀疑对象,因为如果谋杀案第二天早晨才被发现的话,很可能由于他们太晚抵达现场而无法避免留在圆桌上的东西被发现。

"那么那东西到底是什么呢?我对偷听到的对话片断的分析,你在今晚的会上都听到了吧?当我一得知口述录音机公司的推销员来过这里后,一个关于口述录音机的念头就顽固地在我的脑子里挥之不去。半小时前我在这个房间里说的那番话你听清楚了没有?他们都同意我的推理——但他们漏掉了一个至关紧要的事实。假定那天晚上艾克罗伊德是在使用口述录音机——那么为什么没见到口述录音机的踪影呢?"

"我从未想到过这一点。"我说。

"我们知道有一台口述录音机,已经送到了艾克罗伊德先生家中，但在他的财物中并没有发现这台机子。因此，如果有什么东西从桌子上被拿走的话，这东西不就很可能是口述录音机吗？但做这事相当难。当然，当时人们的注意力都集中在死者身上。我估计任何人都可能接近桌子而不被别人注意。但口述录音机有相当的体积——不可能随随便便地就塞进口袋。必须得有一个能够装得下的容器才行。

"你明白我的指向了吗？凶手的轮廓越来越清晰了。一个直接到达现场的人，但要是案件在第二天早晨才被发现他很可能不在场。一个带着装得下口述录音机的容器的人——"

我打断了他的话。

"为什么要把口述录音机拿走呢？那又有什么意义呢？"

"你跟雷蒙德先生一样，想当然地认为九点半听到的是艾克罗伊德先生对着口述录音机说话的声音。但你稍稍动脑筋想一下，这新发明的机器的用途。你对着它讲过话吗？过后，秘书或打字员打开它，你的声音就会从里面传出来。"

"你的意思是——"我倒吸了一口冷气说。

波洛点了点头。

"是的，我是这个意思。九点半的时候，艾克罗伊德已经死了,当时讲话的是口述录音机——而不是他。"

"是凶手打开了口述录音机,那么他当时肯定也在房间里?"

"有可能,但我们不排除使用机械装置的可能性——某种定时装置或直接就是一个闹钟。如果是这样的话,我们还得在对凶手的描绘中增加两个条件:凶手是一个知道艾克罗伊德先生买了一台口述录音机,并且了解所需的机械知识的人。

"推理至此,该轮到窗台上的脚印了。对我来说,有三点结论是明白的。

(1)这些脚印可能确实是拉尔夫·佩顿留下的。他那天晚上去过弗恩利大院,他很可能从窗子爬进书房,发现他的继父已经死了。这是一种假设。

(2)这些脚印有可能是另外一个鞋底恰好有同样饰钉的人留下的。但家里所有人的鞋底都是绉纱橡胶底的,而且我也不相信外人恰好也穿着跟拉尔夫·佩顿同样鞋底的鞋。至于查尔斯·肯特,我们从狗哨酒吧女招待那里得知,他穿的那双鞋已经破烂不堪,'有穿和没穿一个样'了。

(3)这些脚印是有人故意留的,好让拉尔夫·佩顿成为怀疑对象的。要想证明这最后一点结论,我们有必要澄清某些事实。警察在三只野猪旅馆弄到了一双拉尔夫的鞋。拉尔夫或其他任何人都不可能穿那双鞋,因为那双鞋一直擦得干干净净放在楼下。警察认为拉尔夫穿的是另一双同样的鞋。我发现他确实有两双同样的鞋。为了证明我的推理的正确性,就必须确定凶手那天晚上穿着拉尔夫的鞋,而拉尔夫一定是穿着他自己的第三双鞋。我很难相信他会带三双同样的鞋——这第三双鞋更有可能是靴子。为了弄清这一点我去询问了你姐姐——我特别强调了颜色——以掩盖我的真实目的。

"她的调查结果你是知道的,拉尔夫·佩顿的确随身带了一双靴子。他昨天早晨来我家时,我问他的第一个问题就是案发那天晚上他穿的是什么鞋,他不假思索地回答说他穿的是靴子——事实上当时他仍然穿在脚上——而并没有穿过其他鞋。

"这样我们对凶手的描绘又前进了一步——一个那天有机会从三只野猪旅馆拿到拉尔夫·佩顿鞋子的人。"

他停了一会儿,然后稍稍提高了嗓门说:"另外还有一点:这个凶手必须是一个有机会从银柜里偷到那把短剑的人。你可能会争辩说,屋里任何人都有机会这么做,但我提醒你一下,弗洛拉·艾克罗伊德非常肯定地证实,当她察看银柜时,那把剑已经不在了。"

他又停了一会儿。

"至此,一切都清楚了,让我们来概括一下。一个那天早些时候去过三只野猪旅馆的人;一个足够熟悉艾克罗伊德而知道他买了一台口述录音机的人;一个懂得机械原理的人;一个有机会在弗洛拉小姐到来之前从银柜拿走短剑的人;一个拿着装得下口述录音机的容器(比如一只黑包)的人;一个在帕克给警察打电话时能单独在书房里呆几分钟的人。事实上这个人就是——舍帕德医生!"[1]

4.阿加莎的《东方快车谋杀案》

雪夜,欧洲大地上,南斯拉夫境内,世界顶级的豪华列车——东方快车,被大雪困在半路上,动弹不得。就在旅客和乘务员都沉浸在梦乡里的时候,在加来车厢内,乘客之一、亿万富豪雷切特被人刺杀身亡。被害人身中十几刀,每一刀伤口的深浅、刺入的角度和力道各不相同;凶案发生前后有各种可疑的迹象,疑团重重,十分蹊跷。

侦探经过调查后列出问题:

(1)有起首字母 H 的手帕。是谁的?

(2)烟斗通条。是不是阿巴思诺特上校丢失的?或是其他人?

(3)谁穿鲜红色的睡衣?

---

[1] Agathar Christie: *The Murder of Roger Ackroyd*. Foreign Languages Press, Beijing, 1998. P224~229.

(4) 谁是那个把自己伪装成列车员的男人或女人？
(5) 为什么表针会指到一点一刻？
(6) 谋杀发生在那个时间吗？
(7) 还是比那时早些？
(8) 还是迟些？
(9) 我们能确信，戳死雷切特的人不止一个吗？
(10) 对他身上的刀伤还有其他解释吗？①

同处加来车厢内的乘客，无论是美国商人、俄国贵族、英国军官，还是被害人的秘书、瑞典护士、英国家庭教师、身份不明的意大利人，包括列车员，都与被害人有直接和间接的关联。

于是，波洛让临时组成的专案组的召集人、美国侦探哈特曼将人们集合到餐车——

所有的旅客都拥入餐车，围着桌子坐定。他们的面部表情多少都有点相似——混合着期待和担忧。那个瑞典女人还在哭哭啼啼，哈伯德太太正在安慰她。

"我说，你必须克制住自己，亲爱的。一切都会完全好

---

① Agathar Christie: *Murder On the Orient Express*, Pocket Books, U.S.A, 1940. P198.

起来的。你可不能让自己失态。如果那卑鄙的凶手就在我们中间,我们大伙都清楚,那不会是你。哎,只要一想起这事,任何人都会发狂的。你就这么坐着,我就呆在你身边。什么也别怕。"

波洛站起来,她就不作声了。

列车员在门口徘徊。

"我可以待在这儿吗,先生?"

"当然可以,米歇尔。"

波洛清了清嗓子。

"先生们,女士们:既然大家都懂一点英语,我就用英语讲吧。我们来探究一下塞缪尔·爱德华·雷切特——化名凯赛梯——之死。对这个案件,有两个可能的结论。我将把这两个结论都摆在你们面前,并请求鲍克先生和康斯坦丁大夫来裁定,哪一个是正确的。

"你们大家都已了解本案的事实。今天早晨,雷切特先生被发现被刺身亡。

"我们知道昨晚十二点三十七分他还活着,因为当时他在包厢门内跟列车员讲过话。在他的睡衣口袋里,发现一块被敲瘪的表,表针停在一点过一刻。康斯坦丁大夫检查尸体后,推断死亡发生在午夜十二点至凌晨两点之间。正如大家所知道的那样,晚上十二点半时,列车撞入雪堆之中,从那以后,任何人要离开列车,都是不可能的。

"哈特曼先生,是纽约侦探所的侦探(有几个人转头向哈特曼先生望去)。他的证词表明,没有任何人能够经过他的包厢(车厢尽头的十六号铺)而不被他发现的。因此,我们不得不得出这样一个结论:凶手就在这个特定的车厢——伊斯坦布尔—加来车厢的乘客中间。

"我可以说,这就是我们的推论。"

"是吗?"鲍克先生吃惊地喊出了声。

"然而,我将把另一个推论告诉你们,这是很简单的。雷切特先生有一个一直让他害怕的仇敌。他向哈特曼先生描述了这个仇敌的模样并且告诉他,假如对方对自己下手的话,很可能会在列车离开伊斯坦布尔后的第二天夜里。

"现在,我告诉你们,女士们,先生们,雷切特先生有许多事瞒着没有说。这个仇敌,正如雷切特预见的那样,在贝尔格莱德,或许在明科弗契上了车。阿巴思诺特上校和麦克昆先生下车到月台上时,所开的门都没有关,他就溜上车了。有人给了他一套列车员制服,他把它套在自己的衣服外面;同时还给了他一把万能钥匙以便雷切特的包厢锁上时能够开门进去。而雷切特由于安眠药的作用,已经睡熟了。这个人残忍地戳了雷切特十二刀,然后穿过连接哈伯德太太包厢的门逃了出去——"

"正是这样。"哈伯德太太点着头说。

"他将那把刚用过的匕首,在路过哈伯德太太的包厢时顺手塞进她的旅行手提包。但他没发现自己掉了一颗制服纽扣。然后,他溜出包厢,穿过过道。他匆匆把制服塞进一个空着的包厢内的手提箱里。几分钟后,身着普通衣服的他,在列车即将开动之前,仍从餐车附近的门——他来时的门——下了车。"

所有的人都屏住气息。

"那块表,怎么解释呢?"哈特曼问道。

"你们将会得到对整个案件的解释。雷切特先生应该在察里布罗特就把表拨慢一个钟头,所以他的表仍旧是东欧时间,比中欧时间要早一个钟头。因此,雷切特先生遇刺的时间是十二点一刻——而不是一点一刻。"

"可这样的解释是荒唐的!"鲍克先生喊道:"一点差二十三分,他包厢里传出来的说话声音又是怎么回事?那声音要么是雷切特的——要嘛就是凶手的。"

"未必如此。它可能——嗯——是第三个人的。这个人走进雷切特的包厢,想跟他说话,却发现他已经死了。他立即按铃叫列车员,然后,正如你所提到的,他一想苗头不对——他怕被指控谋杀,就学雷切特的声音说起话来。"

"这倒有可能。"鲍克先生嘟嚷着,勉强表示同意。

波洛看了看哈伯德太太。

"啊,夫人,你是想说——?"

"是的,可我不太清楚我要说些什么。你是不是认为我也忘了把表拨回来了?"

"不,夫人。我想,你是听到这个人走过你的房间的动静——当然,你的意识并不清楚。后来,你做了个梦,梦见一个男人闯入你的包厢,你惊醒了,就按铃叫列车员。"

"呃,我想,可能是这样。"哈伯德太太承认了。

德雷哥米洛夫公爵夫人不客气地看了波洛一眼。

"你怎么解释我那女佣人的证词,先生?"

"很简单,夫人。你的女佣人认出了我拿给她看的手帕是你的。她想掩护你,可不那么高明。她确实碰到过一个男人——但要早些——是列车停靠在明科弗契站时。她故意说她是那以后的某个时间见到他的,想含含糊糊地为你提供一个不在现场证明。"

公爵夫人俯首致意。

"你什么都想到了——先生——我,我佩服你。"

餐车里一片沉默。

突然,康斯坦丁大夫捶了桌子一拳,所有人都吓了一跳。

"可是不对",他说:"不对,不对,还是不对!这样的解释是站不住脚的,在许多小问题上有漏洞。谋杀肯定不是这样实施的——这一点波洛先生完全清楚才是。"

波洛转过头来,诧异地看了他一眼。

"没错",他说:"这不,我还要给你们我的第二个结论呢。可是别轻易抛弃这一个。也许你们以后还会接受它的。"

他回转身,面对其他人,说:"此案还有另一个可能的结论。现在我来告诉你们,这第二个结论我是怎么得出来的。

"听了所有的证词后,我往椅背上一靠,闭上双眼,开始思考。一些要点摆在我面前,引起我的注意。我把它们一一列举给我的两个同事。其中有些我已经解释过了——比如,护照上的油迹等等。我将简要地指出剩下的几点。第一点,同时也是最重要的一点——就是对我的一句提示,那是鲍克先生在列车离开伊斯坦布尔的第一天,在餐车里吃中饭时说的——说的是聚集在这儿的一伙人很有趣,因为他们是如此的不同,代表不同的阶层和来自不同的国家。

"我同意他的看法。然而,一想到这个特别的现象,我就设想过,这样一伙人在任何其他情况下,是否有可能聚集在一起。我给自己的回答是——只有在美国。只有在美国,一个家才可能由来自这么多不同国家的人组成——一个意大利司机,一个英国家庭女教师,一个瑞典护士,一个德国女佣,等等。我的'揣测'方案就是由此而产生的——也就是说,在很大程度上,像一个导演选派角色那样,确定各人在阿姆斯特朗这出戏中所扮演的特定的角色。由此，我得出了特别有意思并且满意的结论。

"而且，我用心检验各人的证词，也得出了一些奇怪的结果。就拿第一份证词，那是麦克昆先生的来说吧。跟他的第一次交谈，我感到非常满意。然而，第二次他说了一句相当奇怪的话，我告诉他我们发现了一张字条，里头提到阿姆斯特朗案件。他说：'但是，可以肯定——'然后他停了停，接着又说：'我是说——那老头儿是相当粗心的。'

"于是，我感觉到这不是他原来打算说的话。假设，他原来打算说的是：'但是，可以肯定，信已经烧毁了呀！'由此可见麦克昆肯定知道这字条以及字条已经被人烧毁了——换句话说，他不是凶手就是凶手的同伙。妙啊。

"再来，是那位男佣人。他说，他的主人乘火车旅行时，习惯于睡觉前服一片安眠药。这有可能是真的。然而，雷切特昨晚服药了吗？他枕下的自动手枪揭穿了他的谎言。昨晚，雷切特原打算要通宵防备的。可以肯定，无论他是如何被麻醉的，都是在他不知情的情况下干的。谁干的呢？显然，不是麦克昆就是男佣。

"现在，我们再来看看哈特曼先生的证词。我完全相信他自己所介绍的身份的真实性。然而，当说到他用以保护雷切特先生的实际手段时，他的故事就显得荒唐了。保护雷切特唯一的有效的办法，是同他一起在他的包厢里过夜，或者待在能够看到包厢门的地方。他的证词能清楚表明的唯一的一点是：列车上其他车厢的任何人都没有谋杀雷切特的可能。圈子已明显地缩小到伊斯坦布尔—加来车厢。这一点在我看来，是相当奇怪而难以解释的。于是我就把它搁在一边，慢慢思考。

"你们大概都知道，我曾经碰巧听到德贝汉小姐和阿巴思诺特上校的对话。我感到有意思的是他叫她玛丽，并且显然与她相当亲密。而我们所知道的是，上校仅仅是在几天之前才认识她的。我了解上校这种类型的英国人——即使他对一位年轻姑娘一见钟情，他还是会慢慢地,不失礼节地向她示好——而不会仓促鲁莽。因此，我可以下此结论：阿巴思诺特上校和德贝汉小姐，实际上早就彼此熟悉，只是由于某种原因，才假装成陌生人的。另外，还有一个细节，就是德贝汉小姐习惯用'长途电话'这个词。然而，她却告诉我，她从来也没有到过美国。

"再来看另一个证人。哈伯德太太告诉我们，躺在床上，她看不见通向雷切特包厢的门闩上与否。因此，她请奥尔逊太太帮她看。假如她的包厢号码是二、四、十二或是任何双号，那么她所说的完全是事实，因为双号房门的插销位于门把手的正下方——单号房，比如3号包厢就不同了，插销位于把手的上方较高处，因此，根本不可能被旅行手提包遮住。于是我不得不得出如下结论：哈伯德太太凭空捏造了一个从来没有发生过的事件。

"说到这儿,我再就时间问题讲几句。依我看,关于那块敲瘪了的表,真正有意思的是它被发现的地方——雷切特的睡衣口袋里,一个非常不舒服和不适宜放表的地方,况且,就在床头上,还有个'钩',专门用来挂表。因此,我确信,那块表是有意放进口袋的,是伪装。可见,谋杀肯定不是发生在一点一刻。

"那么,是更早时发生的吗?确切点儿,是一点差二十三分吗?我的朋友鲍克先生倾向于此,并将我正是被那时的大声呼喊所惊醒的这一事实,来作为证据。然而,既然雷切特被深施麻药,他就不可能喊出声来。假如他能呼喊,他就有能力搏斗,进行自卫。但是,没有任何这种搏斗的迹象。

"我记得,麦克昆曾经不止一次,而是两次(第二次是以不容辩驳的态度)提醒人们注意,雷切特不会讲法语。我得出一个结论,一点差二十三分时所发生的整个事件是一出专门为我演出的喜剧!任何人都有可能识破那个表所造成的假象,这在侦探故事中是屡见不鲜的。他们估计,我不会被这一假象所蒙蔽,但凭着对自己的聪明的自信,我会认为,既然雷切特不会讲法语,那么,我一点差二十三分时听到的那个声音,一定不是他的,由此断定那时雷切特已经死了。然而,我认定,一点差二十三分时,雷切特由于麻醉的作用正处于熟睡状态。

"可是,这个计谋竟然成功了!果真,我打开门,往外看了看。我确实是听到有人说法语,假如我是那么令人不可置信地愚笨,以至于没有意识到那些话的意义,就必须引起我的关注。必要的话,麦克昆先生可以站出来,他会说:'对不起,波洛先生,那不是雷切特在说话,他不会讲法语。'

"那么,真正的作案时间是几点呢?是谁杀了他呢?

"根据我的看法,仅仅是一种看法,雷切特是在将近两点时被杀的,也就是大夫所给的时间界限的下限。

"至于谁杀了他——"

他停顿了一下,看了看他的听众。他无法抱怨有谁不够聚精会神。每一双眼睛都紧盯着他。寂静中,连一根针落在地上的声音你都能听见。

接着,他又慢条斯理地说:"特别使我惊讶的是,我要把谋杀归罪于列车上的某一个人,极其困难。而且,奇怪的巧合在于,每一个人的不在现场证明,都是我所形容的"不像"的人做出的。你们看,麦克昆先生和阿巴思诺特上校互相提供了对方的不在现场证明——而这两个人看起来,根本不像事先相识的。同样的情况,发生在英国男佣人和意大利人,瑞典女人和英国姑娘之间。由此我对自己说:'这是异乎寻常的——他们不可能全都合谋!'

"忽然,先生们,我看到光明。他们是合谋!因为,这么多与阿姆斯特朗家有关系的人，同乘一趟车旅行，这种巧合非但不合乎情理，而且是不可能的。这不是偶然的，而是事先策划的。我记得阿巴思诺特上校提到过的，有关陪审团裁决的话。一个陪审团由十二个人组成的——车上有十二位旅客——雷切特被戳了十二刀。于是，一直使我困惑的疑团——一伙不寻常的人，在一年中旅行的淡季，同乘伊斯坦布尔——加来车厢旅行——被解开了。"

"雷切特逃脱了美国的审判。他有罪，这是毫无疑问的。我隐约看到了一个私下组成的十二人的陪审团，宣判了雷切特的死刑，而且，由于情况紧急，他们不得不自己担任了行刑队的角色。根据这一假设，整个案子马上就真相大白了。

"我把它看作一幅完美的拼图，各人都扮演他（或她）所分配到的角色。它是这样安排的，一旦怀疑落到谁的头上，就会有其他人来提供证据证词为其开脱，并把局面搅乱。而哈特曼的证词，在怀疑凶手是外来人，而又无法提供不在现场证明时，是必要的。这样，伊斯坦布尔——加来车厢的乘客就安全过关了。所有证词的每个细节都是事先设计好的。整个设计就像一副安排得非常巧妙的七巧板。每加一片新的，就对破案增添了一分困难。正如我朋友鲍克先生说的那样，这个案子如此异乎寻常，令人难以置信！这正好是他们所指望达到的效果。

"这个结论可以解释一切吗？我说，当然可以。伤口的特点——每一刀都是由不同的人戳的。伪造的恐吓信——目的只是为了作个证据（毫无疑问，一定真有恐吓信，用来警告雷切特小心点，信被麦克昆烧毁了，并用假信调了包）。然后，哈特曼被雷切特召去的故事，则是彻头彻尾的谎言。至于对那个'小个子，黑脸膛，说话像女人'的神秘人物的描述——这样描述很管用，因为，它不会牵连到任何一个真正的列车员，而且，可以是男也可以是女。

"用刀刺，这个主意，最初看来是古怪的。然而，仔细想想，就会明白这是最合适的。匕首是每个人——无论强壮还是体弱的——都会使用的武器，而且不会弄出声音。我想象，尽管这种想像可能是错的，十二个人轮流通过哈伯德太太的包厢，走进雷切特黑咕隆咚的包厢——用力一戳！究竟哪一刀是致命的，他们自己根本不知道。

"雷切特可能已在枕头上发现的那最后一封信，已经被人小心地烧毁了。既然有关阿姆斯特朗案件的线索一条也没留下，那么，就压根儿没有理由怀疑车上的任何一个旅客了。于是，就顺理成章地认为是外来人作案。而那个'小个子，黑脸膛，说话像女人的男人'，就会被一个或更多旅客看见过，而且还看到他在布罗特下了车！

"我无法确切推断，当这些阴谋者发现由于列车事故而无法实施这一部分计划时，他们打算如何应对。我想象，他们紧急商议，决定立即下手。这样的话，至少一个，甚至可能所有的旅客，必然会受到怀疑，但这一可能性早就在预计之中，而且已经有所准备。唯一的补救方法是把一切搅得更乱。于是，在死者的包厢里故意留下了两条所谓的线索——第一条使阿巴思诺特上校陷入嫌疑（他的不在现场证明最充分，而且他与阿姆斯特朗家的关系也最难证实）；第二条线索，就是那块手帕，使得德雷哥米洛夫公爵夫人有了嫌疑，而她的社会地位，她的孱弱的身体，以及她的女佣人和列车员为她提供的不在现场证明，则可以使她完全解脱。为了更进一步地把事情搞乱，他们又节外生枝，捏造了一个身穿鲜红色睡衣的神秘女人。我再次被安排为这个女人的存在作证。当时，有人在我房门上用力敲了一下，我从床上跳起来，朝门外望去——看到一个穿鲜红色睡衣的身影在远处消失了。他们谨慎地选择了列车员、德贝汉小姐和麦克昆提供见过此人的佐证。当我在餐车与人交谈时，有个人，我想，一定是个富有幽默感的人，竟然用心良苦地把那件鲜红色的睡衣放在我的箱子的最上层。这件睡衣原先是从哪里来的，我可不知道。我怀疑这是安德烈伯爵夫人的，因为，她的行李里只有一件雪纺绸的长睡衣，做得那么精致，不像睡衣，倒像是茶服。

"当麦克昆首先获悉，那封如此小心烧毁的信，竟然还有一点没烧完，而且正好留有阿姆斯特朗这个字的时候，他肯定马上去通知其他人。此时安德烈伯爵夫人就有危险了。她的丈夫立即采取措施,涂改护照。这是他们的第二次遇险。

"他们统一口径,完全否定和阿姆斯特朗家有任何关系。他们知道,我不可能马上了解真相;他们不相信我能够发现端倪,除非我怀疑到某个特定人物。

"现在,还有一点值得我们思考。假如我对本案的推论是正确的——我相信,一定是正确的——那么列车员显然也参与了这一阴谋。但是,这么一来,凶手是十三个,而不是十二个。不同于'这么多人中,有一个人是有罪的'这一惯例的是,这十三个人中,只有一个是无辜的。这个人是谁呢?

"我得出一个非常奇怪的结论,即,未参与谋杀的人,一定是被认为最有可能动手的人。我指的是安德烈伯爵夫人。她丈夫以名誉担保,庄严地向我发誓,那天晚上,他的妻子一步也没有走出过她的包厢,他的诚恳使我释然。因此我断定,安德烈伯爵顶替了他的妻子的位置,参与其中。

"假如是这样的话,皮埃尔·米歇尔肯定是十二人中的一个。可是,怎么理解他成了同谋呢?他是一个正派人,已在铁路公司服务多年——并不是那种被收买而充当帮凶的人。因此皮埃尔·米歇尔必定和阿姆斯特朗案件有牵连。可这看起来可能性非常小。接着,我记起来,那个死了的保姆是个法国姑娘。假如这位不幸的姑娘是皮埃尔·米歇尔的女儿,那么一切就可得到解释了——包括谋杀地点是怎么选择的。还有谁,在这出戏中所扮演的角色还不够清晰呢?我推测阿巴思诺特上校是阿姆斯特朗家的朋友。他们可能一起度过整个战争时期。女佣人,希尔德加德·施密特,我能推测出她在阿姆斯特朗家的地位,也许我过于迷恋美食,但我能够凭直觉判断出一个好厨师。我给她设了个圈套——她上当了。我说,我知道她是个好厨娘。她回答说:'是的。我所有的女主人都这样说。'然而,假如你被雇用作女佣人,你的主人难得有机会了解你是否是个好厨娘。

"下面,再来谈谈哈特曼,他看起来肯定不是阿姆斯特朗家里的人。我只好猜测他和那个法国姑娘是恋人。我和他谈到外国女人的魅力——他的反应不出我的意料,他的眼睛突然溢满泪水,他连忙假装是白雪过于耀眼所致。

"最后,剩下哈伯德太太。哈伯德太太,请允许我说,在这出戏中,扮演着最重要的角色。由于住在雷切特的隔壁,她的嫌疑是最大的。一般情况下她根本无法提供不在现场证明。若要演好她的角色——一个毫不做作的、略微可笑的美国慈母——非得是一个艺术家不可。而的确有一个艺术家与阿姆斯特朗家有关系——阿姆斯特朗太太的母亲——琳达·阿登,是个女演员……"

他停住了。

于是,哈伯德太太开了口,她的声音柔和、深沉,跟她在旅行途中的声音完全不像:"我总是想象我演的是喜剧。"

她继续往下说,还是那么柔和:"旅行手提包的疏忽是可笑的。这表明,演练必须到位。我们是演练过——我想,那时我是在双号包房。我根本没想到插销的位置会有不同。"

她略微移动了一下,直视着波洛:"你知道了所有一切,波洛先生。你是个非常了不起的人。可是,你仍然无法想象当时的情形——纽约那可怕的一天。我悲痛欲绝,佣人们也一样。阿巴思诺特上校也在那儿。他是约翰·阿姆斯特朗最好的朋友。"

"战时,他曾救了我的命。"阿巴思诺特上校说。

"当时当场,我们大家就决定(也许我们是疯了——我不知道)——凯赛梯逃脱的死刑,以后必须执行。我们有十二个人——或者说是十一个人——苏珊的父亲当然远在法国。起初我们想,我们应该抽签来决定谁去执行。但是,最后,我们决定采用现在这个办法。这是司机安东尼奥建议的。玛丽和赫克托·麦克昆过后设计出了所有细节。他始终敬慕索妮亚——我的女儿——是他,向我们确切地说明凯赛梯的钱是怎么使他得以逃脱惩罚的。

"我们用了很长的时间,来完善我们的计划。我们首先跟踪雷切特。由哈特曼跟上了他。于是,我们必须设法让马斯特曼和赫克托被他雇用——或者至少是他们中的一个。结果,我们做到了。然后,我们和苏珊的父亲商量。阿巴思诺特上校很喜欢十二人执行计划。他觉得这样更符合程序。他很不喜欢用刀,但他同意这样做的确能解决大部分难题。再说,苏珊的父亲也愿意。苏珊是他的独生女。我们从赫克托处获悉,雷切特迟早要乘东方快车从东方回来。由于皮埃尔·米歇尔实际上已经在跑那趟车,真是天赐良机,决不能错过。而且,这样做还不至于连累外人。

"我女婿当然也得知情。他坚持要上车和她同行。赫克托想方设法,使雷切特选了这么一个启程的日子——那天是米歇尔当班。我们本应包下伊斯坦布尔——加来车厢上的所有铺位,可不幸的是有一个铺位早就被人订走了。它是保留给公司董事的,名为"哈里斯先生",当然是化名,但是,任何陌生人和赫克托同住一个包厢都是尴尬的。然后,临开车之前,你来了……"

她稍停了片刻。

"好啦",她说:"你什么都知道了,波洛先生,你打算怎么办呢?如果整个事情必须公布出去,你能不能把一切都归咎于我,帐只算在我一人头上?我恨不得一个人就戳了他十二刀,这并非仅仅是因为他要对我的女儿以及我的外孙女儿以及其他的小孩子的惨死负责,若不是他,他们都还快乐地活着。而且在黛西之前,还有其他的小孩子被绑架,之后可能还会有。社会已经宣判过他死刑:我们只不过是执行判决而已。然而没有必要将所有这些人都牵连进来。所有这些善良忠诚的人儿——可怜的米歇尔——玛丽和阿巴思诺特上校——他们是那么的相亲相爱……"

她那深沉而充满感情、动人心魄的声音——曾经深深打动无数纽约观众的声音,奇妙地回响在挤满了人的餐车里。

波洛看了看他的朋友。

"你是公司的董事,鲍克先生",他说:"你有什么要说的?"

鲍克清了清嗓子。

"依我之见,波洛先生,"他说,"你提出的第一个推论是正确的——非常正确。我建议,南斯拉夫警察到来时,这就是我们能够提供的结论。大夫,你同意吗?"

"我当然同意。"康斯坦丁大夫说。"至于医学方面的证据,我想——呃——我可以提供一两个特殊的意见。"

"那么",波洛说:"由于结论都已经摆在你们面前,我可以荣幸地告退了。"[①]

---

① Agathar Christie: *Murder On The Orient Express*. Pocket Books, New York, 1940. P241~256.

5.范·戴恩的《龙谋杀案》

纽约郊外的豪宅斯泰姆庄园举办周末派对,人们喝得醉醺醺之际,有人提议下水游泳,于是大伙在花园中的天然泳池边换上泳衣,宾客莫达戈率先走上跳板,跃入池中,再没有浮上来……

泳池对岸是个断崖,几乎有一百英尺高。池的前端,有个很大的过滤器,很难爬上去,也在聚光灯照射的范围内,池边的客人都能看到。泳池的后端则是一堵混凝土拦水坝,坝堤后方全是石壁,与拦水坝约有二十英尺的落差。没有人会为了这一小小的刺激而去跳水坝吧!跳板在泳池靠近房子的这一侧,有个护堤壁,人能爬上来,聚光灯也能射到那里,人应该不会从那里上来。

感觉不对劲后,在场的几个人连忙跳进池中潜水搜寻,但一无所获。豪宅的主人斯泰姆因醉酒而在房内昏迷不醒,差一点儿命归西天。警察费尽九牛二虎之力,莫达戈仍然是生不见人死不见尸,最后,警方一不做二不休,干脆将偌大的天然泳池——卧龙池的水彻底抽干,结果还是什么也没有。于是各种关于龙在水中作怪的传言不胫而走,豪宅笼罩在惊恐的疑云之中。侦探万斯和警官在勘察卧龙池池底复杂的地形时发现类似龙爪的印迹,似乎在印证着龙的恐怖传说。接着,莫达戈残破的尸体终于在卧龙池附近的山崖溶洞里被找到,胸膛上有三道爪印般的伤口。次晨,宾客、股票经纪人格瑞弗失踪了,万斯闻讯，经过一番思索，随即带人直奔那个藏尸的溶洞。

　　溶洞的深处躺着格瑞弗的尸体，他的躯体扭曲，好像从高处被扔进这狭窄的石洞——跟莫达戈一样。他头部左侧有个裂开的口子，颈部有黑色淤血；身上的西装被撕开，露出胸膛，上面有三道长而深的伤口，好像龙用巨爪抓出来的。

　　侦探破开紧挨着庄园的墓园中的棺木，找到潜水装备和制造"龙爪"的工具。庄园里，突然发生山体滑坡，正在指挥工人清除危险岩石的主人斯泰姆躲避不及，被崩塌的巨石压死。目睹主人惨死这可怕的一幕，有人竟然喃喃说出："仁慈的死神"这样的话来！更让人匪夷所思的是，侦探万斯还应和了一句："仁慈——而且公正。"

　　为什么呢？且听万斯慢慢表来——

　　　　8月13日，星期一，晚上10点

　　那天深夜，马克、凯奇和我一起跟万斯坐在他的屋顶花园，喝着香槟，抽着烟。

　　在斯泰姆死了之后，我们在斯泰姆庄园逗留了一小段时间。凯奇则继续在落实一些细节，准备结案。池水再度被抽干，斯泰姆的尸体从巨石下被移出。尸体残破，难以辨认。在斯泰姆小姐的协助下，里兰德负责处理一应善后事宜。

　　我们三人的晚餐一直吃到10点，稍后凯奇警官也赶过来。天气仍然闷热难耐,万斯开了一瓶1904年的波罗格香槟。

"令人匪夷所思的案子",万斯感叹着,懒散地坐回他的椅子:"匪夷所思——不过仍然简单、条理清楚。"

"看上去是这样",马克回道:"不过对我而言,有很多细节仍然弄不明白。"

"啊,一旦基本构图被确定",万斯说道:"不同形状和各种颜色的马赛克便会自动归位。"

他喝掉手上的香槟。

"对斯泰姆来说,策划和实施第一件谋杀案,一点儿也不难。他安排了几个与被害人有过节的客人来参加家庭聚会,如果莫达戈的失踪被怀疑犯罪,嫌疑就会落到他们头上。斯泰姆知道他的客人会去卧龙池游泳,而争强好胜的莫达戈也一定会抢着第一个跳下水去。他刻意鼓励大伙猛喝一气,而他自己也假装喝过了量。事实上,也许除了里兰德和斯泰姆小姐,他可能是唯一没有喝酒的。"

"可是万斯……"

"噢,我知道。他给人已经灌了一整天酒的印象。那不过是他计划的一部分而已。当客人们都到屋外去游泳时,那可能是斯泰姆这辈子最清醒的时刻了。整个晚上他都坐在书房的长沙发上,偷偷摸摸地把杯里的酒都倒在一旁的橡胶树盆栽里了。"

马克猛地抬起头来。

"这就是为什么你对那花盆里的土如此感兴趣的原因?"

"没错,斯泰姆可能往盆子里倒了两夸脱的威士忌。我用手指蘸了一些土,发现里面尽是酒精。"

"不过霍尔德医师的报告……"

"哦,在医生检查斯泰姆的时候,他的确是烂醉如泥。你还记得就在其他人要去泳池之前,斯泰姆要切诺再给他一夸脱的苏格兰威士忌吗?当他杀了莫达戈,回到书房后,不用说他一定把整瓶酒都给灌了下去。所以当里兰德发现他时,他的确是醉得不省人事。这样一来,整个演出就十分逼真了。"

万斯把香槟从冰筒里拿了出来,又给自己倒了一杯。轻啜几口后,他又坐回椅子里。

他继续说:"斯泰姆需要做的,是事先把他的潜水服及铁耙藏在车库里的车上。然后,假装烂醉如泥,等到所有人都去了泳池后,他立刻起身冲到车库,开车经过——不如说滑过——东路,来到水泥小径。接着他直接将潜水衣套在晚礼服外,接好氧气筒——只花了几分钟时间。然后他把木板放好,走下泳池。他料定莫达戈会第一个跳水,而且他很容易地选定莫达戈入水后所抵达之处。斯泰姆带着铁耙,它能让他从任何方向致人于死地。池水相当清澈,池畔的聚光灯也使他能很清楚地看到莫达戈。对斯泰姆这种经验丰富的潜水员来说,在水里实施谋杀计划轻而易举。"

万斯轻轻地做了个手势。

"水底下发生了什么事实在是再清楚不过了。莫达戈跳下水之后,站在池底正对着深沟的缓坡上的斯泰姆,一下就用铁耙把莫达戈钩了过去——这解释了莫达戈胸口上的伤。我判断,跳水的冲力让莫达戈的头猛烈地撞上斯泰姆头盔上的氧气筒,头骨撞裂了。在被害人惊骇而且可能失去知觉的情况下,斯泰姆在水下扼住他的喉咙直至不再动弹。不费多少力气,斯泰姆就将他拖上岸,塞进车里。然后将木板归位,脱下潜水服塞进墓穴的古老棺材中,开车到了溶洞,将莫达戈的尸体扔了进去。被粗暴地扔进溶洞的过程中,莫达戈身上又断了几根骨头,而他脚上的擦伤无疑是被斯泰姆拖过水泥路到泊车处时弄的。过后斯泰姆将车开回车库,悄悄回到书房,这才把那一考脱威士忌灌了下去。"

万斯长长地吸了一口烟,缓缓地把烟雾吐出来。

"这就有了近乎完美的不在现场证明。"

"不过如果我们考虑时间的因素,万斯……"马克开口了。

"斯泰姆的时间足够。大家都换好泳衣至少要一刻钟,这是斯泰姆所需时间——开车滑下小山、换上潜水服、放置木板、潜入水中埋伏——的两倍。而且,之后斯泰姆放回木板、藏好潜水衣、弃尸溶洞、返回屋内所花的时间也最多就十五分钟。"

"不过他是在铤而走险。"马克肯定地说。

"正好相反,他不用冒险。如果他的计划顺利进行的话,那他这计谋将永远不会曝光。斯泰姆有足够的时间,必要的装备,而且几乎不可能有目击者。万一莫达戈不像往常一样跳进泳池,那只是推迟谋杀行动而已。他最多从泳池里钻出来,回到屋里去,再寻找机会罢了。"

万斯叹息地皱着眉,懒洋洋地转向马克。

"可惜,他机关算尽,却有一个致命的纰漏",万斯说:"斯泰姆太小心了——他不敢放胆一搏,因此他预留后路。就像我先前指出的,在安排家庭聚会时,斯泰姆邀请了几个与莫达戈有过节的客人,以便东窗事发时引开警方的怀疑。不过他却因此忽略了一件事实,那就是:这些人当中,有人擅长潜水并了解斯泰姆在热带地区的水下经历,一旦尸体被发现,就有可能猜出个端倪……"

"你的意思是",马克问:"你认为里兰德打从一开始就识破了斯泰姆的计谋吗?"

"没错",万斯回答:"当莫达戈没能浮出水面时,里兰德便十分怀疑是斯泰姆干的好事。里兰德自然进退两难:一方面是法律和正义;另一方面,是他对伯妮丝的爱。叫我说,这是怎样的困境啊!里兰德的解脱方式是打电话报案,坚持让警方来对这事展开调查,同时,他既不指控自己所爱女人的哥哥,也未对警察露出口风。不过诚实的他却也无法对于这样的罪行视而不见。今天下午,当我告诉里兰德我已经发现事实真相时,他是真的大大松了一口气。在这之前他实在是备受煎熬啊。"

"你想还有别人怀疑到斯泰姆吗?"马克问。

"噢,是的。伯妮丝也怀疑她哥哥——里兰德本人今天下午就是这么告诉我们的。这就是为什么当凯奇警官第一次看到她时,觉得她对莫达戈的失踪并不显得特别在意的原因。我可以肯定戴特尔也猜到了真相——别忘了,他曾随同斯泰姆到科尔克岛探险,也熟悉潜水装备的使用,但由于事件的发生显得太不可思议,即便有怀疑,也无法予以证实,因此他选择了沉默。而曾经帮助斯泰姆准备探险装备的格瑞弗,也毫无疑问地明白在莫达戈身上发生了什么事。"

"其他人也是如此吗?"马克又追问道。

"不,我认为艾克娜夫人和露比·斯蒂尔毫不知情,但我想,她们觉得事情不对头。斯蒂尔很喜欢莫达戈,这就是她们之间针锋相对的原因。而且她嫉妒伯妮丝及艾克娜。当莫达戈失踪时,她一定认定凶多吉少。因此她指控里兰德,她恨里兰德,是由于对方的傲慢。"

万斯停了一会儿又接着说:"在这个事件中,艾克娜夫人的心态是有些微妙的。我怀疑她本人都闹不明白自己的感受。毫无疑问,她也想到了谋杀的可能性。虽然莫达戈的失踪正中她的下怀,我想她还是颇念旧情的。这也就是为什么她告诉我们格瑞弗和里兰德有重大嫌疑的原因——那两个人是她所讨厌的。她在泳池边的尖叫完全是本能的反应,而稍后她的漠然,则是理智凌驾感情的表现。当我告诉她卧龙池传来扑通声时,她的直觉告诉她莫达戈一定出事了,对恐怖事件的想象使她反应强烈。女人的柔情又占了上风,马克。"

有好一阵子都没人说话。然后,似乎沉浸在对自己思路的梳理之中的马克,用几乎听不到的声音说道:"那么,里兰德、格瑞弗及伯妮丝听到的汽车发动声当然是斯泰姆发出的。"

"毫无疑问",万斯回答:"时间完全吻合。"

马克点头,他紧皱的眉宇间透着疑虑。

"可是",他又说道:"还有那个名叫布鲁特的女人所写的字条呢?"

"马克!这个女人根本不存在。斯泰姆捏造出这么一个艾伦·布鲁特是来解释莫达戈的失踪的。他希望整件事情看起来就像是单纯的私奔,好让这件事就此烟消云散。他亲笔写下这张约会字条,在他从泳池回来后放入莫达戈的口袋里。你还记得是斯泰姆打开衣柜门,引导我们找到它的吧。这是漂亮的招数。而东路上的引擎声则正好歪打正着,为这一假象提供了佐证,这连他自己也没有想到。"

"难怪我的手下找不到这女人的行踪。"警官嘟囔道。

马克盯着他的雪茄,沉浸在思考之中。

"我能了解他编造布鲁特这女人的用心",他最后终于开口:"不过你怎么解释斯泰姆夫人神秘精确的预言能力呢?"

万斯温和地笑着。

"哪有什么预言,马克",他回道,声音里带着一抹悲哀:"它们都是建立在对事实充分了解的基础上的。这些所谓的预言更多地应当说是一个老女人为了保护儿子所做的可怜尝试。她实际上从窗户没有看到什么,但她起了疑心。她所说的,几乎都是精心编出来误导我们的。"

万斯再度深深地吸了口烟。眼光漫过树梢,凝视远方。

"大多数她告诉我们有关龙的事都是她信口编造的。虽然对池里有龙的幻觉确实占据她脆弱的心灵,而且坚信龙的存在,也使她为掩饰斯泰姆罪行找到借口。虽然我们不晓得她从窗户到底看到什么,但我个人认为,斯泰姆夫人直觉地嗅出是她儿子杀了莫达戈,她可能也听到汽车滑下东路的声音,并猜出那是怎么回事。头天夜里,当她在楼梯顶上听见斯泰姆的争吵声时,猜出了真相的震恐使她惊叫起来,而后就召唤我们来,声明说屋里的人都是清白的。"

万斯叹了口气。

"这是绝望的挣扎,马克,正如她为误导我们所做的努力一样。因为她自己对此懵懂不清,所以她试着建立一套龙的传说。除此之外,她知道斯泰姆会把尸体另外隐藏,所以她预言我们不会在卧龙池里找到莫达戈。她又推断出斯泰姆弃置尸体的位置,那是因为汽车声能让她判断出斯泰姆在回到车库之前开了有多远。当卧龙池抽干时,她歇斯底里地大叫,以加强她的龙的传说的戏剧性效果:是水里的龙带着莫达戈的尸体飞走了。"

万斯伸了伸腿,将整个身子陷入椅子中。

"斯泰姆夫人关于发生第二桩悲剧的预言,完全是为了让我们接受她的龙的传说。无疑地,她揣摩她儿子既然成功谋杀莫达戈,只要机会允许,一定也会把格瑞弗除掉。我猜她完全知晓格瑞弗在财务上做的手脚,也感觉到斯泰姆对他怀恨在心。昨晚她可能听见,甚至目睹斯泰姆与格瑞弗一同朝泳池走去的身影并预感到即将发生可怕的事。你还记不记得,当她昨晚听到格瑞弗失踪的消息时,她是多么急切地向我们灌输她的龙的理论。那时我便怀疑她有所隐瞒,因此我立刻回到溶洞,以确定格瑞弗的尸体是否也在同一地方……噢,这个受尽精神折磨的老妇人清楚她儿子的罪过。当她今天下午说卧龙池里潜伏着某种危险,要求里兰德把斯泰姆带回宅邸时,并非出自预感,那只不过是担心她儿子可能在犯罪现场遭受到报应的直觉罢了。"

"他还真的受到报应了呢",马克嘟哝地说:"奇怪的巧合。"

"他是罪有应得",警官插话进来:"不过我还是想不通,他为什么要花那么大的劲儿去避免留下脚印呢?"

"警官,斯泰姆必须保护自己",万斯解释说:"如果有人注意到斯泰姆的潜水鞋印,那么他整个阴谋就败露了。因此他事先放一块木板在池边。"

"不过他却不掩盖池底的脚印。"马克提出质疑。

"是的",万斯说:"水里的脚印会留下来,我想他没考虑到这一点。当池底他的潜水鞋印暴露时,斯泰姆吃惊不小:他怕我们会知道这些印子是何物。我承认当时我并未意识到真相。不过稍后我就开始往这方面怀疑,因此我就从调查潜水装备——潜水服、手套及鞋子——的来源入手,为自己的推论寻求证明。由于这一带只有少数几家供应标准潜水设备的公司,我不费吹灰之力便找到斯泰姆购买装备那一家。"

"那里兰德怎么说",马克问:"当然,他一定认得出池底那些印痕。"

"噢,那是自然。事实上,我一跟他提到那些奇怪的印子,他马上就对它们的形成原因起疑心。他一看到斯尼京画的素描,就知道真相了。我猜他很希望我们也能看出端倪——因为,出于他对伯妮丝的爱,他不想亲口说出来。伯妮丝也猜到了——你还记得当我告诉她池底怪异的脚印时,她有多慌乱吗?斯泰姆夫人,同样的,也明白这些脚印意味着什么。不过,她巧妙地将它加以利用,使之转变为促使我们相信龙的传说的依据。"

马克将酒倒满他的杯子。

"这部分的谜团都已经理清了",在短暂的沉默后,他开口说:"不过,对格瑞弗的死,我还有不清楚的地方。"

万斯并未立刻回答,他若有所思地缓缓点上一支烟,然后才开口:"马克,我不能确定的是,谋杀格瑞弗究竟是斯泰姆在这个特别的周末的预谋呢,还是临时起意。而可以确定的是,当他安排这个周末聚会时,无疑地,他已经有所盘算。毫无疑问,他既恨格瑞弗又怕他。在他扭曲的内心深处,除了谋杀,他找不到任何除掉格瑞弗这个眼中钉的法子。昨夜,在我们发现池底印子及莫达戈胸部的抓痕之后,沸沸扬扬的龙的传说促使斯泰姆下了干掉格瑞弗的决心。在他看来,给这水中龙的奇谈再添上一笔,何乐不为呢?只要莫达戈的死仍显得不可思议,斯泰姆无疑就认为怀疑不会落到自己头上。有这种错觉做掩护,他便可以将莫达戈的离奇死亡复制在格瑞弗身上。我猜他是这么想的:既然莫达戈案子中的龙的传说能使他逍遥法外,只要格瑞弗之死也貌似龙所为,也就没有人会怀疑到他。因此他就尽量如法炮制。斯泰姆重击格瑞弗的头部以便留下类似的伤口,接下来勒他的脖子,好制造出颈上的瘀痕。完成这些之后,他再用铁耙抓破格瑞弗的胸部,以留下龙的爪痕。他复制谋杀程序的最后一步——进一步加强传说的戏剧效果的一步——便是把这家伙丢进溶洞里。"

"我能想象得到他是怎么盘算的",马克承认:"不过斯泰姆总得要制造机会来实施谋杀吧。"

"的确如此。可是这并不难。星期六晚上斯泰姆对格瑞弗恶言相向之后,后者很愿意接受斯泰姆在书房表达的和解意向。你还记得里兰德告诉我们的吗?他俩在就寝之前在书房里和气地谈了好几个钟头。他们主要谈的可能是下一次的探险计划,格瑞弗想必很高兴能帮上忙。随后,当他们上楼时,肯定是斯泰姆邀请格瑞弗到他房里再喝一杯,接着他又提议两人到外头走走,好继续讨论,于是两人一起出了门。里兰德和切诺都听到了开门栓的声音。"

万斯再轻啜了一口香槟。

"我们永远不会知道斯泰姆是如何把格瑞弗骗进墓园里去的了。不过这一点也不重要,因为那时格瑞弗会迎合他的任何提议。斯泰姆可能告诉格瑞弗,只要后者愿意跟他进入墓园,他就能够向他解开莫达戈的死亡之谜。或者,斯泰姆只是编了一个寻常的借口,邀他一起去检查墓园的砌墙在下过大雨后是否完好。无论斯泰姆使的是什么招,我们知道反正昨晚格瑞弗是跟他进去了……"

"当然,桅子花——还有那些血迹",马克嘀咕着。

"嗯,是的。显而易见,在斯泰姆杀害了格瑞弗,并照着莫达戈的样子在尸体上留痕之后,他把格瑞弗装上手推车,沿着悬崖下方的砂地,将尸体运到溶洞去。这样他可以避免被东路上值守的警探觉察。"

凯奇松了一口气。

"然后他把手推车留在树丛里,踮着脚尖回到别墅。"

"警官,你说的没错。此外,里兰德听到的金属嘎嘎声是斯泰姆打开墓园生锈的绞链时所发出的声音;而他听到的其他声音,则必定是手推车的声音。而且,虽然斯泰姆回屋时尽可能不弄出响动,里兰德和切诺还是听到了他把门栓插上的声音。"

万斯叹息一声。

"马克,虽然这不是一桩完美的谋杀案,不过具备了基本要素。它还是个胆大包天的案子,因为只要破解其中一个谜,另一个也自然迎刃而解。一个双重赌局——他在一个号码上下了双倍的赌注。"

马克再一次严肃地点头。

"至此你已经解释得相当清楚",他说:"不过为什么他要把墓园钥匙藏在戴特尔的房间里呢?"

"这是斯泰姆最失策的地方。就像我已经说过的,他小心过头了。他不敢不留后路地实施他的计划。钥匙可能在他手里好几年了,也可能刚从他母亲的衣箱里取出来。不过实际上,这并不重要。他用过钥匙之后并不能就扔了它,因为一有机会,他当然想要重回墓园把潜水衣取出来。因此他必须把钥匙留着,不过如果有人拆墙或破门闯进墓园,发现棺木中的潜水服的话,他就脱不了干系了,因为衣服是他的。为了防范于未然,他可能先把钥匙藏在格瑞弗的房间,好转移目标。当除掉格瑞弗的机会出现后,他又栽赃给戴特尔。斯泰姆很喜欢里兰德,想把伯妮丝嫁给他——这很不巧,恰是他除去莫达戈的主要动机——所以他绝对不会陷害里兰德。你注意到我先去搜格瑞弗的房间——我那时觉得钥匙可能在那儿,因为当时认为格瑞弗仅仅是畏罪潜逃。在那儿找不着后,我便一头钻进戴特尔的房里去了。幸好我们找着钥匙,而无须破坏墓园而入了。如果没有别的法子,我会坚持那么做的。"

"不过我仍然想不通的是,万斯",马克进一步追问:"你为什么会首先对墓园的钥匙感兴趣?"

"我没有——完全没有",万斯回答:"而且今晚的暑热不适合深入分析我的心理活动。简单地说,追踪钥匙只是我做的一个试探。你知道,墓园的位置让我很感兴趣。我不相信凶手能够不利用墓园,就干净利落地完成第一桩谋杀。你要知道,它的位置再方便不过了。只是我的想法还不清晰,事实上还模糊得很。不管怎么说,我觉得值得一试,于是我去找斯泰姆夫人问钥匙的下落。因为她并未把墓园跟斯泰姆的阴谋联想在一起,所以我稍稍威胁了一下,她就吐实话了。当我发现钥匙不在时,我就更肯定,从墓园钥匙入手是破案的正确途径。"

"看在老天的份上",马克问:"你怎么会一开始就怀疑斯泰姆的?他似乎是这屋里唯一有不在场证明的人啊。"

万斯轻轻地摇头。

"不,马克,我的老伙计,他是这屋里唯一不具备不在现场证明的人。所以,打从一开始我就把注意力放在他身上——虽然我承认存在着其他可能性。当然啦,斯泰姆以为他营造了一个完美的不在现场证明,他也期望此事会被当成单纯的私奔而不了了之。不过当莫达戈之死被确定为谋杀案之后,形势变得对他最为不利了,因为当莫达戈跳入泳池时,他是唯一不在泳池边的人。对其他人而言,要在众目睽睽之下杀害莫达戈是相当困难的,就像如果斯泰姆真的喝得烂醉如泥,他也不可能作案一样。将这些情况综合考虑,让我有了灵感——要是斯泰姆跟其他人一起去了泳池,他自然无法达到他的目的。基于这种判断,我得出一个结论:斯泰姆可能偷偷倒掉他的威士忌,假装酒醉,完事后再回到屋里把自己真的灌醉。当我得知那天晚上斯泰姆一直都待在书房的长沙发上时,我自然会对沙发旁种着橡胶树的花盆发生兴趣了。"

"那么,万斯",马克提出质疑:"如果你从一开始就看出这件案子完全是人为的,那你为什么还要关注有关龙的无稽之谈?"

"那不是无稽之谈,因为我们不能完全排除是某种怪鱼或海怪杀害莫达戈的可能性。即使是最伟大的动物学家,对水中生物也了解甚少,要知道,我们对水下世界的认识之少,到了令人惊异的地步。比方说,人们已经培育了斗鱼数十年,可是,尽管有着那么多研究它复杂的家族体系的实验,直到现在我们仍然不知道它究竟是靠筑巢还是靠嘴巴繁育后代的。斯泰姆夫人对海洋生物学的嘲讽一点儿也没错。还有,马克你可别忘记,斯泰姆是一个狂热的鱼类专家,而科学家对其带回的各式各样的稀有鱼种一无所知。从科学角度来看,我们不能忽略池中龙的传说。不过我承认,我并不太把它当回事。我对古老的传说有一种儿童般的迷恋,那是由于当我们对各种奇谈和超自然事物抱有热烈期盼时,理性的合乎常规的验证让生活显得索然无味。无论如何,我觉得斯泰姆的水族馆值得一探。只是对我来说,他的展品中并没有完全陌生的种类。所以我回头专注于简单明了的领域——检测花盆的土壤。"

"顺带一提",马克笑着:"你故意徘徊于他的鱼和其他植物之中,是为了不让斯泰姆看出你是针对他的橡胶树盆栽而来的。"

万斯也报以微笑。

"可能吧……怎么样,再来一瓶香槟好吗?"他摇铃呼叫柯瑞。

卧龙池发生这两件可怕的谋杀案后不到一年,似乎是悲剧之后的效应,里兰德和伯妮丝结为连理。他们两人都身体强壮,而且性格都比较坚强,但是这次悲剧带给他们太多惨痛的回忆,以至于他们都不愿继续在这儿呆下去。他们在威契斯特的山丘上盖了栋房子,搬去住在那儿。在他们婚后不久,万斯跟我曾去拜访过他们。

老旧的斯泰姆豪宅从此就一直空着,后来市政府把它买了下来,作为因伍德山公园规划用地的一部分,房子被夷为平地,只留下地基的石条。原有标识的大门的两根方形石柱仍矗立在那里。老卧龙池消失了,孕育它的溪流被改道,汇入斯皮登河。半人工修砌的河床被填平,原先的卧龙池底如今长满野草。很难辨别出昔日小溪流经的河道,或是任何充满悲剧色彩的卧龙池的遗迹了。①

---

① S.S. Van Dine: *The Dragon Murder Case*. Scribners(USA) & Cassell(UK)1934,P203—215.

五、综合典例

推理小说的谜与解谜、密室特征、人物、线索、计谋等诸多要素,其渐次展示都不是单一的、分隔或分离的,而是与故事情节相谐、相呼应,在结构上形成一个整体。而且,这些要素之间,存在着必然的联系,随着情节的发展和推理活动的深入,相互促动和推动,从而达到性格塑造和主题展现的最佳效果。分析作品,则需要将这些要素——析出,以便直观地予以解读。为此,特选取艾勒里的《凶手是一个福克斯》和卡尔的《绿胶囊之谜》这两部谜题简明、线索较为单纯;场景、人物和情节高度集中的作品,作为综合典例予以解析。

1.艾勒里的《凶手是一个福克斯》

凯旋归来的英雄大卫感觉自己还未走出战场的血雨腥风,似乎有点嗜杀成性,夜里竟然差点对身边的妻子琳达下手——伸出双手掐她的脖子!他认为自己并未患"战争后遗症",而是由于遗传。12年前,他才10岁时,父亲杀了母亲并因此被判终身监禁!于是,大卫打算离开心爱的妻子和出事之后抚育自己的伯伯婶婶,浪迹天涯。爱妻琳达试图帮他走出阴影,于是小俩口找到熟悉的神探艾勒里。听完前因后果,艾勒里说:"假如像你在信中告诉我的那样,心理医生都无能为力,我就不知能否帮上忙了。"

琳达说:"奎恩先生,有一个办法。我相信能行——从你刚说的话中受到启发。你有一个法子能帮助我们。"

艾勒里:"有吗?怎么做,琳达?"

"调查这个案子!"

"案子?哪一个案子?"

"大卫父母的案子!"

"我不太明白——"

"你可以证明大卫的父亲是清白的。奎恩先生,因为,如果巴耶·福克斯未谋杀杰西卡·福克斯,那么,巴耶就不是一个杀人犯,大卫也就不是杀人犯的儿子。这样一来,所有那些个的'天生杀手''凶手父亲的血液流淌在他体内'等可怕的说法便会烟消云散。奎恩先生!你没发现吗?证明大卫的父亲没有杀他的母亲,对大卫重拾信心,找回自己的生活,这会比世界上任何医生都管用!"[①]

艾勒里被她说动了。

艾勒里动用关系,施加影响,成功启动了重新侦查程序,在达京探长和哈维警官的配合下,艾勒里从监狱中借出巴耶,以暂时拘留的方式,带着他回到哥哥家和他自己的家,重查此案。

---

① Ellery Queen: *The Murderer is a Fox*. Bllantine Books, Little, Brown & Company, 1945. P53~54.

12年前,巴耶爱妻杰西卡喝了丈夫调制的葡萄汁而死。那天上午,巴耶从超市买了6瓶葡萄汁送到家中,然后当着哥哥泰伯的面打开葡萄汁瓶。

当时的调查认为,杰西卡起床后除了这一杯葡萄汁外,什么都没喝。医学证据表明,她是因为服用过量的洋地黄而死的。事情发生前两个星期之前,为了增强她的心脏功能,米洛大夫给她开了按日服用的墨绿色的洋地黄口服液,一天15滴,分三次口服,但她遵医嘱已经于两周前停止服用,因此,显然不可能是她自己误服。案发后,达京探长找到那瓶搁在卫生间药柜里的洋地黄,应该是满瓶,但瓶子已经空了。

于是——显然,杰西卡并未意外服用过量的药,过量的洋地黄是别人掺进去的,按她的证词,那天早晨只喝了葡萄汁,可以肯定洋地黄掺在葡萄汁里面。问题是,洋地黄怎么放进去的?

没法子,艾勒里只能用最简单有效的方法还原整个过程。从巴耶打电话叫葡萄汁开始,从超市出货,到运送、收货、开瓶;从取出空罐空杯冲洗,到倒汁、兑水、加冰块,都有当事人或目击者证明无法做手脚。中间意外出现一个证人——药剂师凯恩。案发前夜,杰西卡有点头痛,巴耶在药柜里找不到阿司匹林,便打电话让药店伙计凯恩送100片阿司匹林来,凯恩说自己走不开——老板回家去了,明晨再送。两人在电话里吵了一架。被叫到重现现场作证的凯恩说:"在事件发生的前夜,当福克斯要我送去 100 片阿司匹林时,我说:'福克斯先生,你拿药当饭吃呀?'是出于好意提醒他。不料他发作起来,说想知道我有什么权利对他这种态度,嘴里还嘟嘟囔囔的。我就说,我刚刚在昨天给你家送去酒精棉、漱口水和碘酒,外加 100 片阿司匹林片,难道你们家不到两天内就用掉 100 片阿司匹林!他越发恼怒,骂骂咧咧的,让我少啰嗦,赶紧乖乖送一瓶来,否则要向我老板告状。我也被惹火了,便回道,福克斯老家伙,去你的,老子不怕。"

但很快两人便冷静下来并相互道歉,凯恩答应次日一早就送阿司匹林过来。他到巴耶家时,正好赶上巴耶将葡萄原汁从瓶子里倒进一只红色的玻璃杯——倒满一杯。凯恩无意间成了毒杀案的目击者。根据他的回忆,巴耶一刻也没离开那只杯子,甚至连转身都没有,凯恩放下阿司匹林离去时,巴耶正在往杯子里倒第二杯原汁。

就这样,制作好葡萄汁后,本来一直与巴耶一起待在厨房的泰伯离开了,巴耶将盛在玻璃罐子里的葡萄汁和暗红色的玻璃杯端进起居室,将它们搁在沙发前的咖啡桌上,躺在沙发上休息的妻子杰西卡抬身伸手到桌上拿杯子时手一软,杯子脱出,碰在咖啡桌边沿,破了。巴耶捡拾起玻璃杯碎片,将碎片拿进厨房,妻子杰西卡说:"我跟你一块儿去,我想看看我的厨房,我能够想象你和达米把它弄成啥样了,宝贝!"于是两口子一起进了厨房,在巴耶将杯子碎片放进垃圾桶的时候,杰西卡从碗橱里取出一个同样的玻璃杯——第三个杯子:第一个作量杯往玻璃罐里倒葡萄原汁,第二个被打破,这是第三个。然后夫妻俩又一起回到起居室,那个杯子则由杰西卡自己拿着。进了起居室之后,巴耶从咖啡桌上端起罐子,将兑好的葡萄汁倒进杰西卡手上的杯子里,她将葡萄汁喝了下去。在他俩离开起居室期间,没有人能够靠近搁在咖啡桌上的那个玻璃罐:窗户开着,院子里有三个人始终能够看到咖啡桌和桌上的罐子。

至此,唯一能在往葡萄汁里掺洋地黄的时机就是泰伯离开后,巴耶端着罐子和杯子从厨房走进起居室之前的那么一小会儿时间,因此,除了巴耶本人外,根本没有人有下毒的机会!

似乎所有的路都被堵死了,"翻盘"的希望完全破灭了,大卫的心病看来是没有机会治好了。绝望之余,大卫决定第二天就离家出走,可就在当天夜里,一件怪事发生了:有人竟然潜入那幢已经"封存"了12年之久的屋子偷东西——白天的时候这个房子还被警方作为"情景再现"的舞台,闯入者还打伤试图阻拦和拘捕小偷的艾勒里!由于警察们和被提出协查的犯人巴耶都住在与巴耶旧宅相邻的泰伯家,显然闯入者既不是福克斯家的人,更不可能是夜里与看守警官哈维同床并被铐在床架上睡觉的巴耶,因此,肯定是外人。艾勒里被打昏了,没能看清入侵者的面目,他伤得不轻,但却兴奋不已:这不明摆着嘛,此案肯定有隐情!虽然仅知入侵者撬开书桌第一个抽屉,搞不清偷走什么,但一丝希望的曙光乍现在人们心头,沉闷的空气为之一变。

　　接着,镇上惊现12年前巴耶"翻单"购买洋地黄药液的记录,经比对,药单上的签名与巴耶的极其相似。形势急转直下,巴耶下毒又有了新证据。福克斯家又重新弥漫绝望的阴霾。艾勒里拜访了当年审理此案的马丁法官,意外得知案发前巴耶曾经立过一个遗嘱,内容主要是死后将全部财产留给妻子。法官无意间提到立完遗嘱并让见证人签了字后,巴耶把遗嘱锁进书桌一个抽屉。抽屉?艾勒里差一点跳起来,哪个抽屉?第一个抽屉。艾勒里骤然明白了:入侵者偷走的是那份遗嘱!为什么?既然受益人已经先走了,遗嘱自然作废,而且,立遗嘱人巴耶在入狱服刑后干脆将财产直接转到儿子名下——在他成人之前交付托管。也就是说,巴耶的财产已经毫无文章可做。那么,费那么大的劲偷一份作废的遗嘱干吗呢?那份遗嘱里有什么东西值得他或她冒这么大的险呢?见证人的名字?若此,不需要偷走,只要看一眼就行;见证人的签字?见证人是公务人员,他们签过成千上万份文件,要见到他们的签字很容易;纸张?法官说那仅仅是普通用纸,毫无价值。可见都不是,那是什么呢?剩下的,只有立遗嘱者本人了——他的签名!

　　原来,一直暗恋着琳达的药剂师凯恩,为了破坏他们的翻案计划,重新给早已被定了罪的巴耶雪上加霜,伪造了巴耶在购药登记本上的记录。为了模仿巴耶的签名,偷走了那份作废了的遗嘱,以求以假乱真。

入室盗窃伤人的新案件破获了,但笼罩在福克斯家族头上的阴云并未散去——旧案还是没有一丝"拨乱反正"的机会,人们面前的铜墙铁壁毫无破绽。苦苦寻求突破的艾勒里不死心,重新在巴耶宅邸尘封了12年之久的阁楼上找到当年的关键证物——被探长寄回来的玻璃罐和杯子。小小的意外收获是,同时发现了那瓶失踪了的百片阿司匹林——在小大卫的"化学反应箱"内。玻璃罐虽然几经清洗,但液面残渣还是能够找到。艾勒里按巴耶当年的两杯原汁和两杯水共四杯液体"重建"兑好的葡萄汁,倒出一杯来,发现所余液面高于残渣所在,量了量,高出一杯的量!也就是说,兑好的四杯量的葡萄汁,杰西卡喝掉一杯,本来剩下的液量应该是三杯,但,残渣所在位置是两杯高的液面。这可就怪了,现场重建和(尽量)重新采证,所有的链条串起来,连细节都不放过,不应该少掉这一杯呀!也就是说,在杰西卡喝下那致命的一杯之后,还有人喝掉了一杯!当时的情形是,杰西卡刚喝下饮料,巴耶就接到哥哥的电话,说有急事让他赶紧到店里去。杰西卡让他放心去,答应躺在沙发上好好休息。巴耶随即出门到店里去了,时间大约是11点。大约12点钟时,因为店里业务还没结束,他打了一个电话回家,妻子说自己很好,让他安心工作。又过了一个小时,下午1点,巴耶把剩下的事务交给哥哥打理,刚回家去,发现杰西卡情况不好。如今看来,在巴耶离家的这两个小时内,有人又喝掉一杯那罐里的葡萄汁——毒汁。可是,那段时间,除了杰西卡外,整个镇上都没有洋地黄中毒的人,难道是外来的访客?

　　玻璃罐内壁的液面应该在两个位置上,一个是杰西卡喝掉一杯后的三杯量液面,一个是新发现的残渣处的两杯量,但如今看不出三杯量的刻度痕迹了,按推断,是事后,即妻子发病后,什么也不知道的巴耶把杯子和罐子都洗掉了,洗的时候用手搓了管子内壁,把比较高、靠近罐子口的液面残渣搓掉了,而另外一个刻度即两杯量的,因位置更深,便没有除干净。

　　接着,搜寻行动展开了,除了丈夫以及亲友的回忆和整理遗留的书信外,对火车站、出租车和相关的人都进行调查和回顾,终于找出那个神秘的访客:杰西卡的好友,加拿大歌唱家波奈儿。经过一番努力,联系上了她,她答应第二天来。一个心情忐忑、难测成败的夜晚过去了,高大丰满、气质不凡的波奈儿来到福克斯家——时隔12年重返。她娓娓道来:12年前那一天,在世界各地巡回演出的她乘火车回她蒙特利尔的家,途中念及好友杰西卡,便临时在这个小站下车,探访友人,交代出租车司机半小时后来接,好赶下一班火车回家。艾勒里关键问话"在与老友相聚的半小时内,你喝了放在咖啡桌上的玻璃罐里的葡萄汁了吗?"——

　　她回答:"我们俩坐着聊天,杰西卡指着那个红色的水壶,问我要不要来点葡萄汁,说是她丈夫临走时准备的,她自己已经喝了一杯,挺来劲的。我说,好,我喝,她便从沙发上欠身打算坐起来:'我给你拿一个干净的杯子,加伯利尔。'我将她按回沙发上。'别',我说:'你放杯子的地方在哪儿?'杰西卡笑了,告诉我厨房怎么走。我去厨房从橱柜中那副红色的玻璃杯中取出一个,回到起居室。杰西卡给我倒了一些葡萄汁……"

艾勒里:"从那个罐子里倒出来的吗?"

波奈儿:"当然,奎恩先生。"

艾勒里:"你喝了它?喝了多少?"

波奈儿耸了耸肩:"她给我倒满了一杯,我全喝了。"

他们全都盯着她,像盯着鬼魂一样。

达京嗫嚅道:"可为什么我们没有发现那个杯子呢?"

"我喝的那个杯子?"波奈儿大笑,"怎么啦?在我离开之前,我又跑到厨房找水喝,带着我的杯子,用水过了一下,接了点水喝,然后——"她耸了耸肩:"女人总是带有家务习惯,不是吗?我洗净杯子,将它放回橱柜中。"①

在人们紧张的追问下——你喝了整整一杯葡萄汁,没有觉得不适吗?直接去了车站,赶上了一点钟的火车,在火车上,在回蒙特利尔途中,都没有感到不适吗?回到家以后呢,肚子不

---

① Ellery Queen: *The Murderer is a Fox*. Bllantine Books, Little, Brown & Company, 1945. P218~219.

疼吗？——波奈儿莫名其妙。

  心脏没有异样的感觉吗？
  心脏？当然没有！
  你喝了那杯葡萄汁的 48 小时之后，健康状况没有出一点问题吗？
  当然没有。为什么会有呢？
  同一个罐子里倒出来的葡萄汁，波奈儿小姐喝了满满一杯，一点儿问题也没有。由此可以证明，那罐由巴耶兑制的葡萄汁，没有洋地黄液或其他毒物，没有毒！
  大卫跳了起来："你们瞧！"大卫哽咽着："爸，他们错了，加贝克，达京，还有陪审团，法官——爸，他们全错了！罐子里的葡萄汁没有毒——你没有投毒！你是无辜的——正如你这么多年来一直坚持的那样！你根本不是杀人凶手！"①

  儿子抱住父亲，疯了般跳着脚。媳妇抱着养父母，又哭又笑。父亲傻傻地盯着艾勒里。泰伯夫妇也怔在那儿。
  从头到尾对翻案不以为然甚至嗤之以鼻的哈维警官，张着

---

① Ellery Queen: *The Murderer is a Fox*. Ballantine Books, Little, Brown & Company, 1945. P218~221.

嘴坐在那儿,活像一只落网的鱼。"这可是活见鬼了",他说:"他把它敲破了!"

就这样,艾勒里不负所托,硬是从陈年积案的"故纸堆"和尘封的记忆之中,挖出新证据,推翻了当年的"铁案",证明了当事人的清白,完成了在人们看来完全是"不可能完成的任务"。

但,问题来了。大卫追问,父亲没有谋杀母亲,那么,母亲又是谁杀的呢?换句话说,谁是凶手?

艾勒里的回答是,你母亲是自杀的。这样的结论,也有许多支持的根据,包括事实上,杰西卡爱上了大伯泰伯(泰伯也是),当然尚未越轨。那天是准备摊牌的,泰伯让杰西卡来选择;另外,杰西卡生前给波奈儿的信里也暗示了自己的两难境地,本来她是要等自己身体恢复了以后去蒙特利尔度几周的假,好好跟密友谈谈心的。

巴耶提了同样的问题,而且他绝不相信自杀论。

> 艾勒里:"在杰西卡取出那个杯子之前,毒液就盛在杯子里面,可是没有人能够预料她会取出那个杯子。最后的结论是,你妻子是被意外毒死的,巴耶。"①

---

① Ellery Queen: *The Murderer is a Fox*. Bllantine Books, Little, Brown&Company, 1945. P228.

由于那套（那只）玻璃杯是暗红色的、不透明的玻璃，而且表面是葡萄模型的凹凸花纹，墨绿色的洋地黄药液在杯子底部，不注意是看不出来的。既然那个杯子搁在橱柜的架子上，与其他玻璃器皿在一块，她自然认为那是干净的，而且是空的！于是她顺手拿下来了。回到起居室，巴耶当然也不会注意，随手就往杯子里倒葡萄汁。这是一连串不幸的巧合。

巴耶："可是——你说是意外。那些洋地黄液——将近一盎司！——盛在那副红色的冷水杯中的一个杯子里——是意外？"

艾勒里："大卫拿了那瓶洋地黄液，巴耶，去进行一个不知天高地厚的10岁小男孩的实验，他将整瓶液体倒进红色玻璃杯中的一个，还没有来得及进行那些个淘气的把戏，大概听到你的声音，害怕被责骂，便急忙将杯子重新放回橱柜中——后来就忘了将那些液体倒出来了。"

艾勒里："一句话，是纯粹偶然杀了你妻子。"

巴耶："换句话说，我们得出的结论是，大卫，一个10岁的孩子，杀了他母亲，可自己什么也不知道。"

于是，巴耶明白了自己的余生最大的任务，就是保守这个秘密，绝不能让儿子了解真相。

艾勒里："这可是一个巨大的责任。"

巴耶:"我想这是父亲职责所在啊,奎恩先生。"①

　　整个重现过程,只有一个环节没有旁证——巴耶端起罐子和杯子,从厨房走进起居室这个短短的过程,这个环节只剩下他本人的供词。若信他,那么,在"液面之谜"被解开之前,此案便是一个绝对密室。即便是波奈儿的陈述洗清了巴耶的罪名,她证明了那罐子里的葡萄汁是无毒的,仍然是个绝对密室,因为受害者的确中毒而亡。

　　有人受害,司法解剖等医学证据证明是中毒身亡,但重新进行的严密的调查和推测证实被冤枉的丈夫没有动机、没有时间和机会,因而可以判断没有凶手。凶杀案不成立,自杀也不可能,只能是意外事故。因此,这是一个陷阱式意外而非陷阱式谋杀。

　　在密室分类之中,此例应归为机关密室。此例密室有颇多典型之处。首先,它同时也是一个开放密室,虽然,案发现场是在一幢屋子内的两个房间——起居室和厨房,但由于一来不是密闭的——门窗均未关闭与上锁,二来除了被害人和疑凶外,还有几个旁人(外人)进进出出,另外,除了整个时间段屋外一直都有目击者之外,外人也随时都可以进出,因而现场完全是

---

　　① Ellery Queen: *The Murderer is a Fox*. Ballantine Books, Little, Brown & Company, 1945. P228.

一个开放空间。其次,密室的构成是一系列的证据链,包括目击者的证词、调查和侦察所得结论、物证、得到证实的情况证明等。再者,此例密室经反复推敲和检验,其缜密程度之高、展示和证明之细致、完全做到了一丝不苟,堪称典范。

小说使用侦查式解谜法,侦探艾勒里从一开始,面对重重困难与障碍,就摆出一副啃硬骨头的架势,尽管先对当事人打预防针,让他们别抱太大的希望。从某种程度上说,艾勒里是把死马当成活马医。重新勘验和盘问的过程,既是情景重现或重构,也是采取不同角度重新审查,不放过任何一丝破绽,艰难而繁琐,但是清晰、彻底、让人信服。

副线有两条,一条是巴耶家中药物失踪的陈年积谜,最后这条副线的性质改变而成主线。另外一条,一出现就先声夺人,出人意表。案件重启当夜,就有新事件发生:神秘客夜半入室行窃!首先,此事绝不可能与案件本身无关,否则怎么可能那么巧,那么刚好?其次,此事意味着十二年前那起案件另有隐情,按一般判断,由于案发现场将被重新勘察,屋子里的某处还保存着对某人(也许就是这个夜贼)不利的证据或资料,那人才会冒险入室盗取。最后,新案的发生,反而从另一个角度暗示了投毒案有被推翻的可能性,对于当事人和警方来说,这都是好事,因此,这条冷不丁横插进来的副线,是从反面给人们带来希望,是受欢迎的!然而,随着对此线索的深入调查,燃起的希望之火却一点点地熄灭,因为,这条副线并未牵引出毒杀案的新的嫌疑人，而仅仅是有人害怕陈年积案被推翻，胆大包天地制造伪证。换句话说，贼惦记着的，不是已经被害和被指控和判刑的人，而是背负着沉重的心理包袱的无辜者，另有图谋。说到底，此副线与主线无关。也正是这么一条事实上并不重要的副线，却导致了一个令人振奋与欣喜的高潮，使得故事波澜起伏、情节引人入胜，给本来单调沉闷的案件调查注入生气。同时，副线的展示与发展，对人物性格的展示和塑造起了很重要的作用。

每一个环节、每一个细节都重新过滤了；每一个见证人或目击者都被重新仔细盘问了；现场及其周边的场所都再次勘察与检验过了，什么结果也没有，旧案复查，只能再次对案情和案件的性质"板上钉钉"，一点儿也不可能改变，更别说推翻。百般无奈之余，艾勒里找来那个当年曾经盛有致命毒液的红色玻璃罐子，试图有所发现。尽管希望是那么渺茫——此罐作为当年案件的关键证物，肯定早被检查过多少遍，里里外外都查透了，哪里还有可能有什么疏漏呢？但就是在这样的困境下，"液面之谜"出现了。这是一个很容易被疏忽的环节，即便时隔那么长时间发现了，也很容易被认为无关紧要或找不到答案而不予深究，艾勒里可不。就为了找到少掉的那一杯葡萄汁，他兴师动众费尽心力，找着了喝掉那一杯的人，于是，转折点终于出现了。找到了波奈儿，从而找到了一个新的突破口——罐内的葡萄汁没有毒！转折点的到来对解谜起了关键性作用。事实证明,在转折点出现之前的所有密室重构重审的工作都没有那么重要,甚至可以说是无关宏旨,转折点本身就能够解决问题了。当然,没有之前那么多的"无用功",也就无法使得转折点露出水面。

2.卡尔的《绿胶囊之谜》

深夜,接到地方警方求援的伦敦警察厅,派出资深警探艾略特前往索德伯里镇,协助侦破一桩悬而未决的毒杀案件。数月前,此地一家小食杂店出售的巧克力糖被人用调包方式下毒,导致几名儿童中毒,其中一名身亡。经查,共有 10 粒巧克力糖——均在一个罐里——含有致命的番木鳖碱毒素,由于当天马库斯外甥女玛乔莉托一名儿童从那家店买过并更换过 6 粒巧克力糖,而这名儿童吃了更换过的糖罐中的巧克力糖中毒死去,因而玛乔莉成了最大的嫌疑犯。就在警察局长连夜介绍案情并与上级警官共同分析判断之时,一个报警电话把他们与其他警察一起紧急召唤到贝勒加宅邸——当地富豪马库斯的家中,那儿,刚刚发生一起离奇的毒杀案件。面对赶来的警察——

"发生在这里的事,是个蠢举",乔医生立刻怒吼:"愚蠢之至。马库斯想给他们看一出戏。而他真的做到了!"

"一出戏?"

"我没看见他们做什么",乔医生指出:"因为我不在这里。但我能告诉你他们做了什么,因为他们整个晚餐期间都在争论它。那是老调重弹了,只是它从未表现得如此真切。马库斯说99％的证人根本无能力做证人。他说他们无法告诉你他们眼皮底下发生的事情;就像当火灾、车祸、暴动等发生时,警察得到各种相互矛盾不足为证的证言一样。"他好奇地注视着艾略特:"你说是不是?"

"常常是这样,没错。但又怎么样呢?"

"嗯,他们都不赞同马库斯的说法;各有各的理由,但他们都说他无法愚弄他们。我自己也这么说,"乔医生自我表白地加了一句:"我仍认为是这样。但最后马库斯说他要做个小试验。他要在他们身上做一个心理实验,有些大学也做过的那种。他说他要为他们演一出戏。在戏末尾,他要让他们回答一连串有关他们见到什么的问题。他打赌60％的答案将是错的。"

乔医生求助于克罗少校。

"你了解马库斯。我向来说他像——那个叫什么名字来着?就是那个我们在学校读过的作家,那个会走20哩路去获得一朵花的正确描述的人,没有任何必要;而且马库斯一有想法就立刻去实践,所以他们玩了这小游戏。就在玩到一半的时候——唉,有人进来杀了马库斯。要是我没理解错,每个人都看到凶手、看到他的每个动作,然而他们对所发生的事却各执一词。"

乔医生停了下来。他的声音粗哑如打雷,他的脸发红,从他的眼神看来,艾略特那下子担心他会哭出来。若非他显得那样真诚,这景象会很怪异。

克罗少校插嘴:"他们不能描述凶手?"

"不能。那家伙全身包得紧紧像隐形人一样。"

"像什么?"

"你知道的。长外套,领子掀起,围巾包着他的头和脸,戴墨镜,帽子拉下。怪模怪样,他们说,但他们以为那是表演的一部分。天哪,真可怕!这丑小鬼走进——"

"但——"

"对不起,先生",艾略特巡官插嘴。他想将事实理清楚,因他朦胧地感觉到这案子将是个烫手山芋。他转向医生:"你说'他们'看到这些。他们是谁?"

"英格拉姆教授、玛乔莉和年轻人乔治——不知姓什么。"

"有其他人吗?"

"就我所知没有。马库斯要我加入,但如我告诉你的,我得出诊。马库斯说他要到很晚才开始表演,如果我答应在晚上12点钟前回来,他会等我。当然我没法在时间上保证。我说我会尽量赶回来,但如果我在11:45前没回来,就别等我。"①

---

① John Dickson Carr: *The Problem of the Green Capsule*, First Awarding Printing, New York.1976, P36~38.

就这样,夜里,马库斯安排了一场"现场直播",目的是为了进行心理测试,正如他对弟弟乔医生说的那样。按他的外甥女讲述,经过如下:

"当马库斯舅父将双扇门开到最大时,表演开始了。我感觉兴奋、紧张,我不知道为什么。

"他独自一个人。我几乎能看到整间书房。开门后,他慢慢走回去,在中间那张桌子后面坐下,面对我们。带有铜灯罩的聚光灯放在桌子前方略靠右的位置,这样就不会挡住我们的视线。在他身后的墙上是眩目的白光和他硕大的投影。我们能到看他后面壁炉架上白色的钟面,闪光的钟摆来回摆荡——时间是晚上12点钟。

"马库斯舅父坐在那里,面对我们。桌上有个巧克力盒,还有一支铅笔和一支钢笔。他先拿起铅笔,然后再拿起钢笔,并假装用它们写东西。然后他环顾四周。书房的一扇落地窗打开了,从院子里跨入那个戴着大礼帽和太阳眼镜的怪物。"

玛乔莉暂停,清了清喉咙,然后她继续说:"镶毛边的大礼帽不计算在内,那人大约六英尺高。他穿着领子掀起、肮脏的长雨衣。他的脸上裹着棕色的东西,戴着墨镜。他戴着发亮的手套,拎着一只黑色提袋。我们当然不知道他是谁,但我不喜欢他的样子。他看起来像虫而不像人,高而瘦,还戴着大墨镜。正在拍摄影片的乔治大声喊,'啊,隐形人!'——他转身,看着我们。

"那人把医疗提袋放在桌上,背对着我们,然后走到桌子的另一边。马库斯舅父对他说了句话。但他没有开过口,都是马库斯舅父在说。除了壁炉架上钟的滴答声和乔治的电影摄影机的嘎嘎声外,没有任何其他声音。我认为马库斯舅父说的是:'你现在已完成了你以前做的,你还要做什么?'正如我刚说的,此时那人是在桌子的右边。他飞快地从雨衣口袋取出一小硬纸板盒,并从盒中抖落一颗像我们小时候常吃的蓖麻油胶囊那种胖胖的绿胶囊。他迅速地俯身,把马库斯舅父的头向后扳,把胶囊塞进他的喉咙。"

玛乔莉·威尔斯停住了。她的声音颤抖;她把手放在脖子上,清了清喉咙。她无法不看(这时隐在黑暗中的)双扇门,终于把椅子转过去面对着门。艾略特跟着她。

"后来呢?"他催促道。

"我控制不住",她说:"当时我可能跳了起来或叫了一声。我不该如此,因为马库斯舅父曾要求我们对看到的任何事都不要惊讶。再说,似乎并没有什么不妥。马库斯舅父吞下胶囊,虽然他似乎不喜欢——他怒目注视那张裹着的脸。

"紧接着,戴着大礼帽的人就收拾起提包,闪开身子从落地窗出去。马库斯舅父在桌后多坐了一会儿、吞咽了一下子,把巧克力盒推到别的位置。然后没有任何先兆地,扑通一声向前倒下。

"不,不!"玛乔莉喊道,此时人群起了一阵骚动。

"那只是假装的,那只是表演的一部分,它表示表演结束。因为马库斯舅父倒下后就马上微笑地起立,走了过来,关上双扇门——表示落幕。"

"我们打开这房间的灯。英格拉姆教授敲敲双扇门,要求马库斯舅父出来谢幕。马库斯舅父拉开门。他看上去——容光焕发,你知道,一副很满足的样子;但同时带着奇怪的表情,对某些事感到相当困惑。他把一张折起的纸塞进外套胸前口袋里,然后轻轻拍了拍口袋。他说:'现在,我的朋友,取铅笔和纸来,准备回答一些问题。'英格拉姆教授说:'顺便问,你那模样可怕的同伴是谁?'马库斯舅父说:'哦,那是威尔伯,他帮助我制定整个计划。'然后他大叫:'好了,威尔伯。现在你可以进来了。'

"但没有任何回答。

"马库斯舅父又大叫,仍然没有任何回答。终于他不耐烦了,走到窗前。你瞧,这房间的一扇落地窗是打开的,因为晚上挺热的。两个房间的灯都亮着,我们能看见房子和林带之间的那条草坪。丑小鬼的所有行头都躺在地上,大礼帽、太阳眼镜和标有医生姓名的提袋;但我们开始时并未看到威尔伯。

"我们在一棵树背面的暗处找到他。他脸朝下趴在地上,不省人事。血从他口、鼻流到草地上,他的后脑勺软塌塌的。打他的火钳扔在他身旁。他已昏迷了相当一段时间了。"

她的脸不由自主地扭曲着。她解释道:"你明白了吧,戴着大礼帽、太阳眼镜的人根本不是威尔伯。"

"根本不是威尔伯?"艾略特重复道。

他当然明白她的意思,那头戴大礼帽的古怪形象开始在他的想象空间里移动、翻搅。

"我还没讲完,"玛乔莉平静但难过地告诉他:"我还没告诉你发生在马库斯舅父身上的事。"

"那是发生在我们发现威尔伯躺在那里之后,症状已产生多久我不知道。他们扶起威尔伯,我抬头一看,发现马库斯舅父不太对劲。

"老实说,我觉得想吐。我知道这都是我的本能反应,但我实在没办法。我在那一刻就知道发生了什么事。他靠在树干上,身体弯成一团,艰难地喘着气。房里的光透过他身后的树叶映在他身上。我无法很清楚地看见他,但光照着他的侧脸,显得皮肤粗糙而带铅色。我说:'马库斯舅父,怎么了?出什么事了?'我必定是尖叫起来。他只是用力地摇摇头,做了个彷佛要把我推开的手势,然后他开始以一只脚踩地,你能听见他混合着哀鸣和呻吟的喘息声。我跑向他,英格拉姆教授也跑向他。但他甩开英格拉姆教授的手,然后——"她说不下去了。她双手往自己脸上打,蒙住眼睛,然后又接着打。

克罗少校从钢琴旁走向她,"镇定一点",他粗声地说。

波斯崔克督察长不吭气,他抱起两臂,好奇地看着她。

"他开始跑",玛乔莉嘶声说:"我永远忘不了那一刻,他开始跑。前后、上下,但每个方向只能跑几步,因为他无法忍受痛苦。乔治和教授试图抓住他、摁倒他,但他挣脱了,穿过落地窗跑进书房。他在书桌旁倒下。我们扶他坐到椅子上去,但他没再吭声。我跑出去打电话给乔舅舅,我知道他在哪里:埃斯沃斯太太正临盆。当我还在拨号时,乔舅舅进来了,但太迟了。此时你能闻到弥漫房间的苦扁桃味。我仍认为还有希望。但乔治说:'死了,老先生死了,我知道他已经死了。'而事实的确如此。"

"真倒霉!"克罗少校咆哮。话虽不恰当,但很真诚。波斯崔克督察长沉默不语。

"威尔斯小姐",艾略特说:"这会儿我不想给你太大压力——"

"我没事。我真的没事。"

"你认为你舅父是中了那绿胶囊里的毒?"

"当然。他无法说话,因为毒影响到他的呼吸系统神经,但他试着指自己的喉咙。"

"他当时没吞别的东西?"

"没有。"

"你能描述这粒胶囊吗?"

"嗯,如我所说,它看来像我们小时候吃的蓖麻油胶囊。像葡萄那样大,由厚胶制成。你以为它们下不了喉咙,但它们可以。这附近许多人仍会服用这种胶囊。"她停止讲话,瞥他一眼,红晕飞上脸颊。

艾略特对此视而不见:"我们来继续吧。你认为就在表演开始前,有人击昏埃米特先生——"

"我是这么认为的。"

"某人披上奇怪的衣服,连马库斯·切斯尼先生也认不出他,然后这人在表演中取代埃米特先生的角色。切斯尼先生吞下胶囊是表演的一部分,但此人将胶囊换成毒胶囊?"

"噢,我不知道! 不过,我认为如此。"①

就这样,可怜的马库斯作茧自缚、弄假成真,死于非命。那么,凶手是谁、凶手又是如何在众目睽睽之下,将计就计实施谋杀,而又不露行迹地逃之夭夭的呢?

---

① John Dickson Carr: *The Problem of the Green Capsule*, First Awarding Printing, New York. 1976. P45~50.

一场特殊的表演,两名演员、三名观众,总共五个人。五个人里面,一人作案、一人被害,其余三人,也就是观众,均不可能是凶手,理由很简单,他们可以互相证明,他们都在一起——哈丁在左、玛乔莉居中、英格拉姆在右——观看整场演出,没有人走开或中途开溜,若其中一位这样做的话,均不可能瞒过其他两位。

"例如",英格拉姆教授若无其事地继续说:"说在表演中没有别人说话,是不完全准确的。"他看着哈丁:"你有说话。"

"我?"哈丁重复道。

"是的。当怪物医生进来时,你走向前,好取得比较好的拍摄角度,然后你说,'啊,隐形人!'是这样的对吧?"

哈丁用力搓着自己柔软的黑发:"是的,先生。我可能想调节一下气氛。可是,见鬼!这并不是问题所在。舞台上的人说了什么才重要,不是吗?"

"还有你",英格拉姆教授对着玛乔莉说:"你也说话了,或说是低语。当怪物给你舅父那篦麻油胶囊并扳起他的头将胶囊塞进他的喉咙时,你发出叫声或类似抗议的声音。你说:'不要!不要!'声音不大,但很清楚。"

"我不记得我曾说过话",玛乔莉眨眨眼睛:"但又怎么样?"

教授的语调变得较为轻松。

"我在帮助你对付艾略特巡官的下一回攻击。我老早就试着告诉你:他一直想知道在灯熄灭的两分钟内,我们三人当中是否有人悄悄从这里溜出去,谋杀你的舅父。现在,我坚持的是,我发誓当怪物出现在舞台上时,从头到尾我既看到也听到你们二位说话。我能发誓你们根本没有离开这房间。如果你们也能为我做同样的事情,我们就能提出三份苏格兰警场无法不认可的不在现场证明。你们能发誓吗?"

"切斯尼在我们抵达前安排椅子",英格拉姆教授解释道:"我们没移动它们。我坐在这里,在离灯最近的右端。"他把手放在椅背上:"玛乔莉在中间,哈丁坐在另一端。"

艾略特研究位置,然后他转向哈丁:"你干吗坐到那么远的左端去?"他问:"从中间你不是能取得更好的画面吗?从这一端你拍摄不到怪物从落地窗进来的镜头。"

哈丁揩额头:"那好,我问你,我怎么能知道会发生什么事?"他反驳说:"切斯尼先生没解释我们将看见什么。他只说,'坐在那里';我希望你不要认为我会和他争论。小乔治不敢。我只是坐——或者不如说我站着,就在这里,我觉得视线够清楚的。"

"嘿,争论这个做什么?"玛乔莉说:"当然他在这里,我看见他来回走动拍摄。而我,在这里,不是吗?"

"没错,"英格拉姆教授温和地说:"我感觉得到你在。"①

加上哈丁所拍摄的并没有中断的现场发案全程的影片为证,这三名观众就这样被排除了作案嫌疑。这样一来,凶嫌仅剩一人——那个在屋外击昏怪物扮演者埃米特,顶替出演的不速之客。再来看看被害人身边人即兄弟乔医生和埃米特本人,由于查出现场挂钟被事先做了手脚,乔医生的不在现场证明不成立;至于埃米特,因为他本是那场"魔术"表演除被害人之外的唯一知情者,而且是原定的重要角色"隐身人"。因而,若他被击昏是自己实施苦肉计,那么他事实上便成了最大的嫌疑人。但他却在案发不久后被注射毒针而亡,成了第二名被害人。紧接着,观众兼摄影师哈丁又当众遭枪击,侥幸逃过一劫。案情扑朔迷离,贝勒加宅邸内外险象环生。艾略特技穷,连忙请来正在离此地不远的旅游胜地巴斯度假的业余侦探菲尔博士协助破案。巧的是,魔术表演主角马库斯与菲尔是好朋友,而且在案发前还给菲尔写信——

---

① John Dickson Carr:*The Problem of the Green Capsule*,First Awarding Printing,New York.1976.P90~92.

菲尔博士在外套内侧口袋摸索着,掏出一个小便条盒。他总是收藏所有的便条并收在小盒里,放在口袋中,从不离身。他从盒里找出一封信。

"我告诉你们",他继续说:"仅仅在几天前,马库斯·切斯尼写了一封信给我。我一直刻意向你们隐瞒这封信,因为我不希望你们被误导。有太多实证。这封信可能严重误导你们。但现在我们既已发现真相,是读这封信的时候了,看看你们怎样解释它。"

他把信摊平在桌上,就放在他的表旁边。信的上部写着:"贝勒加宅第,十月一日",接着是对他们才刚听完的理论的阐述。菲尔博士的手指指向末尾的段落:

"可以将所有见证人比喻成都戴着墨镜。他们既看不清楚,也无法解释事物的颜色。他们不知道舞台上正在进行什么,更不了解观众席里发生了什么。事后给他们看表演的黑白影片,他们会相信你;但即使那样,他们也无从解释他们看见什么。

过不久我将在一群朋友面前进行我的小表演。如果进行顺利,我想知道你是否愿意稍后来了解一下?我知道你现在在巴斯,你方便时我可以派一部车来接你。我保证,我会把你蒙得团团转。但是,由于你对此区不熟,而且我的亲友认识的很少,我愿给你一个明确的提示:'牢牢盯着我的外甥女玛乔莉。'"

克罗少校吹了声口哨。

"就是这样,"菲尔博士边把信折叠起来边咕哝:"这个,加上我们今晚将看到、听到的,我们的案子就完整了。"①

本来,马库斯还在信中所说的致命的表演中,给观众准备了10个问题,如下所列:

他从死者口袋里取出那张纸,打开它,摊平在吸墨纸上。以下是以清晰的铜板字体手写的内容。

正确回答以下问题:

(1)桌上有一个盒子吗?如果有,描述它。

(2)我从桌上拿起什么物品?以怎样的次序?

(3)当时是几点钟?

(4)从落地窗进来的人的身高是多少?

(5)描述此人的衣着。

(6)他的右手拿着什么?描述此物品。

(7)描述他的动作,他有没有从桌上拿走什么?

(8)他拿什么给我吞下?我花了多少时间吞下它?

---

① John Dickson Carr:*The Problem of the Green Capsule*,First A-warding Printing,New York.1976.P93~94.

(9) 他在房间里待了多久?

(10) 有谁说话了吗? 说了什么?

注意：对以上每个问题，都必须给出详细的正确答案，否则答案不算数。①

只是马库斯未来得及向观众提问，这个任务，是由赶到现场进行勘查的警官完成的。事实上，案情的发展，已经自然排除了埃米特的嫌疑，而被害人弟弟乔医生的嫌疑，则随着枪击案的发生而进一步上升。

根据谋杀案三要素所提出的问题，首先是谁干的？魔术表演现场所涉及的四个人，随着原定的"演员"埃米特被害，均被排除嫌疑；与第一被害人关系密切的人之中，唯一剩下缺乏足够不在现场证明的，是乔医生，他大体具备了时间和动机两大要素，但机会却存疑；玛乔莉呢，是个矛盾人物，之前的糖果店下毒案，她略有嫌疑；在购买毒药和魔术表演所需照明灯泡两件事上面也有嫌疑，但由于她是三个观众之一，已经被排除嫌疑，因此无法将两起投毒案联系起来。另外，由于魔术表演现场的"替身杀手"必须事先了解表演计划，因此外人或不相干的人作案机会几乎不存在，可排除。

---

① John Dickson Carr: *The Problem of The Green Capsule*, First Awarding Printing, New York, 1976. P56~57.

同样可以肯定的是，第一被害人绝非自杀——埃米特之死就是答案。如此一来，绕回原地，即乔医生是最大的、同时也是唯一的凶嫌，尽管他作案的机会十分微弱。若锁定乔医生，那么接下来就是怎么干的问题。由于有旁证证实根据切斯尼原定计划，乔医生是被安排做第四名观众的，只是由于他出诊赶不回来，才错过魔术表演，由此可知，乔医生事先了解计划的可能性极小。不了解魔术表演计划的详情，就无法以替代方式出演并下手。

　　被害人切斯尼事先准备的 10 个问题，其初衷是为了进行心理测验，但根据推理，其中有一些问题是对破解这个密室谋杀之谜有助益的，比如"当时是几点钟""描述他的动作""他拿什么给我吞下""谁说话了，说了什么"等。事实上，对这些问题的解答，无形中为破案提供了线索，这是切斯尼始料未及的。例如，对时间的正确观察，引发了对乔医生的怀疑；对怪物医生的动作的准确描述，导致了对凶手偷梁换柱手段的侦破。而且，从设谜的角度看，这些问题中所蕴含着的心理游戏，也是谜题，当然这些谜题的设置本来与谋杀案无关，但却在无意之中成了谋杀之谜的副谜、子谜。

　　但是，此例的特点之一，是多数子谜的破解并未导致主谜的破解。如"毒胶囊之谜"，即怪物医生使用带有机关的医用提包，当着观众的面和摄影机镜头换掉了现场桌子上的胶囊盒，此谜的破解解决了推理链上的两个环节，即毒胶囊的来龙去脉和糖果店下毒案中的作案手段，但却无法直接指向凶手，解决"怪物医生是谁"这个主要谜题。

主要副线有两条——嫌疑对象玛乔莉和乔医生，两条副线一方面是由他们的行为、另一方面是由案情本身构成。妙的是，这两条副线中的玛乔莉，是凶手有意安排利用的，而乔医生这条副线，则原本只是被害人安排的一个计谋，用以测试的，岂料无意中使得其副线作用凸显出来，加上其本人的表现，竟然成了凶手的最佳掩护。糖果店下毒案也是凶手提前制造的一条副线，这条副线与玛乔莉挂上钩，更多的并不是阴谋的一部分，而是无意间造成的。

凶手实施毒杀系早有预谋，但真正实施的作案却是临时起意、将计就计，这就在一定程度上留下一些破绽。尽管这些破绽隐藏得并不很深，有的甚至十分浅露，但由于凶手的胆大妄为，使得其破绽十分微妙，很难觉察。比方，拍摄用的灯泡，过早熄灭，这个细节过后并未引起注意，反而带误导性地将注意力集中到购买灯泡的人身上。有的破绽对凶手而言是致命的，但又恰恰是最容易被忽略的，比如现场纪录影片的拍摄角度。此例中的转折点并不明显，也不集中，还是分期分批展示的，其中包括菲尔博士对犯罪史上投毒犯的类型比较和心理分析；观察细致并且特别注意玛乔莉的艾略特发现她有唇读能力；艾略特在不经意间被夕阳西下的宅邸景色所启发、从而悟到的光线在案子中的意义，等等。其中，现场影片的拍摄视角与拍摄者的一句调侃,是转折点表现得最微妙之处,也是推理关键环节所在。

侦探团队两次看同一部影片,即哈丁在案发现场即时所拍的黑白片,第一次是边看边发现新的线索、得到新的启示和证实已有推断,第二次则是刻意安排的。从某种意义上说,由于侦探事先做好了充分准备,而且这种准备是建立在对推理关键环节的有效突破的基础上的,再加上观众不止侦探团队,而且增加了相关人士,因此,第二次观看影片,事实上是推理演说的组成部分,甚而可以说是另类的无声的推理演说。而且,与众不同的是,推理演说的上半部分也就是影片这个部分,竟然是由被害人来做结语的!在影片中,面对着怪物医生,切斯尼张口对着镜头说:"我不喜欢你,菲尔博士——"当然,事实上连这部人们接连看了两遍的现场纪录片,也是魔术表演的组成部分。它之所以构成推理演说的上半部分,是因为推理链中的推理关键环节,就包含在里面。

魔术表演现场的台上台下,包括演员和观众,构成了完整的密室要件。显而易见,这是一个舞台密室,凶手和被害人同台演出,十分精彩。此一舞台密室独特之处在于,几乎所有的表演内容,包括服装、舞美、灯光、动作、台词等,都由被害人自己精心设计;他还集导演和主演于一身;在他看来,整个演出过程完全符合设计要求,完全达到既定效果,因此落幕后他自己感到十分满意。更有甚者,正是让被害人最为得意的表演中的关键——障眼法，为凶手提供了绝佳的机会。于是，切斯尼自掘坟墓，死于非命。凶手正是切斯尼选定的隐身配角，忠实地按照既定情节出场表演、完成角色任务后悄然退场，在切斯尼看来一切均照计划进行，即一切正常，因而他在表演结束以后，潇洒地向观众谢幕，笑容可掬，志得意满。既然已经在那粒本是无害的胶囊中下了毒，凶手事实上在整个现场表演中没有、也不需要任何"自选动作"，便使其阴谋得逞。因此，此密室是被害人自行构筑的，凶手弄假成真使得密室性质发生了变化，将无害的游戏密室转化成了当众谋杀的害人密室。这一密室性质的转化，是以计划之中的潜在角色埃米特被击昏事件为明显标志的。

被害人精心策划的障眼法之中，包括现场影片的摄制，妙的是，他安排摄制了两部影片，并且在第一部影片中安了一个楔子，打算以后当众嘲弄菲尔博士。由于影片是无声的，这个楔子——他面对镜头说的那句话，很容易被忽略，而事实上，侦探团队第一次看影片的时候，就忽略了。按切斯尼的本意，这部影片既是又不是复制品，他是准备拿来糊弄人、拿来证明观众的错觉和谬误的。然而最终这部片子、特别是切斯尼悄悄安进去的楔子——那句话，竟起了指认凶手的作用，这当然是他始料未及的。这个楔子的暴露，使得情节被推向了高潮，转折点也完全明朗化。从这个角度上看，可以说，被害人阴差阳错地事先给谋害自己的真凶布下了一张潜网，而在某种程度上，这张网是无法挣脱的。切斯尼事先邀约了菲尔博士,布置和施展了几个层面的障眼法,准备了两套证据,有他所做的这一切,加上菲尔博士的智慧和犀利,真相自然无可遁形了。似乎在冥冥之中,切斯尼已经对自己的悲剧命运有所预知,从而将复仇的任务以特殊的方式交代给老朋友并留下足够的线索。

推理眼——戏中有戏。

附录

晚餐后的演说[①]

第二天,波洛离开巴黎,他的秘书则留下来,料理老板开在单子上的一应事务。在她看来,自己留下来干的这些活算啥呢?一句话,毫无意义,但她还是尽全力履行了职责。她去看了金·杜鹏两次。他提起她将要参加的探险行动,由于没有波洛的指令,她只好尽力敷衍并且转移话题。

五天之后,她被一个电话召回英国。

诺曼在维多利亚车站和她会合,通报了最新情况。

对那起自杀事件,媒体披露得很少。报纸上小篇幅报道了一位加拿大女士,理查德夫人,在巴黎—布伦列车上自杀身亡的消息,仅此而已,压根儿不提此事件与飞机上的谋杀案的关联。

诺曼和简都感到兴奋,觉得已经看到解脱的希望了,但诺曼不如简那样乐观。

---

① Agatha Christie: *Death in the Clouds*, Fontana Paperbacks, 1957. P208~223.阿加莎《云中奇案》新译。

"他们也许会怀疑是她谋害了母亲,可是如今既然她以这样的方式出了局,那个案子大概就会不了了之了吧。但是,只要这事没有公布结论,我们这些可怜的家伙就无法真正得到解脱。在公众的眼光之中,我们始终处在被怀疑的位置上。"

几天后,在皮卡迪利广场,他与波洛碰面时,他也这么说。

波洛露出了微笑。

"你和大家一样。你认为我这个老家伙是笨蛋。听着,你今晚可以来我家吃饭,耶伯也要来,还有咱们的朋友克兰西先生。我有些话要说,你们应该会感兴趣的。"

晚餐在愉快的气氛中进行。耶伯谈笑风生而自命不凡;诺曼饶有兴致;而小个儿克兰西先生则显得心有余悸,就像发现那支致命的毒针时那样。而明摆着的是,波洛并不试着去安慰这位矮个子作家。

晚餐后,一杯咖啡落肚,波洛稍显尴尬地、却仍然以一副显摆架势,清了清嗓子。

"我的朋友们",他说道:"在座的克兰西先生曾经表示,对他所形容的'我的方式,华生'感兴趣,因此,我打算,假如各位不会感到厌烦的话——"他知趣地停顿了一下,诺曼和耶伯连忙回答"不,不会"和"非常感兴趣"——"我将把与这个案子有关的我的方式,概述一下"。

他结束了开场白,观察反应。耶伯对着诺曼耳语:"他自我感觉良好,是吧?想象他自己像姓名中间那个名字一样神通。"

波洛向他投去责备的眼光:"嘀!"

等到三张露出期待表情的脸庞转向他,他才正式开始。

"我从头说起,我的朋友们。从那架'普罗米修斯'号飞机那趟背运的巴黎—克罗伊登航行开始。我会如实向你们披露我当时的印象和想法——直至随着形势的发展,我是如何肯定或修正这些想法的。

"当我们即将抵达克罗伊登时,乘务员找比兰医生一同过去检查尸体,我也跟去了。我觉得这事儿——谁知道呢——可能会是我的活儿。也许,一旦哪里有死亡,我总会带太过于职业的眼光去看待。在我看来,死亡分为两种类型——一种是我派得上用场的,一种不是,当然后者多得多——尽管如此,无论何时何地,只要碰上死亡,我就会像猎狗一样,抬起头去闻气味。

"这一件让乘务员害怕的事被比兰医生证实了,那个女人死了。至于死因,未经仔细检查,他当然不能宣布。而就这一点,金·杜鹏先生提出了因被蜂蜇导致猝死之说。为支持这一假设,他提醒大家注意他在不久前打死的一只黄蜂。

"这是一个十分合理的推测——易于被人们接受。死去的女人脖子上有一个印记——与蜂蜇的伤口很像——再说确实有一只黄蜂在机舱里。

"幸运的是,那下子正好我的目光触到地上一个东西,开头以为那是另一只死蜂,拾起后才发现那是一支土著用的刺,上面还粘着一缕黄黑色的丝织物。

"这一回克兰西先生又站了出来,他的推断是,那支刺是从一根吹管射出来的,是某些部落土著常用的手段。果然,正如你们所知,不久后那根吹管被找到了。

"飞机在克罗伊登降落后,几个念头在我的脑子里盘旋。当我的脚踩上坚实的土地时,我的大脑恢复了活力,开始高速运转。"

"好,波洛先生",耶伯露齿微笑:"请亮剑,别装谦虚。"

波洛看了他一眼,继续演说。

"有一个念头十分强烈地在我的脑子里挥之不去(事实上对其他人也一样),那就是这起谋杀如此胆大妄为,更令人惊诧的是,竟然干得如此巧妙而丝毫不为人察觉!

"另外有两点引起了我的注意。第一,理所当然地出现了一只黄蜂;第二,发现一根吹管。就像在验尸庭审结束后我向我的朋友提的问题那样,叫人完全不理解的是,凶手干吗不顺手将吹管从窗户的通气孔扔出去呢?那支刺倒是不容易追查,可是一根上面还留有价格标签的吹管,可就完全不同了。

"那么因此,我们得出了什么结论呢?很显然,凶手本来就打算让人发现吹管。

"可是,为什么呢?合理的答案看来只有一个。如果发现一支毒刺和一根吹管,那么自然就会推断出,谋杀是由吹管射出的刺来完成的。因此,实际上谋杀肯定不是这样干的。

"而另一方面,法医鉴定表明,死亡无疑是由带毒的刺造成的。我闭上眼睛,自问——要将一支毒刺扎进人的静脉,最保险和最可靠的方法是什么呢?答案立马跳了出来——用手。

"这样一来,有意让吹管被发现,其目的就昭然若揭了。吹管一现身,不可避免地便会让人联想到距离。而假如我的推论是正确的话,那么杀害吉斯勒夫人的凶手,必定是径直走到她的桌子跟前,向她弯下腰去的人。

"有这么一个人存在吗?有。有两个人——两位乘务员。他们之中的任何一位,都能够走到吉斯勒夫人跟前,向她俯下身,没有人会对此感到奇怪的。

"除这两位之外,还有谁吗?

"有,克兰西先生。他是客舱乘客中唯一一位经过吉斯勒夫人座位的人。而且我还想起来,就是他,最早将人们注意力引导到吹管和毒刺推论上。"

克兰西跳了起来。

"我抗议",他喊道:"我抗议!这太荒唐了。"

"坐下",波洛说:"我还没说完。我必须将我得出结果之前推理的每一步,都亮在你们面前。"

"至此,我的怀疑对象有三个——米歇尔、戴维斯,还有克兰西先生。乍一看,这三个人谁也不像杀人凶手,但必须继续做许多侦查工作,才能弄清楚。

"我接着考察蜂蜇的可能性。应该说,这种可能是存在的。

但事实上，直到上咖啡之前，没有人注意到黄蜂的存在，这是很可疑的。因此，我试着架构犯罪推论。凶手为罪行准备了两个结论，第一个，也就是最简单的一个，是吉斯勒夫人遭蜂蛰，导致心力衰竭而猝死。这个企图能否实现，要看凶手能否及时收回毒刺。耶伯和我都同意的是，只要夫人的死不被怀疑是犯罪所致，那么凶手是完全可能如愿的。而且我断定，毒刺上面的丝织物，颜色是精心挑选的，是为了掩饰原本的鲜红色，使得那根刺看上去更像一只黄蜂。

"接着，我们的凶手凑到被害人的桌前，扎进毒刺，放出黄蜂！刺上的毒药毒性如此之强，她几乎当即毙命，而如果她叫出声来呢，发动机的声音也会把叫声盖住而不被注意。即便是被听见，黄蜂的出现自然就能够解释了——她被蜂蛰了。

"正如我刚才所说的，这是方案一。一旦发生另外一种情况，正像实际发生的那样，即那支刺在被收回之前就暴露了，事情就麻烦了。自然死亡的结论失效了，那就将计就计，不是将吹管从窗户扔出去，而是相反，将它放在搜查机舱时肯定能发现的地方。一旦吹管现身，马上就会被认定为作案工具，这就意味着谋杀是在一定的距离之外实施的。这一来，就把怀疑的焦点，集中到刻意设定的吹管射程和方向这么一个范围之内了。

"以上就是我对犯罪的推论。根据这一推论，我有三个嫌疑对象，还可以勉强加上第四个——金·杜鹏先生。是他提出了'蜂蛰致死'推论，而且他的座位挨着过道并靠近吉斯勒夫人，他完全可能迅速动作而不被人注意。不过，我并不认为他有足够的胆量冒此风险。

"于是，我集中思考黄蜂问题。假如凶手将黄蜂带上飞机并且在关键时刻把它放出来，那么他就必须准备一个小盒子来装它。

"这就是我对乘客随身物品和行李感兴趣的原因。到了这一步，我碰到了一个完全意想不到的障碍。我找到了我要找的东西——人却对不上号。在诺曼·高尔的口袋里，有一个小小的'比兰和梅'空火柴盒，而所有人都证实高尔先生从未走过客舱过道。他仅仅去过一趟卫生间，然后便回到了自己的座位上。

"然而，尽管看起来不可能，却有一种方式，使得高尔先生有办法下手作案——正像他手提箱里装的东西所透露出来的那样。"

"我的手提箱？"诺曼·高尔面露好奇而茫然的表情，说道："什么呀，我自己都不记得里面有什么东西。"

波洛冲他温和地笑了笑。

"稍候片刻，这一点，我会说明。我只是把我最初的想法告诉你们。

"让我们继续——于是我们有了可能作案的四个对象：两个乘务员、克兰西和高尔。

"接着，我从相反的角度切入——动机，如果动机能够与可能性相吻合，凶手就被我锁定了！但是很遗憾，我在这方面一无所获。我的朋友耶伯曾经责怪我,说我把简单的事情复杂化。这我不同意,事实恰恰相反。我所触及的动机问题,是全世界最简单的。除掉吉斯勒夫人,谁会受益?明摆着,是她那下落不明的女儿——她是她财产的当然继承人。另外,肯定有一些人与她有牵扯,或者说,也许有牵扯,因而就要排查。在飞机上的乘客当中,我能够确定的,只有一位与吉斯勒夫人有关联,那就是霍勃利夫人。

"站在霍勃利夫人的立场上,动机非常清楚。就在前一天夜里,她拜访过吉斯勒夫人在巴黎的住宅。她气急败坏,而且她有一位年轻演员朋友,那人能够轻而易举地冒充美国人购买那根吹管,并且从那个环球航空的职员那儿买到吉斯勒夫人乘坐12点的航班的情报。

"这么一来,我得面对一个问题的两个方面。我看不出霍勃利夫人犯罪的可能性,此其一;我找不到乘务员、克兰西先生或者高尔先生的犯罪动机,此其二。

"而在我内心深处,我一直放不下吉斯勒夫人那个未知去向的女儿和继承人。这四个怀疑对象中,有人结婚了吗?如果有,那么有没有可能其中一位的妻子,就是这个安妮·莫里索特呢?如果她的父亲是英国人,那么她应该在英国长大。米歇尔的妻子很快就被我排除了——她出身于古老的多塞特望族;戴维斯的未婚妻双亲健在;克兰西先生未婚;高尔先生则正在头重脚轻地猛追简·格雷小姐。

"我可以说,我是小心翼翼地探查了格雷小姐的先辈的情况的。在与她随意的闲聊中,我从她嘴里了解到她是个孤儿,是在靠近都柏林的一个孤儿院长大的。于是我很快就排除了她是吉斯勒夫人女儿的可能性。

"我根据调查结果,列了一个表——两位乘务员既未从吉斯勒夫人之死当中受益,也没有损失,倒是米歇尔明显被吓得不轻。克兰西先生正在写一部以谋杀案为主题的书,希望能够畅销;高尔先生倒是丢掉了一个治牙的病人。这一切,没多大意义。

"但是,那个时候,就由于空火柴盒和手提箱里的东西,我认定高尔先生是凶手。表面上看来,吉斯勒夫人的死,他是有所失而非有所得,但那只是表面,也许是假相。

"于是我决定接近他。经验告诉我,只要多给一点时间、多谈几次话,没有人能够做到不露马脚的。人人都有一种压抑不住的自我表现欲。

"我试图取得高尔先生的信任。我先是表现出对他的信任,甚至于让他协助破案。我动员他帮我假装对霍勃利夫人进行讹诈,由此,他露出了第一个破绽。

"我提议略加化妆,他为自己扮演的角色准备了一套夸张而可笑的行头,照此,演出将整个儿成为一出闹剧。我可以肯定,没有人会像他一样,将角色扮演得如此糟糕。原因何在?原因在于他自己犯下的罪行,导致他避免将自己实际上是一个好演员这一事实暴露出来。当我纠正他可笑的化妆时,他的表演天分就表现出来了。他的角色扮演得如此出色,以至于霍勃利夫人没认出他来。因此,我认定他完全可以在巴黎装扮成一个美国人,并且在"普罗米修斯"号上扮演需要的角色。

"至此,我开始为简小姐感到十分担心。要嘛她跟着他参与其中,要嘛她完全是无辜的——如果是后者,那么她就是一个牺牲品。有那么一天,她会发现自己嫁给一个杀人凶手。

"为了阻止这起婚姻,我把简带到巴黎,让她当我的秘书。

"而在我们逗留巴黎期间,失踪了的继承人现身来继承财产了。我觉得她像什么人,但想不起来。等我终于想起来时,已经太迟了……

"她实际上也在飞机上并且对此事撒了谎,一开始发现这个事实时,似乎我的所有推理都被推翻了。显而易见的是,她才是那个罪犯。

"果真如此的话,她必然有一个同伙——那个购买吹管和收买尤里斯·佩罗特的男人。

"他是谁?是我推测之中的她的丈夫吗?

"接着,骤然间,我看到真正的答案。说'真正的',意思是,其中有一点一旦被证实,那么这个答案就成立了。

"因为,假如我原先的推理是正确的,那么安妮·莫里索特就不可能在飞机上。

"我致电霍勃利夫人,弄清楚了。她的侍女马德雷妮,依照女主人在起飞前最后一刻的要求,与她同机旅行。"

他停住了。

克兰西先生开口了:"啊哈,可是,恐怕我还是不明白。"

"您从什么时候开始,才停止将我当成凶手来设定的?"诺曼问道。

波洛车转身对着他。

"从未停止过。你就是凶手……等等——我会把一切都告诉你。上周整整一周,我和耶伯都非常忙——你说你成为一名牙医是为了取悦你叔叔约翰·高尔,这是事实。当你成为他的合伙人时,你使用了他的名字,但你是他的妹妹的儿子,而不是他弟弟的,因此你的真名是理查德。作为理查德,你在去年冬天,在尼斯遇到了这个姑娘——安妮·莫里索特,当时她陪女主人在那儿。她告诉我们的关于她童年的故事是真的,但接下来的部分被你小心地改编过了。她知道她母亲的娘家名字。吉斯勒夫人在蒙特卡洛,她被认了出来并且她的真名被曝光了。你以你赌徒的眼光看到摄取巨大的财富的机会。从安妮·莫里索特那儿,你了解到霍勃利夫人与吉斯勒夫人的关系,于是,一个犯罪计划在你脑子里成形了。谋杀吉斯勒夫人,将罪名嫁祸于霍勃利夫人。接下来,你这个用心良苦的计划,启动了。你贿赂环球航空的职员,让他将霍勃利夫人和吉斯勒夫人安排在同一航班上。安妮已经向你告知她的安排,是乘火车到英国,因此你根本没想到她会在飞机上。这对你的计划将会是重大威胁,因为你起初的打算是,既然她由于在命案发生时在火车或轮船上,因此自然拥有完美的不在现场证明,过后由她来提出遗产继承要求,天衣无缝;事情完了之后,你再跟她结婚,就大功告成了。可一旦被知道作为女儿和继承人的她也在飞机上,那么第一怀疑对象则非她莫属了!

"这姑娘正深陷你的情网,但你的目标是钱而非姑娘本人。

"你的计划,还有一个干扰因素。在皮内特你一见到简·格雷小姐,就疯狂地爱上她。你正准备为谋财而杀人,当然不愿放弃犯罪后的收益。于是你吓唬安妮说,如果她立即亮出身份的话,就会蒙受怀疑,最好暂避一下风头再来,由此诱导她和你一块去鹿特丹并在那儿结了婚。

"时机成熟了,你为她编排了申请遗产程序。决不能暴露出她是那位夫人的侍女;必须清楚地表明,在母亲遭到谋杀之时,她正与她先生呆在国外。

"不巧的是,你所安排的安妮前往巴黎、申请遗产继承的日子,正好与我抵达巴黎的日子一致,而且格雷小姐还跟我在一块。这对你的计划十分不利,无论是简还是我,都有可能认出,安妮·莫里索特就是霍勃利夫人的侍女马德雷妮。

"你急着找她,可是联系不上。于是你不得不亲自来巴黎,发现她已经去找律师了。她回来时,将遇见我的事告诉你了。形势变得危急起来,你下决心迅速行动。

"你不能让你的新婚妻子在继承遗产后活得太久,于是婚礼刚刚结束,你们就立下了遗嘱,彼此将身后财产全部留给对方!此举难免叫人有点毛骨悚然。

"我认为,你本来打算把间隔时间拉长一点,你想以事业失败为借口,去加拿大。在那儿,恢复你的本名,理查德,然后你的妻子也到那儿与你会合。但是,不管怎么样,我想这段日子不会太长。理查德太太会不幸去世,从而将财产留给你这位让人看来伤心欲绝的鳏夫。然后,你就堂而皇之地以诺曼·高尔的身份,携带着在加拿大投机成功赚的钱,回到英国。但这下子,你的这种如意算盘打不成了。"

波洛停住了,诺曼·高尔头往后一仰,放声大笑:"你可真能够猜别人的心思!你应该从事克兰西先生的职业才是!"他从喉咙里蹦出来的话带着愤怒:"我从来没有听到过这么一个荒唐的故事。你所有的想象,波洛先生,仅仅是想象,根本没有证据!"

波洛看上去不为所动,他说:"也许没有。不过我可以告诉你,我有一些证据。"

"真的吗?"诺曼嗤之以鼻:"也许,在飞机上所有人都清楚我根本没有靠近过她的情况下,你会有证明我如何杀了老吉斯勒的证据?"

"我会准确无误地告诉你,你是如何犯下这桩罪行的。"波罗说:"你的手提箱里装的是什么?你在度假,可为什么带着牙医的外套?我当时是这样问自己的。而答案是——因为那件外套跟乘务员的制服很像……"

"你是这么干的:当上过咖啡后,乘务员到别的客舱去了,你就去了洗手间,换上了那件外套,将棉球塞进嘴巴使得腮帮鼓起,从洗手间对面的餐柜上抓了一只咖啡匙,举在手上,用乘务员式的快步穿过过道,来到吉斯勒夫人的小桌前。你将那支刺刺进她的脖子,紧接着打开火柴盒放飞黄蜂,而后迅速回到洗手间,换掉外套,若无其事地回到你的座位上。整个过程仅用了一两分钟。

"没有人会特别注意一个乘务员。只有一个人会识破你的伪装,那就是简小姐。可是你太了解女人了,当一个女人独处时,尤其是当她与一个有魅力的年轻男子一道旅行时,只要一有机会,她会立即照小镜子并且在鼻翼上补妆……"

"的确如此",高尔还是嗤之以鼻:"一个精彩的推理故事。可是并未真正发生。还有什么?"

"还有不少",波洛说:"正像我刚才说过的,人们往往会在交谈中露馅。你太不小心了,你曾经披露说你曾在南非的一个农场呆了一阵子。你没有进一步透露出来的,我后来了解到了,那个农场,是一个养蛇场……"

直到这时,诺曼·高尔才显出惊慌。他想说话,却语塞。

波洛继续道:"你在那儿用的是你的本名理查德,一张你的电传照片已经被确认。同样的照片也在鹿特丹被证实,这位理查德娶了安妮·莫里索特。"

诺曼·高尔试图开口，还是说不出话。他整个儿变了个人。那个英俊、活跃的年轻人不见了，取而代之的，是一只转动着鬼鬼祟祟的眼睛，企图寻路出逃而无望的老鼠……

"你的计划正在破产"，波洛继续说："玛利亚孤儿院方面发电报给安妮·莫里索特，从而推进了事态的发展。如果不理会这封电报，势必会引起怀疑。于是你让你妻子隐瞒一些事实，否则一旦被知道吉斯勒夫人被杀之时，你们俩不幸地都在飞机上，那么怀疑肯定会落到你或她头上。后来，当你与她会合时，一听说她见律师时我也在场，你慌忙加快了步骤。你担心我会从安妮那儿了解真相——甚至，她本人也许开始产生怀疑了。你急急忙忙把她拉出旅馆，登上火车渡轮。你强迫她喝下掺着氢氰酸的饮料，然后把空瓶放在她手里。"

"一派胡言……"

"哦，不，她脖子上有一块青紫。"

"该死的谎言，我跟你说。"

"你甚至还将你自己的指纹留在那个瓶子上面。"

"你胡说，我戴着……"

"哈，你戴着手套？我想，年轻人，你承认的这个事实足够说明问题了。"

"你这个该死的坏人好事的江湖骗子！"愤怒使他的脸完全变了形，话音未落，他就跳起来扑向波洛。耶伯动作自然比他快，在有效地控制住他之后，耶伯说："詹姆斯·理查德，别名诺曼·高尔,你因涉嫌故意杀人,我受命逮捕你。我必须提醒你,你所说的一切都将作为证据记录在案。"

在一阵可怕的颤抖之后,诺曼整个人瘫软了。

两个便衣在外面等着,他们和耶伯一起将诺曼·高尔带走了。

留下与波洛独处的克兰西先生,发出了一声长长的惊叹。

"波洛先生",他说道:"这绝对是我这一生中最为不寻常的经历。你太神奇了!"

波洛谦和地微笑着。

"不,不,耶伯同样起了很大作用,比如,在确定高尔就是理查德这个环节上面。加拿大警方正在通缉他,因为和他有关系的一个姑娘自杀了,但新的线索曝光,怀疑是谋杀案件。"

"可怕",克兰西先生喃喃道。

"一个杀手",波洛说:"就像许多杀手一样,对女人颇有吸引力。"

克兰西先生咳了一声。

"可怜的姑娘,那个简·格雷。"

波洛摇头叹气。

"是啊,正如我对她说的那样,生活有时是很恐怖的。不过她蛮坚强,她会挺过来的。"

他心不在焉地将诺曼·高尔发作起来时弄乱的刊有照片的报纸整好。但一个东西引起他的注意。一张米尼提尔·科尔在赛马会上的快照——"与霍勃利勋爵和一个朋友交谈"。

他把报纸递给克兰西。

"看到了吧?不出一年时间,你会看到一个通告:'一桩婚事——霍勃利勋爵和米尼提尔·科尔的联姻已经确定,婚礼不久就会举行。'而你知道是谁安排了这桩婚事吗?赫克·波洛!另外有一桩婚事我也安排好了。"

"霍勃利夫人和巴拉克罗夫先生?"

"哦,不,他们之间的事我不感兴趣。"他向前倾身,"不是。我说的是金·杜鹏先生和简·格雷小姐。你等着瞧吧。"

一个月之后,简来找波洛。

"我真应该恨您,波洛先生。"

波洛温和地说:"你可以有点恨我,但我认为,你是这样一个人,宁可直面残忍的事实,也不愿陶醉在被愚弄的幸福生活之中。而且,事实上这种幸福生活并不可能持续许久。摆脱女人,是一种不断重复的恶习。"

"他是那样有魅力。"简说。

"是啊",波洛表示同意:"不过对你来说,生命中的那个插曲已经结束了。"

简点了点头。

"可是我只能拼命工作——专心致志地干自己喜欢的活,以便忘掉这一切。"

波洛头往椅背上一靠,抬眼望着天花板。

"我建议你和杜鹏他们去波斯,那儿有你喜欢干的工作。"

"可是——可是我以为那只是您的幌子而已。"

波洛摇了摇头。

"恰恰相反——我已经开始对考古和史前陶瓷感兴趣,这不,我寄了支票去兑现承诺过的赞助了。今天早晨我听说他们希望你参加探险队。对了,你会画画吗?"

"会,我在学校里画得挺好。"

"那太好了。此行我想你会开心的。"

"他们真想让我去吗?"

"你已列入名单。"

"那可就太好了",简说:"可以忘掉……"

一朵红云飞上她的脸颊。

"波洛先生——"她狐疑地看着他,"您该不会——该不会,故意安排……"

"故意?"波洛露出诧异的神情,"我可以向你保证,小姐,只要有钱可赚,无论何时何地,我都是一个不折不扣的商人。"

他那副受到冒犯的模样,使得简连忙道歉。

"我想",她说:"我最好先上博物馆去了解一下史前陶瓷。"

"真是一个好主意。"

简在门边停了一下,转回来。

"这事儿您也许不是故意的,但您的确对我很好。"

她在他头顶上给了一个吻,然后才离去。

作家索引

（按名字首字汉语拼音字母顺序）

A

亚瑟·雷弗——Arthur B.Reeve　P5

阿加莎·克里斯蒂——Agatha Christie　P6,9,10,11,12,15,16,18,19,20,21,22,23,24,28,30,33,36,38,40,46,47,55,56,75,76,79,80,83,86,92,96,103,116,118,123,124,126,127,128,130,136,138,142,153,154,160,179,182,194,195,200,201,207,210,211,214,243,250

艾尔弗雷德·梅森——Alfred Edward Woodley Mason　P5

爱伦坡——Edgar Allan Poe　P3,4,5,6,7,25,86,88,125,200

爱德华·霍克——Edward Dentinger Hoch　P56,60,77,123,133,143,145,146,151,155,166,174,194,228

艾勒里·奎恩——Ellery Queen　P12,14,15,19,34,37,38,40,61,62,72,80,103,107,114,123,184,188,194,210,211,221,233,287

奥斯丁·弗里曼——Richard Austin Freeman　P5,149

奥林凡——Margery Allingham P10

安娜·凯瑟琳·格林——Anna Katharine Green P5,75,149

B

巴洛尼斯·艾玛·奥克齐——Baroness Emma Orczy P5,6,88,182

本特利——E.C.Bentley P11

D

狄更斯——Charles Dickens P6

达谢尔·哈梅特——Dashiell Hammett P3

E

厄尔·德·比格斯——Earl Derr Biggers P15,74,126,178,182,192

厄尔·斯坦利·加德纳——Erle Stanley Gardner P15,32,178,190,194

F

范·戴恩——S.S.Van Dine 前言,P15,26,28,29,179,269

弗里曼——R.Austin Freeman P149

H

哈里·克梅尔曼——Harry Kemelman P132,176

K

柯南道尔——Arthur Conan Doyle P3,6,7,9,103,200,205

克劳夫兹——Freeman Wills Crofts P10,34,85,181,192,193

凯瑟琳·罗伊莎·普奇斯——Catherine Louisa Pirkis P193,212

库林斯——Wilkie Collins P6

M

玛丽·罗伯特·林哈特——Mary Roberts Rinehart P5

N

诺克斯神父——Ronald Arbuthnott Knox 前言,P29

Q

契斯特顿——G.K.Chesterton 前言,P11,19,26,41,46,55,72,75,81,115,122,126,127,128,136,150,153,157,177,

200,202,239

S

史蒂文森——Robert Louis Stevenson　P6

塞耶斯——Dorothy L. Sayers　P10,29,37,55,72,103,124,132,200

T

特伯曼——Emile C. Tepperman　P3

Y

雅克斯·费特勒——Jacques Heath Futrelle　P5

约翰·迪克森·卡尔——John Dickson Carr　前言,P12,14,15,35,66,79,124,129,130,140,144,146,168,194,287,302

Z

詹姆斯——P. D. James　前言

作品索引

（按中文书名首字拼音字母顺序）

A

《阿波罗的眼睛》(Eyes of Apolo)　P46,202

《埃奇威尔爵士之死》(Lord Edgware Dies)　P10

《ABC 谋杀案》(The A.B.C Murders)　P10,16,56,127,182

《爱丁堡之谜》》(The Edinburgh Mystery)　P5

B

《白奴》(The White Slave)　P5

《被盗的信》(The Purloined Letter)　P4

《布列塔尼城堡》(A Castle in Brittany)　P5

《巴斯克维尔猎犬》(The Hound of the Baskervilles)　P7,85,198

《斑点带》(The Adventures of the Speckled Band)　P8,96,121,136

《巴士司机的蜜月》(Busman's Honeymoon)　P10,29,124,132

《本森谋杀案》(The Benson Murder Case) P15

《玻璃圆顶钟》(The Adventure of the Glass-domed Clock) P40,62

《波洛的圣诞节》(Hercule Poirot's Christmas) P21,38

《悲伤的柏树》(Sad Cypress) P22

《巴格达柜子之谜》(The Mystery of the Bagdad Chest) P75

《波斯坎山谷之谜》(The Boscombe Valley Mystery) P122

《波希米亚丑闻》(A Scandal in Bohemia) P85,103,193

《不可能犯罪诊断书》(Diagnosis：Impossible) P194

C

《陈查理接力探案》(Charlie Chan Carries On) P74,126,178,182

《错形》(Wrong Shape) P34,55,126,154

《沉睡的谋杀案》(Sleeping Murder) P80

D

《地铁里的神秘死亡》(The Mysterious Death on the Underground Railway) P5

《东方快车谋杀案》(Murder On The Orient Express)

P10,16,18,55,56,124,194,211,250

《达纳韦斯的厄运》(The Doom of the Darnaways) P11

《吊死的特技演员》(The Hanging Acrobat) P14,37,188

《冬天谋杀案》(The Winter Murder Case) P15,179

《断剑》(Sign of Brocken Sword) P19,81,232,239

《赌场谋杀案》(The Casino Murder Case) P15

《都柏林之谜》(The Dublin Mystery) P88

《带翅膀的匕首》(The Dagger with Wings) P136

《第二颗子弹》(The Second Bullet) P149

《第二块血迹》(The Adventures of The Second Stain) P193

E

《耳语之人》(He Who Whispers) P12,144

《耳语之屋疑案》(The Problem of the Whispering House) P146,151,154,228

F

《芬查街之谜》(The Fenchurch Street Mystery) P182

《疯狂下午茶》(The Adventures of Ellery Queen) P103,107,211

《吠犬案件》(The Case of the Howling Dog) P15

《复活帐篷》(The Problem of the Gypsy Camp) P133

《福尔摩斯历险记》(The Adventures of Sherlock Holmes) P6

《福尔摩斯探案记录》(The Case Book of Sherlock Holmes) P6

《福尔摩斯归来》(The Return of Sherlock Holmes) P6

G

《鸽群中的猫》(Cat Among the Pigeons) P10

《管钥匙的人》(Keeper Of the Keys) P15

《格林肖的蠢物》(Greeshaw's Folly) P142

《"光荣的司各特"历险记》(The Adventure of The "Gloria Scott") P8

《钢门之谜》(The Problem of the Steel Door) P5

《狗的灵性》(The Oracle of the Dog) P27,34

《刽子手的假期》(Hangman's Holiday) P10

H

《花园谋杀案》(The Garden Murder Case) P15

《荷兰鞋之谜》(The Dutch Shoe Mystery) P14,54,221

《皇帝的鼻烟壶》(The Emperor's Snuff Box) P35,124,146,194

《黄色的鸢尾花》(Yellow Iris) P30

《黑达利之罪》(The Crime Of Black Dudley) P10

《红指印》(The Red Mark) P5

《会唱歌的骨头》(The Singing Bone) P5

《黄色房间之谜》(The Mystery of the Yellow Room) P5

《黑骆驼》(The Black Camel) P15

《海军协定》(The Adventure of the Naval Treaty) P129

《昏睡的蚊子案件》(The Case of the Drowsy Mosquito) P15

《黑色的心谋杀案》(The Black Hearts Murder) P210

《海上问题》(Problem at Sea) P136,210

《黑便士》(The One-Penny Black) P184

J

《金甲虫》(The Gold-Bug) P4

《精明的穷人》(A Poor Wise Man) P5

《金匕首之谜》(Mystery of the Golden Dagger) P5,54

《金盘追踪记》(The Chase of the Golden Plate) P5

《箭屋》(The House of the Arrow) P5

《角落里的老人》(The Old Man in the Corner) P5,88

《剧毒》(Strong Poison) P10

《金十字架的诅咒》(The Curse of the Golden Cross)

P11,157

《假眼案件》(The Case of the Counterfeit Eye)　P15

《吉东·怀斯的鬼魂》(The Ghost of Gideon Wise)　P27,33

《金丝夹鼻眼镜历险记》(The Adventure of the Golden Pince-Nez)　P115

《金丝雀谋杀案》(The "Canary" Murder Case)　P15

K

《奎恩先生来了》(The Coming of Mr Quin)　P84

L

《雷加塔之谜》(The Regatta Mystery)　P92

《绿胶囊之谜》(Problem of Green Capsule)　P12,54,287,302

《廊桥疑案》(The Problem of the Covered Bridge)　P123,166,194

《雷神桥之谜》(The Mystery of Thor Bridge)　P54,194

《老橡树疑案》(The Problem of the Old Oak Tree)　P155,194

《邻居案件》(That Affair Next Door)　P5

《罗杰·艾克罗伊德谋杀案》(The Murder of Roger Ackroyd) P10,28,243

《罗马帽子之谜》(The Rome Hat Mystery) P19

《龙谋杀案》(The Dragon Murder Case) P15,269

《裂镜》(The Mirror Crack'd from Side to Side) P19,124,130,201

《来自深海的信息》(The Message From Deep Sea) P149

《蓝色列车谋杀案》(The Murder on the Blue Train) P200

《蓝色的天竺葵》(The Blue Geranium) P124

M

《美索不达米亚奇案》(Murder in Mesopotamia) P22,116,207

《梦里的医生》(The Dream Doctor) P5

《磨坊之谜》(The Mill Mystery) P5,54

《猫眼》(The Cat's Eye) P5

《玫瑰山庄》(At the Villa Rose) P5

《玛丽亚·罗吉特之谜》(The Mystery of Marie Roget) P4,86

《莫格街血案》(The Murder in the Rue Morgue) P3,4,7,125

《谋杀必须宣告》(Murder Must Advertise) P10

《没有钥匙的住宅》(The House Without A Key) P15,192

《牧师宅谋杀案》(The Murder at the Vicarage) P18,36,160

《秘密花园》(The Secret Garden) P72,115,177

《马普尔小姐讲故事》(Miss Marple Tells a Story) P20,124,153

《梦境》(The Dream) P22,124,179

《幕——波洛的最后一案》(Curtain: Poirot's Last Case) P47,103

《谋杀通告》(A Murder is Announced) P22,127

N

《女伯爵复仇记》(A Princess's Vengeance) P193

《你是凶手》(Thou Art the Man) P4

《逆转死局》(Death Turns the Tables) P66,79

《尼罗河上的惨案》(Death on the Nile) P16,18,21,126,201,211

《诺伍德的建筑师》(The Adventures of the Norwood Builter) P205

P

《潘龙家族的厄运》(The Perishing of the Pendragons) P26

Q

《青铜神灯的诅咒》(The Curse of the Blonze Lamp) P168

《奇怪的脚步声》(The Queer Feet) P202

《清晨的舞者》(Dancers in Morning) P10

《枪的恐惧》(Afraid of a Gun) P3

R

《日光浴者日记案件》(The Case of the Sun Bather's Diary) P15

S

《丝绒爪案件》(The Case of the Velvet Claws) P15

《斯泰尔斯庄园奇案》(The Mysteries Affair at Styles) P3,10

《尸体的尾白》(A Cue For the Corpse) P3

《圣诞悲剧》(A Christmas Tragedy) P5

《31新旅馆之谜》(The Mystery of 31 New Inn) P5

《13号牢房之谜》(The Problem of Cell 13) P5

《谁的尸体》(Who's Body) P10,37,55,72,103

《三口棺材》(Three Coffins) P12,129,140

《上帝的灯》(The Lamp of God) P15,194

《圣甲虫谋杀案》(The Scarab Murder Case) P15

《三幕悲剧》(Three-Act Tragedy) P16

《闪光的氰化物》(Sparkling Cyanide) P18,19,86

《三只瞎老鼠》(Three Blind Mice) P21

《上帝的铁锤》(The Hammer of God) P27

《斯塔福之谜》(The Sittaford Mystery) P33,40,54,56,124,128,214

《死去的小丑》(The Dead Harlequin) P83,195

《萨拉丁王子的罪孽》(The Sins of Prince Saradine) P41

《十六号牢房疑案》(The Problem of Cell 16) P174

《圣诞节教堂钟楼谜案》(The Problem of the Christmas Steeple) P123,143

《四签名》(The Sign of the Four) P85

T

《桶》(The Cask) P10,34,85,181,192,193

《逃亡护士案件》(The Case of the Fugitive Nurse)

P178,190,194

《特罗伊特山庄谋杀案》(The Murder at Troyte's Hill) P212

《天空中的巨手》(The Sign in the Sky)　P40

《他们不是棋手》(They wouldn't Be Chessmen)　P5

W

《雾中别墅》(The House in the Mist)　P5

《危险的日子》(The Dangerous Days)　P5

《无人生还》(Then There Were None)　P10,16,18,46,118,123,194

《帷幕之后》(Behind That Curtain)　P15

《五十支蜡烛》(Fifty Candles)　P15

《无辜的折磨》(Ordeal by Innocence)　P16,19,22,76,79

《五只小猪》(Five Little Pigs)　P19

《王公的绿宝石》(The Rajah's Emerald)　P103

X

《血字的研究》(A Study in Scarlet)　P3,6,7

《献给法官的鲜花》(Flowers for The Judge)　P10

《幸运腿案件》(The Case of the Lucky Legs)　P15

《悬崖山庄的灾难》(Peril at End House)　P16,21

《乡村小旅舍谜案》(The Problem of the Country Inn) P77

《凶手是一个福克斯》(The Murderer is a Fox) P80,123,287

《希腊译员》(The Adventure of The Greek Interpreter) P93

Y

《约克之谜》(The York Mystery) P5

《一位沉默的证人》(A Silent Witness) P5

《月亮宝石》(The Moon Stone) P6

《英里之谜》(Mystery Mile) P10,54

《验尸官的事务》(Coroners Pidgin) P10

《与死神约会》(Appointment with Death) P10

《阳光下的罪恶》(Evil Under the Sun) P10,138,142,194

《忧郁的姑娘案件》(The Case of the Sulky Girl) P15

《云中奇案》(Death in the Clouds) P16,126,154

《隐身人》(The Invisible Man) P27,127,153

《柚木烟盒》(The Adventure of the Teakwood Case) P37,232,233

《阳光山谷之谜》(The Sunningdale Mystery) P41

《运务员专用车谜案》(The Problem of the Locked Caboose) P56,60,145

《有胡子的女人》(The adventure of the Bearded lady) P61

《演员与不在现场证明》(The Actor and the Alibi) P75,150,154

《医生、妻子和钟》(The Doctor, His Wife and the Clock) P75

《夜莺山庄》(Nightingale Bungalow) P79,96

Z

《证人疑云》(Clouds of Witness) P10

《葬礼上的警察》(Police On the Funeral) P10

《葬礼之后》(After the Funeral) P16

《中国橙子之谜》(The Chinese Orange Mystery) P14,34,38,72,114

《中国鹦鹉》(The Chinese Parrot) P15

《主教谋杀案》(The Bishop Murder Case) P15

《做假证的鹦鹉案件》(The Case of the Perjured Parrot) P15

《这是谋杀》(This is Murder) P32,34

《最后一案》(The Last Case) P85

《治安推事的镜子》(The Mirror of the Magistrate)　P122

《周二犹太法师亮剑》(Tuesday the Rabbi Saw Red)　P132,176

《针尖》(The Point of a Pin)　P128,200

后 记

古人云,人无癖不可交。我的"癖",始于母校厦大校园建南大礼堂看影片《尼罗河上的惨案》那个夜晚。看完电影回到宿舍,躺在床上怎么也无法入睡,留着八字胡、长着一张可笑的脸的波洛;英俊而表情坚毅但内心怯懦的赛蒙·多尔;漂亮、苗条,用天真无辜的外表掩饰冷血性格的杰西,一直在我的眼前晃动,几至通宵。相信自那一夜起,推理小说的苗子,种在了我的心上。并且,随着大学期间自学习惯的养成,加上特立独行的脾性,这棵苗逐渐生根、发芽,以至于自从经过自学能够阅读原著之后,英文版的《福尔摩斯全集》、波洛探案、布朗神父探案集等书籍,塞满了我的床头和书包,所有的讲义和教科书都靠边站了。直至在当时颇为另类的毕业论文《论"黄金时代"英美侦探小说艺术特色》的完稿,给我的大学学习画上了句号。毕业后,调动、"跨行"与游移南北、上下,无论身在何处、所做何事;无论得失起落、聚散离合,推理小说一直相伴着,

"癖"已成,余下皆"淡泊人生"。数十年来,从未在国外生活过的我,搜罗推理小说(英文)原著,可谓劳心费神费力,甘苦只有自知。迄今,书房中的收藏,虽曾被称誉,因未予科学论证,不敢称全,反正仍是我所最爱。此癖首次有益的转化,在"贺克士探案系列"的诞生,自1988年至今,此系列推理小说不时露露头,并且曾有在刊物上独辟专栏和"纸贵"的记录,也算"不负有心人"了。不过,这棵苗真正开花结果,应该是以本书为标志。此癖的另一种效用,在于"避"。人生坎坷,顺境中,读、写和"拼魔方",锦上添花、其乐融融;遇到不顺时,躲避到那个剧场里,赏遍其中的密室奇谋、侠肝义胆、青红皂白和魔道之争,便会宠辱不惊、得失不计、悲喜从容了!

这部概论,凝聚了我三十余年心血,但萌发此念,是在几年前一次难忘的笔会上。与会的同窗黄鸣奋教授,建议我开始总结和整理(抖搂)"肚子里的料",并且先从讲座开头。于是便有了在母校和其他讲堂的一系列推理小说讲座,这些学术讲座的讲义便成了"概论"提纲的雏形。如今,我的体会是,一个新的理论系统的形成,少不了不断打磨的过程,而且,这种打磨,是"不拘一格"的，绝非常规或传统的方式可以涵盖的。而早已经痴迷于斯的我，其中、期间之艰辛劳苦，实际上是与享受可以画等号的。大学阶段的学术训练和十多年编辑生涯的从业氛围和砥砺、家人、同学、同事、朋友、知己的理解与鼓励，是本书写作不可多得的背景。在此谨对关心和支持并给我予开导点拨者由衷致谢，恕难一一。

2013 年 12 月
于厦门映碧里黔学斋

图书在版编目(CIP)数据

推理小说概论/黄哲真著. —厦门:厦门大学出版社,2014.9
ISBN 978-7-5615-5079-3

Ⅰ.①推… Ⅱ.①黄… Ⅲ.①推理小说-小说研究-世界 Ⅳ.①I106.4

中国版本图书馆 CIP 数据核字(2014)第 208621 号

厦门大学出版社出版发行

(地址:厦门市软件园二期望海路 39 号　邮编:361008)

http://www.xmupress.com

xmup@xmupress.com

厦门市明亮彩印有限公司印刷

2014 年 9 月第 1 版　2014 年 9 月第 1 次印刷

开本:889×1194　1/32　印张:11.5　插页:2

字数:220 千字　印数:1～3 000 册

定价:35.00 元

如有印装质量问题请寄本社营销中心调换